성인들을 위한
잔혹동화
———
흑장미의 초대

성인들을 위한
잔혹동화
흑상미의 초대

도희 지음

씨큐브

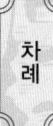

차례

미녀와 야수 … 7

백조왕자 … 37

요린데와 요링겔 … 67

잠자는 숲속의 공주 … 93

선녀와 나무꾼 … 117

콩쥐팥쥐 … 141

성냥팔이 소녀 … 169

눈의 여왕 … 191

흥부와 놀부 … 219

거위 치는 소녀 … 241

파랑새 … 275

미녀와 야수

 오후의 뜨거운 태양빛이 숲속 작은 오두막을 구석구석 달구고 있었다. 모든 것을 속속들이 드러내는 한낮이건만, 이미 체액과 점액질로 난잡하게 더러워진 이불 속에서 뒹구는 두 남녀는 부끄러운 줄도 모르고 지난밤부터 시작된 정사를 끝낼 생각이 없어 보였다.
 음란하게 움직이던 이불이 확 걷히면서 보라색 머리를 한 미녀의 얼굴이 드러났다. 미녀는 왕자의 젖꼭지에 걸린 손끝을 밑으로 주욱 내려뜨려갔다. 미녀의 손끝에서 느껴지는 간질거림과 짜릿함에 왕자는 기꺼이 허리를 움찔거렸다. 미녀가 상체를 기울이자 그녀의 풍만한 젖가슴 역시 얕게 출렁거렸다. 눈앞에 보이는 미녀의 농염함에 왕자는 바짝 말라버린 입술을 빠르게 혀로 축였다.

왕자는 풍겨나는 모든 것이 미약과도 같아 애가 달았다.

왕자는 보이는 모든 것이 춘화와도 같아 안달이 났다.

모든 것이 왕자를 자극하는 야한 냄새였다.

왕자가 급하게 상체를 일으켜 미녀의 가는 허리를 움켜잡았다. 질척한 열기가 오두막 안을 가득 채웠다. 으읏, 하앗 난잡한 교성이 안 그래도 뜨거운 오두막의 열기를 더욱 뜨겁게 데워갔다.

흐으읍!

순간 유난히 높은 신음을 내지른 왕자가 천장으로 고개를 번쩍 들며 허리를 꼿꼿이 세웠다. 왕자의 엉덩이 골이 움푹 깊게 패었다.

***

하아, 하아.

낡았지만 예전엔 고급이었을 푹신한 의자에 앉아 있던 야수의 눈이 번쩍 뜨였다. 꿈이었다.

여긴 어디지.

꿈속의 열기로 여전히 숨을 몰아쉬고 있는 야수가 희번덕 빛나는 눈동자로 주변을 휘익 둘러보았다. 거미줄이 군데군데 쳐져 있는 천장과 샹들리에, 야수가 앉아 있는 의자와 마찬가지로 이제는 낡아 빠진 침대와 협탁, 그리고 야수 앞에 놓여 있는 낮은 탁자와 식어 빠진 차가 들어 있는 찻잔. 야수의 방이었다.

야수는 크게 한숨을 내쉬며, 의자 등받이에 몸을 푹 파묻어 버렸다. 그리고 신경질적으로 머리를 쓸어 올렸다. 꿈속의 여파로 내쉬는 숨이 거칠기만 한 야수가 눈썹을 천천히 일그러트렸다. 욕구불만이다. 그래서 야수는 인간이었을 때의 꿈을 꾼 거다. 하지만 달콤했다. 다시 한번 느끼고 싶을 정도로.

야수의 손이 방금 전의 열기를 더듬으며 빠르게 중심부를 향해 내려갔다. 전희도 없고, 애무도 없이 오직 방금 전의 성욕을 목적으로. 다시 성욕을 느낄 수 있다는 기대감으로 야수의 심장은 빠르게 뛰기 시작했다. 절정의 끝에 도달하고 싶었다. 배출하고 싶었다. 야수의 입속에서 나온 열기가 허공을 뜨겁게 달구었다.

"제기랄!"

기대감에 한껏 들떴던 야수의 얼굴이 일순간 파사삭 깨졌다. 뜨거운 무언가가 만져질 거라 생각했던 부위는 아무리 손가락으로 더듬어봐도 밋밋하고 보들보들한 살덩이뿐이었다. 성욕을 배출할 성기가 없다. 마녀가 남기고 간 저주의 흔적이었다. 저주는 야수 한 사람에게만 그치지 않고, 성 안쪽에서 삶을 살아가고 있던 죄 없는 사람들에게까지 내려졌다. 죽은 것도 아니요, 산 것도 아닌 끝없이 존재해야만 하는 끔찍한 형벌. 야수가 짐승의 모습으로 변하던 그날, 마녀는 성안의 모든 사람들을 한순간에 사물로 만들어 버렸다. 이후로 야수는 사람의 소리를 듣지 못했다.

지친 눈동자의 야수가 힘없이 쥔 주먹을 내려다보았다. 짐승의 모습으로 변한 이후부터, 머릿속 어딘가에 항상 안개가 끼어 있는 것만 같다. 제대로 된 생각을 하기가 힘들었다. 이것 역시 마녀의 저주일까…. 이 끔찍한 저주에서 벗어나려면 진정한 사랑을 얻어야 한다고 했었다. 그래, 사랑만 얻을 수 있다면.

순간 야수의 얼굴이 와락 무너지고, 겨우 피어난 눈동자의 이채도 사라졌다. 하지만 이 모습으로 어떻게 사랑을 얻을 수 있겠는가. 게다가 이 성에서 한 발자국도 나갈 수 없는 저주까지 내려졌으니.

기대감과 낭패감의 괴리를 도저히 견딜 수 없던 야수는 탁자를 집어 벽으로 던져 버렸다. 탁자는 쩌걱 금이 가며 부서졌다. 왕자는 바닥에 몸을 잔뜩 웅크리고 앉아 두 손으로 머리칼을 쥐어뜯었다. 으으으, 괴기스러운 신음을 내뱉는 야수의 머릿속엔 오직 한 사람이 들어차 있었다. 방금 전까지 꿈속에서 정사를 나누었던 바로 그 미녀였다.

"망할년! 망할년! 망할년! 마녀인 줄도 모르고!"

***

오두막에서 색욕의 쾌락에 빠져 있던 날들은 그저 호기심 어린 불장난의 연장선일 뿐이었다. 궁전 안의 예의 바르고 정숙하기만 한 인형 같은 여자들에게 흥미를 잃어가던 시절이었다. 그리고 세상의 일들이 궁금해지기 시작하던 시절이기도 했다.

탐닉과도 같은 열정을 가지고 서재에 박혀 책만 보던 어느 날, 젊은 남자 귀족 하나가 나타나 허리를 깊이 숙이며 자신을 왕자의 먼 친척이라 소개했다. 왕자는 호기심 어린 표정으로 손등에 턱을 괴고 귀족을 바라보았다. 귀족은 빙긋 웃으며 왕자에게 사냥을 같이 가지 않겠느냐 권했다. 왕자는 귀족의 제안을 받아들였다. 귀족의 화려한 외모와 보라색 머리칼이 왕자의 호기심을 끌었기 때문이다. 남자라는 존재가 저리 아름다울 수도 있나. 그렇게 생각하며 사람의 발길이 닿지 않는 숲속으로 말을 몰았다.

그것이 화근이었다.

사람이 없을 거라 생각했던 숲속에서 갑자기 튀어나온 여자가 까아앗, 비명을 지르며 쓰러졌다. 왕자의 말발에 채인 것이다. 왕자가 인상을 잔뜩 찌푸린 채, 말에서 내려 여자에게 걸어갔다. 혹시라도 심각한 부상을 입어 여자가 죽기라도 한다면 치르게 될 곤욕이 성가시리란 생각부터 들었다. 하지만 쓰러진 여자를 보자, 그런 생각은 순식간에 휘발되었다. 왕자를 바라보고 있는 여자의 미모는 천박했고, 요염했다. 그것은 왕자가 어디서도 본 적 없는 매력이었다. 왕자는 부드럽게 미소 지으며 여자에게 손을 내밀었다. 여자가 손을 잡았다.

하여간 남자들이란, 이쁜 여자라면 사족을 못 쓰지. 여자는 자신의 손을 잡고 말에 오르는 왕자를 한심하게 쳐다보았다. 그러다 속이 답답해져와 한숨을 내쉬었다.

마녀의 힘은 어느 날 갑자기 나타나고 사라진다. 여자도 마찬가지였다. 한여름으로 기억되는 여섯 살 무렵, 집 앞에 걸어놓은 빨랫줄에서 툭 떨어진 옷감은, 그것을 주워 들었던 여자의 손안에서 꽁꽁 얼어 있었다. 처음으로 마녀의 힘이 나타난 순간이었다.

"우리 마을에 마녀가 나타났대!"

소문은 순식간에 마을로 퍼졌다. 돈과 권력이 있는 자들이 금은보화를 싸 들고 여자의 집 앞으로 길게 줄을 서기 시작했다. 대개가 누군가를 저주하는 더러운 일들이었다. 그때문인가. 마녀들의 결말은 항상 좋지 않았다. 노쇠함으로 힘이 사라진 시기에 마녀는 거리에서 사람들에게 돌팔매를 맞아 죽거나 숲에서 짐승들에게 뜯어먹혔다. 혹은 누군가의 고발로 심한 고문을 받고 불에 타 죽기도 했다. 그래서 여자는 항상 자신의 죽음을 두려워했다.

눈 내리는 추운 겨울밤, 여자는 거실 난롯가에 앉아 있었다. 갑자기 대문이 벌컥 열리더니 헐레벌떡 보라색 머리의 오빠가 뛰어들어왔다.

"마녀를… 진정으로 사랑할 수 있는 남자와 결혼하면… 행복한 죽음을 맞이할 수 있대."

다급한 오빠의 말에서 여자는 희망을 얻었다. 유레카! 그것이 비참한 죽음에서 달아날 수 있는 유일한 탈출구였다.

여자는 자신의 손을 붙잡고 있는 왕자를 오만하게 쳐다보았다. 환하게 웃는 남자의 표정에 여자는 피식 웃어 버렸다. 여태까지 자신의 손을 거쳐간 남자들 모두 왕자와 같은 표정을 짓고 있었다. 자신의 심장이라도 내줄 것 같은 표정. 그러나 달콤한 말로 쏟아부었던 사랑의 끝은 어떠했던가. 결혼은 현실이었다. 결국 여자와 밤마다 사랑을 속삭이다가도 그들은 한결같이 여자를 버리고 권력과 부를 좇았다. 처음에는 배신감에, 이제는 상습적인 화풀이로 여자는 그들을 야수로 만들었다. 그렇게라도 하지 않으면 분이 풀리지 않았다.

여자가 돌연 창문을 향해 고개를 돌렸다. 묵직하게 눌리는 가슴을 풀어내듯 깊은 한숨을 내쉬며 눈을 감았다. 하루살이처럼 저를 사랑해 줄 남자를 찾아다니는 일에 여자는 지쳐 버렸다. 그저 하루라도 빨리 이 지친 몸을 쉬고 싶었다.

제발 이 남자가 마지막이기를….

여자는 숲속 작은 오두막에 혼자 살고 있었다. 왕자는 그곳에서 하루가 멀다 하고 여자와의 정사를 가졌다. 여자는 오두막에서 혼자 책을 읽거나 뜨개질을 하다가도, 왕자가 도착하면 언제 그랬냐는 듯 순진한 여자의 탈을 벗어 버렸다. 남자들을 가슴 떨리게 만드는 요염한 미소를 짓는 천한 작부의 표정으로 왕자에게 달려들었다. 그렇게 시작한 정사는 낮부터 시작해, 왕자가 오두막을 떠나기 직전까지 이어졌다.

그날도 어김없이 여자의 오두막에 가려고 성을 나서던 왕자를, 왕비가 불러 세웠다.

"이웃나라 공주와 혼인 날짜가 잡혔는데, 그렇게 돌아다니면 어떡하니."

왕비는 혹시라도 생겨날 왕자의 불명예스러운 소문을 걱정하고 있었다. 그러나 왕자는 상관없었다. 어차피 그녀는 섹스 상대일 뿐이었고, 설사 소문이 문제가 된다 해도 왕자가 모르는 여자라 하면 그만이었다. 누가 감히 왕자의 말을 의심하겠는가.

그렇게 모두가 축복하는 성대한 결혼식장 한구석에 여자가 울면서 서 있었다. 얼빠진 표정으로 턱을 덜덜 떨고 있는 여자는 영락없이 배신당한 모습 그 자체였다. 왕자는 여자의 표정에서 은근한 우월감을 느꼈다. 그리고 오만하게 여자를 향해 턱을 치켜들었고, 조롱하듯 그녀를 응시했다. 그때 여자가 작은 봉을 든 손을 하늘을 향해 번쩍 들었다. 맑았던 하늘이 순식간에 어두워지고 구름이 몰려오더니 천둥과 번개가 봉에 내리쳤다. 여자의 얼굴이 시체의 빛깔로 변한 것은 삽시간이었다. 시체의 빛깔보다도 더 어두운 입술이 묵직하게 열리고 마녀의 저주가 왕자를 향해 빠르고 날카롭게 내리꽂혔다. 왕자가 정신을 잃었다.

야수가 다시 정신을 차렸을 때는 자신은 이미 짐승과도 같은 모습으로 변해 있었고, 사람들은 말 못 하는 사물이 되고 난 뒤였다.

***

하아.

야수는 부서진 탁자에서 흘러내려 이제 자신의 발치까지 온 끈적한 탁자의 진액을 쳐다보았다. 그러니 이것은 진액일 리 없었다. 누군지도 기억나지 않는 어느 시종이 죽어가며 흘린 피였다. 과거를 회상하며 움켜쥐었던 손에서 스르르 힘이 풀린 왕자가 천천히 두 손으로 얼굴을 쓸어내렸다. 뒤늦게 마녀의 저주에 분노한들 무슨 소용인가.

갑자기 서로가 서로에게 동조하듯 가늘게 떨리는 소음이 주변에 울려 퍼졌다. 늙은 주술사가 기도를 올리는 방울 소리 같기도 했다. 그것은 사물로 변해 버린 사람들이 필사적으로 살려달라 내뱉는 두려움의 웅성거림이었다. 야수가 눈동자를 희번덕이며 창문을 향해 빠르게 고개를 돌렸다. 누군가 겁 없이 이곳에 침입했다.

야수가 방 밖으로 나가 날렵하게 침입자가 있는 곳으로 갔다. 야수의 입가에 저열한 웃음이 번졌다. 야수의 짐승같이 질겨진 피부는 어떠한 공격도 막아낼 수 있을 정도였고, 길어진 손톱과 발톱은 상대방에게 치명상을 입힐 수 있는 질 좋은 무기가 되었다. 그러니 웬만한 인간은 자신을 이길 수 없었다. 누구에게도 지지 않는 압도적인 우월감이 야수에게 아편과도 같은 중독을 일으켰다. 죽어가며 괴로워하는 인간의 표정이 비틀린 쾌감을 선사했다. 한동안 살인 유희에 도취되어 성안으로 들어오는 침입자를 어른 아이 할 것 없이 가리지 않고 죽였더니, 어느새 이곳에 발을 들이는 사람이 현저히 줄었다. 그러니 오랜만의 침입자가 야수는 반가웠다.

침입자가 서 있는 곳은 잡초와 덩굴이 무성한 정원이었다. 머리가 희끗희끗한 노년의 상인은 챙 넓은 모자를 쓰고 있었다. 이왕이면 건장한 남자가 오기를 바랐던 야수는 아쉬워 입맛을 쩝 다셨다. 때마침 상인이 뒤를 돌아보았고 야수는 잡초 속으로 몸을 한껏 낮췄다.

"거기 누가 있소?"

가늘게 떨리는 목소리가 적막한 정원에 퍼져 나갔지만 돌아오는 답은 없었다. 상인은 사시나무 떨듯 온몸을 떨며 다시 앞을 향해 나아갔다. 야수는 평생 무기 한 번 손에 쥐어본 적도 없을 것처럼 약해 보이는 상인이 마음에 들지 않았다. 하지만 그건 그것대로 죽이는 재미가 있겠지.

크아악!

야수는 기합이 들어간 외마디를 외치며 번개같이 상인에게로 튀어 나갔다. 상인의 모자가 땅으로 떨어졌다. 단번에 상인의 머리를 노렸던 손톱은 허공을 가르고 말았다. 야수는 곧바로 반대편 손톱을 모자를 줍는 상인의 등으로 내리꽂았다. 그러나 이번에는 야수의 공격을 알아챈 상인이 급히 바닥을 굴러 야수의 손톱을 피해 버렸다.

'피했어?'

야수는 눈을 가늘게 뜨고 제대로 서지도 못해 주저앉아 있는 약해빠진 상인을 응시했다. 우연인가, 실력인가. 야수가 피식 웃었다. 상관없다. 죽이면 그만 아닌가. 야수가 빠르게 달려 길쭉한 손날로 상인의 머리통을 양 갈래로 가르려 할 때였다. 상인이 급히 두 손바닥을 머리 위로 올리고 싹싹 빌며 절규하듯 외쳤다.

"여자를 바치겠습니다!"

상인의 머리 위에서 야수의 손날이 멈췄다. 상인은 눈을 질끈 감고 필사적으로 말을 이었다.

"마을에는 성안에 들어가면 야수에게 잡아먹힌다는 소문이 무성합니다. 그러니 이곳으로 오는 여자는 씨가 말랐겠죠! 안 그렇습니까?"

그랬다. 야수는 멈춰 있던 손날을 스르륵 내렸다. 상인이 외쳤다.

"야수님이 외롭지 않게 제 딸아이를 바치겠습니다. 죽이든 살리든 야수님 마음대로 하십시오! 그러니 저만 부디 살려주십쇼!"

야수가 의심의 눈초리로 상인을 응시했다.

"네 말을 어떻게 믿지?"

상인이 덜덜 떨고 있는 손으로 가슴 안쪽에서 종이 한 장을 꺼내 간절하게 외쳤다.

"저희 집 땅문서입니다! 이게 없으면 저는 당장 길바닥에 나앉아 거리에서 비렁뱅이보다도 못한 삶을 살아갈 겁니다. 제 목숨보다 중요한 것입죠! 이 문서를 야수님께 맡길 테니 저를 보내주십시오. 그럼 딸아이를 데리고 반드시 돌아오겠습니다!"

야수는 상인의 손에 있는 문서를 집어 들었다. 나라에서 인증받은 확실한 땅문서였다. 야수의 눈동자에 점멸해가던 불꽃이 확 살아났다.

여자라.

마녀의 저주는 진정한 사랑을 얻으면 풀린다지.

상인은 매정한 아버지였으나, 야수에게는 잘된 일이었다.

***

정확히 한 달 후, 땅문서를 되찾은 상인은 정원 한가운데에 큼지막한 자루 한 포대를 놓아두고는 뒤도 돌아보지 않고 도망쳤다. 매정한 상인의 뒷모습을 보며 잠시 비웃은 야수가 자루를 살폈다. 입구가 밧줄로 꽁꽁 묶여 있고, 두꺼운 천으로 만들어진 자루는 보기에도 무겁고 답답해 보였다. 이 자루 속에 여자가 있단 말이지. 야수가 단단히 묶인 밧줄을 풀자, 앳된 얼굴을 한 여자가 푸핫, 크게 숨을 내뱉으며 자루에서 튀어나왔다. 하얀 피부에 도톰한 입술. 제법 예쁘장한 외모를 가진 여자였다.

"켁, 켁, 죽을 뻔했네!"

한 손으로 가슴을 쓸어내리며 거칠게 숨을 몰아쉬고 있는 여자에게, 야수가 허리를 살짝 굽혀 인사를 건넸다.

"제가 당신의 아버지와 거래한 야수입니다. 당신의 이름은,"

"벨이에요. 이곳이 앞으로 제가 지내게 될 성이군요."

허리에 양손을 짚고 당당하게 주위를 죽 둘러보는 벨에게 야수는 고개를 끄덕여주며 눈을 동그랗게 뜨고 쳐다보았다.

"제가 무섭지 않으십니까?"

"무서울 게 뭐 있나요? 이런 일이 한두 번도 아닌데. 저희 아버지가 야수님에게도 땅문서를 줬죠?"

야수가 다시 한번 고개를 끄덕이자, 벨이 그것 보라는 듯 피식피식 웃어댔다.

"하여간, 이 아버지란 작자가 딸 팔아먹는 게 아주 습관이야, 습관. 저번에는 몇 푼 되지도 않는 돈에, 날 애 셋 딸린 유부남에게 팔아먹더니, 이젠 하다 하다 인간 잡아먹는다고 소문이 쫙 퍼진 야수에게 날 팔아먹어?"

먼지가 잔뜩 묻은 옷을 탁탁 털며 작게 혼잣말을 하는 벨을 보며 야수는 그저 입을 떡 벌린 채, 어떤 반응도 하지 못했다. 이런 여자는 처음이었기 때문이다.

말하자면, 당돌하고….

벨이 갑자기 야수 쪽으로 고개를 돌렸다.

"설마 그쪽 정말로 인간 잡아먹고 살아요?"

야수가 고개를 내저었다. 벨이 빙긋이 웃었다.

"잘됐네요. 그럼 이참에 나도 여기서 아예 정착할까 봐요. 옷이 너무 더러운데, 혹시 여자 옷도 있나요?"

야수가 예전 왕비가 쓰던 침실로 벨을 안내했다.

또 말하자면, 구김 없고 귀여운….

벨이 호들갑을 떨며, 옷장 안에서 꺼낸 드레스들을 몸에 갖다 대고 거울에 비췄다.

"우와~ 나 이렇게 화려한 옷들은 처음 봐요. 이거 다 정말 내가 입어도 되는 거죠?"

야수가 문가에 몸을 비스듬히 기댄 채, 팔짱을 끼고 고개를 끄덕였다. 벨이 이번에는 옷들을 침대 위로 내던지고 화려한 장신구들이 놓여 있는 화장대로 달려가더니, 곧바로 귀고리 하나를 집어 들었다. 그리고 고개를 야수 쪽으로 홱 돌려 흥분 섞인 어조로 말했다.

"귀고리도 마음대로 해도 돼요?"

야수가 대수롭지 않게 그렇다고 하자 벨의 얼굴에 싱그러운 웃음이 가득 담겼다. 야수는 벨의 웃음이 어느 유명한 화가의 그림을 닮았다고 생각했다. 벨이 야수에게 두 팔을 벌리고 달려왔다. 그리고 야수의 허리를 꽉 껴안고는 얼굴을 위로 들어 올렸다. 벨이 야수에게 속삭였다.

"감사합니다."

야수의 얼굴에 새빨간 열기가 올라오기 시작했다.

벨은 그렇게 싱그러운 여자였다.

***

야수의 방에서 나와 왼쪽으로 꺾어 죽 걸어나가면, 야외 복도로 이어져 있는 벨의 방이 나왔다. 벨과 야수의 방 사이에 위치한 복도 벽면에는 날렵하게 잘 빠진 칼이 장식품처럼 걸려 있었다. 그리고 맞은편에는 아담한 정원이 자리하고 있었다.

불어오는 바람마저 더운 한여름이었다. 송골송골 땀이 맺힌 관자놀이를 손수건으로 꾹꾹 누르며 야수는 벨의 방을 향해 걸어가고 있었다. 벨에게 불편한 건 없는지 살펴보기 위해서였고, 또 가벼운 차 한잔을 하며 이야기를 나누기 위해서였다. 당연히 방 안에 얌전히 있을 것으로 생각했던 벨의 목소리는 전혀 엉뚱한 정원 쪽에서 들려왔다.

"야수님!"

바구니를 들고 자신을 향해 크게 손을 흔들며 뛰어오는 벨을 본 야수가 인상을 확 찡그렸다. 벨의 옷차림 때문이었다. 어깨가 완전히 드러난 드레스는 파이다 못해 벨의 젖가슴을 반 이상 노출시키고 있었다. 덕분에 하늘하늘한 드레스로는 지탱하기 역부족인 벨의 젖가슴이 뛰는 내내 크게 출렁거렸다. 그뿐인가. 흘러내리지 않게 드레스와 끈으로 꽉 압박한 탓에 가슴은 터질 것만 같았고, 노출된 가슴과 드레스의 경계선에서 분홍빛 유두가 보일락 말락 했다. 야수는 힘겹게 손으로 입가를 쓸어내리며, 자기 앞에 당도해 숨을 고르고 있는 벨의 가슴을 쳐다보았다. 그것은 오랜만에 여자를 접한 야수에게 야릇한 상상과 욕망을 끌어내기에 충분했다. 불그스름하게 얼굴이 달아오른 야수가 말했다.

"노출이 너무 심하지 않은가요?

눈을 동그랗게 뜨고 야수를 쳐다보던 벨이 이내 씩 웃었다.

"하지만 더운걸요."

야수가 눈썹을 꿈틀거리며 몰래 벨을 흘겨보았다. 야수는 간신히 유지하고 있는 미소가 깨질 것만 같았다. 순진한 건지, 멍청한 건지 여자는 도무지 겁이 없었다. 더 이상 이 여자와 함께 있다가는 야수는 다른 의미로 괴로워 밤새 잠을 이루지 못할 것만 같았다. 야수가 몸을 뒤로 돌려 빠르게 걸어갔다. 어디로든 저 여자를 피해 달아나야 할 것만 같았다.

"야수님! 야수님!"

뒤에서 끈질기게 불러대는 소리에 야수의 관자놀이가 험상궂게 씰룩거렸다. 저 여자는 도대체 말귀를 못 알아듣는 건가? 야수가 확실하게 말해줄 생각으로 몸을 홱 돌렸다.

"또 무슨 일입니까, 오늘은 정원을 나가볼 기분이 아니니…"

순간 야수가 말을 멈췄다. 여전히 자신을 보고 있을 줄 알았던 벨이 전혀 엉뚱한 복도 벽면 위에 걸려 있는 은빛 칼을 올려다보고 있었다. 벨이 호기심 가득한 눈동자를 반짝이며 야수에게 물었다.

"이 칼은 뭔가요? 선이 너무 아름다운데 제가 가져도 될까요?"

벨의 시선을 따라 흘깃 날렵하게 빠진 칼을 본 야수가 고개를 삐딱하게 기울이며 비웃듯 한쪽 입꼬리를 올렸다. 보기엔 가벼워 보이겠지만 매일 같이 훈련을 받은 군인이면 모를까 일반 성인 남자가 들기에도 꽤 무거운 칼이었다. 하물며 옷 따위에나 신경 쓰는 저런 여자라면.

"들 수 있다면 가지셔도 됩니다."

야수의 허락이 떨어지자, 벨은 기뻐하며 얼른 칼을 향해 까치발을 올렸다. 그리고 가뿐하게 은빛 칼을 들어 내렸다. 야수는 벨이 칼을 들고 돌아가는 뒷모습을 동그랗게 커진 눈으로 깜박임 하나 없이 주시하고 있었다.

***

'칼의 무게가 줄었나.'

식탁 위의 음식은 그대로 놔둔 채, 야수는 포크를 이빨로 잘근잘근 씹으며 온종일 그 생각뿐이었다. 어쩌면 야수가 칼의 무게를 잘못 알고 있었을지도 몰랐다. 혹은 오래된 일이니 잊어버렸을지도 몰랐다.

잘 구워진 칠면조를 나이프로 썰고 있을 때였다. 벨이 상체를 기울여 은근히 야수의 팔을 어루만졌다. 평소 벨답지 않은 성적 의미를 담은 스킨십이었다. 야수가 급히 팔을 빼며 벨의 시선을 피했다. 처음 겪는 여자와의 접촉도 아니건만, 이상하게도 심장이 빠르게 두근거렸다. 야수의 목덜미와 얼굴이 새빨갛게 달아올랐다.

"이러지 마세요, 벨. 당신과는 진지한 사랑을 나누고 싶답니다."

벨 역시 붉게 달아오른 얼굴로 수줍게 웃으며 말했다.

"저도 야수님을 좋아하고 있는걸요."

야수가 어색한 미소로 마지못해 벨을 향해 고개를 끄덕였다. 야수로 변해 버린 추악한 외모를 어떻게 저리 쉽게 좋아할 수 있겠는가. 벨의 입술은 거짓을 내뱉고 있었다. 아니면….

"벨, 당신의 착각일지도 모르죠."

순간 벨이 자리에서 천천히 일어나, 야수가 앉아 있는 의자 뒤편으로 걸어갔다. 야수의 양 어깨에서 가느다란 두 팔이 부드럽게 내려와 야수의 목을 살포시 감싸 안았다. 작고 하얀 벨의 얼굴이 야수의 뺨에 닿았다. 벨의 달콤한 숨소리가 피부로 느껴졌다. 야수의 심장이 간질거리기 시작했다. 벨이 수줍게 고백했다.

"진짜로 좋아해요, 야수님. 당신은 지금까지 제가 보아온 남자들 중에서 제일 자상하답니다. 당신은 제 아버지처럼 저를 이용해 팔아먹지도 않고, 부려 먹지도 않아요. 게다가 성안의 화려한 옷과 장신구를 모두 저에게 주었고, 제가 성에서 편히 지낼 수 있도록 신경을 써주시잖아요. 그것이 얼마나 감사한지요."

벨이 야수의 뺨에 살포시 짧은 입맞춤을 남기고 다시 말을 이었다. 야수의 고개가 저절로 숙여졌다. 벨의 낯간지러운 말을 듣고 있자니 부끄러웠다. 벨이 야수의 머리를 부드럽게 쓸어내리며 말을 이었다.

"당신을 보면 두근거리고, 얼굴이 달아올라요. 이런 마음을 도대체 뭐라 부를까요? 야수님은 아세요?"

야수의 마음속에 신음하듯, 아니면 감탄하듯 달콤한 울림이 온몸으로 퍼져 흘렀다. 벨이 속사포처럼 야수에게 속살거리는 저 말이 거짓이 아니기를 야수는 진심으로 기도했다. 벨이 스르륵 팔을 걷어가며 야수에게 마지막 속삭임을 전했다.

"저도 용기를 내서 말하는 거랍니다. 부끄럽네요."

야수의 머릿속은 벨의 말이 사실이어서 인간으로 돌아갈 수 있는 실낱같은 희망들로 부풀어 올랐다. 야수는 이제 막 제자리로 돌아가려는 벨의 팔을 다급히 붙잡아 돌려세웠다. 벨이 슬픈 듯 야수를 내려다보았다. 벨을 올려다보는 야수의 눈빛은 애가 탔지만, 행동은 멈춰 버렸다.

야수의 머릿속에 또 다른 생각이 스멀스멀 흘러 들어오고 있었다. 하지만 저 말이 다 거짓이라면, 야수는 처음으로 자신이 어떻게 해야 하는 건지 알 수 없었다. 한참을 야수를 바라보던 벨의 눈가에 투명한 물이 고인 것도 같았다. 벨이 미소를 띠며 말했다.

"정말로 좋아해요, 야수님."

벨의 마지막 미소를 본 순간, 야수의 신경줄이 끊겨 버렸다. 이제는 생각이란 걸 할 수가 없었다. 야수는 거칠게 벨의 허리를 낚아채 자신의 무릎 위에 앉혔다. 고개를 숙여 그녀의 입술에 깊고 격정적인 키스를 했다. 벨이 수줍은 듯 야수의 혀를 받아냈다. 야수의 손이 성급하게 벨의 드레스 안쪽을 걷어 올렸다.

툭, 야수의 성급한 손길로 벨의 드레스 안쪽에 아슬아슬하게 걸쳐져 있던 작고 동그란 물건이 바닥으로 떨어졌다. 삽시간에 모든 것이 멈추고 불길한 정적이 장막처럼 내려앉았다. 처음으로 수줍은 미소만 짓던 벨의 얼굴에 실금이 갔다. 의아함을 느낀 야수가 벨의 드레스에서 손을 떼어내 허리를 굽혀 작고 동그란 물건을 주워들었다. 케이스였다. 야수가 뚜껑을 열어보니, 흡사 여성의 립스틱과도 비슷한 새빨갛고 찐득한 물질이 담겨 있었다. 그리고 시큼하게 톡 쏘는 냄새가 났다.

순간 일그러진 얼굴을 한 벨이 송곳처럼 날카롭게 쏘아댔다.

"주세요!"

지금까지 본 적 없던 벨의 모습에 야수가 당황한 사이, 벨은 빠르게 야수의 손아귀에서 물건을 낚아채갔다. 야수가 한쪽 눈썹을 추켜세우며 물었다.

"그게 뭐지?"

"어머니가 돌아가시기 전에 주신 립스틱이에요. 오래된 거고, 이제 똑같은 물건은 어디서도 구할 수가 없죠. 그래서 그런지 이 물건에서만큼은 저도 모르게 예민해지네요."

벨이 야수를 향해 다시 방금 전과 같은 순진한 미소를 보냈다.

벨의 손에 들려 있는 둥근 케이스를 야수는 복잡한 눈길로 바라보고 있었다. 단순한 립스틱인 것 같진 않았다. 야수는 이내 벨을 향해 빙긋이 웃으며 고개를 끄덕였다.

"알았소."

야수는 절대로 벨을 의심하고 싶지 않았다.

***

밤새 잠을 설쳐 퀭한 눈으로 방을 나서자, 제일 먼저 야수의 눈에 띈 건 정원 한복판에서 아침의 태양을 맞으며 양팔을 활짝 벌리고 서 있는 벨의 뒷모습이었다. 속살이 비치는 실크 잠옷을 걸치고 햇빛 아래 서 있는 벨의 나체는 야수에겐 너무나 유혹적이었다. 야수는 순간 이성을 잃을 정도로 울고 싶었다. 욕구를 전혀 풀 수 없는 몸이었지만 간절하게 벨과 사랑을 나누고 싶었다.

그날 밤 야수는 벨을 위해 파티를 열었다. 화려한 샹들리에 곳곳에 양초를 켜두고 식탁 위에는 수프와 칠면조 요리를 차리고, 보기에도 달콤한 냄새가 물씬 풍기는 크렘 브륄레와 카눌레 같은 각종 디저트를 두었다. 벨은 손뼉을 치며 좋아했다. 야수가 왕자이던 시절보다도 못한 소박한 파티였음에도 이렇게 기뻐해 주는 벨이 야수는 고마웠다. 달콤한 카눌레를 한 입 베어먹으며, 자신의 어린 시절과 그때 살았던 마을 이야기를 즐겁게 이야기하던 벨이 문득 야수를 향해 수줍게 말했다.

"오늘을 우리의 첫날밤으로 해요."

야수는 난처한 듯 벨을 향해 미소 지었다. 벨과 섹스를 하고 싶다는 그런 불순한 의도로 파티를 연 것은 아니었기 때문이었다.

"나는 그저…."

그러나 야수의 말이 채 끝나기도 전에, 벨이 야수의 손가락 사이로 살포시 깍지를 껴왔다. 싱긋 웃은 벨이 천천히 야수의 손을 잡고 일어났다. 벨이 이끄는 대로 야수가 따라갔다. 벨이 도착한 곳은 야수의 방이었다. 자신의 냄새로 가득한 침대 위에 야수가 누웠다. 뒤이어 야수의 몸 위로 올라온 벨의 입술이 야수의 입술로 내려앉았다. 벨의 혀가 수줍어하면서도 용감하게 야수의 입속을 조금씩 잠식해 들어갔다. 야수는 그녀의 몸짓을 믿고 싶었다. 어쩌면, 어쩌면…. 하지만 그만큼 실망도 하고 싶지 않았다. 무너지는 슬픔을 맛보고 싶지 않다. 믿지 않으면, 기대하지 않으면, 실망도 슬픔도 없을 것이다. 그래서 야수는 선뜻 그녀의 고백에 대답하기가 망설여졌다.

붉어진 얼굴로 드레스의 상의를 가슴 밑까지 내린 벨이 야수에게 기어들어가듯 말했다.

"빨아주세요."

야수가 벨의 허리를 거칠게 낚아채 벨의 젖가슴에 얼굴을 파묻었다. 야수는 탐욕을 부렸다. 마음은 더없이 허탈하고 더없이 슬픈데, 벨의 가슴은 달콤하고 새콤했다. 문득 작게 울리는 벨의 아픈 신음이 야수의 귓가에 닿았다. 놀란 야수가 입을 떼어내자 벨의 젖가슴에 자신의 이빨 자국이 붉고 선명하게 남겨져 있었다.

깨물었나.

벨이 몸을 일으키며 야수의 어깨를 잡고 천천히 뒤로 밀어냈다. 당황한 야수는 순순히 벨의 손길을 따라 누웠다. 그런데 이상한 일이었다. 방금 전까지도 떨리던 야수의 반응이 사라졌다. 눈동자조차 미동이 없었다.

의미심장하게 미소 지은 벨이 자신의 한쪽 젖가슴을 가볍게 야수 쪽으로 들어 보였다.

"정말 아팠다고요. 하지만 괜찮아요."

벨이 허리를 숙여 야수의 귓가에 달콤하게 속삭였다.

"이제 당신 차례니까."

처음으로 야수가 벨을 이상하게 쳐다보았다. 벨의 말뜻을 이해할 수 없었기 때문이다.

빙긋이 웃고 있는 벨이 침대 밑에 숨겨 놓은 날렵하게 빠진 은빛 칼을 꺼내 들었다. 칼을 본 야수가 피식 웃으며 입을 벌렸다. 벙긋, 벙긋. 목소리가 나오지 않았다. 야수의 눈이 커졌다. 손을 들어 소리를 낼 수 없는 목을 잡으려 했다. 잡히지 않았다. 당연했다. 야수는 손을 들어 올릴 수 없었다. 온몸이 마비되었기 때문이다.

어찌 된 일이지.

야수는 다시 눈을 굴려 벨을 쳐다보았다. 벨이 어깨를 으쓱하며 대수롭지 않게 말했다.

"독이야. 오늘은 특별히 젖꼭지에 립스틱을 듬뿍 발랐지. 야수님을 위해. 당신이 어제 주웠던 둥근 케이스가 바로 독이 든 립스틱이거든."

야수는 잠시 벨을 노려보았으나, 온몸에 힘을 빼고 매트리스에 푹 파묻혔다. 저깟 독으로 야수는 죽지 않는다. 독은 몇 시간 뒤면 풀릴 것이다. 그저 사랑했던 벨이 자신을 죽이려 했다는 것이 충격이었다. 하지만 이런 감정도 벨을 쫓아내고 혼자 있다 보면 곧 사라질 것이다. 진정한 사랑을 찾았다고 생각했건만. 그리 생각하는 야수의 눈동자에 눈물이 맺혔다. 벨은 야수의 생각을 알고 있다는 듯 피식 웃었다.

"독으로는 당신을 죽일 수 없지. 목은 칼로도 쳐내기 힘들 정도로 두껍고, 피부는 어지간한 무기에는 뚫리지 않을 정도로 질겨. 하지만 마녀가 약점 하나는 남겨 놓았지."

벨은 야수의 가랑이 사이를 짚었다.

"여기, 이곳만은 야들야들한 살로 이루어져 있거든. 어떤 무기도 쉽게 뚫고 들어갈 수 있을 정도로 말이야."

야수의 눈동자에 얕은 동요가 일기 시작했다. 벨이 들고 있는 은빛 칼이 보였다. 갑자기 무언가 깨달은 듯, 야수의 안색이 하얗게 질려갔다.

벨은 최대한 천천히 야수의 가랑이 사이로 은빛 칼을 꽂아 넣기 시작했다. 단번에 찔러도 되건만, 그것은 방금 전 벨의 젖가슴을 무자비하게 깨물었던 자에 대한 치졸한 복수였다.

***

마을 어귀에 자리 잡은 빨간색 벽돌집으로 벨이 들어가자, 마침 저녁 식사를 위해 물을 끓이고 있던 노년의 상인이 그녀를 반겼다.

"생각보다 빨리 왔구나."

"볼 것도 없는 가난뱅이, 뭐 하러 오래 있어요. 죄다 철 지난

골동품이야. 건진 건 이 칼 하나예요."

야수의 피가 덕지덕지 묻어 은빛을 잃은 칼을 벨이 상인에게 보여주었다. 상인이 싱긋 웃으며 말했다.

"그래도 오늘은 고기를 좀 먹을 수 있겠구나. 안 그래도 단백질이 부족하던 차였어."

벨이 야수의 토막 난 시체를 담은 자루를 상인에게 넘기며 물었다.

"다음은 어디예요?"

"야수가 매일 밤 울부짖어 시끄럽다는 의뢰가 들어온 마을이 아직은 없어. 곧 오겠지."

벨이 몸을 소파에 눕히며 투덜거렸다.

"나 립스틱 좀 그만 사용하면 안 돼요? 야수들이 유두를 깨물어댈 때마다 아파 죽겠다구요."

그러나 상인은 벨의 투덜거림을 한쪽 귀로 흘려들으며, 야수의 팔 한쪽과 다리 한쪽을 끓는 물에 넣고 국자로 휘휘 저었다.

똑똑.

노크 소리에 상인이 얼른 문을 열었다. 문 앞에는 보라색 머리를 가진 남자가 초승달 같은 웃음을 흘리며 서 있었다. 야수에게 저주를 건 마녀의 오빠였다. 야수의 약점을 말해준 사람이기도 했다. 그건 오빠가 동생을 사랑하는 방식이었다.

"이번에는 여동생분이 사랑에 성공하셨습니까?"

상인이 자신의 돈벌이와 직결되는 질문을 던졌다. 마녀의 오빠는 가볍게 한숨을 내쉬며 고개를 저었다. 상인의 입꼬리가 살짝 올라갔다. 마녀에게는 안된 일이었으나, 상인에겐 잘된 일이었다. 상인이 경쾌하게 질문을 던졌다.

"이번엔 어디죠?"

백조왕자

 서늘하고 축축한 동굴 안쪽에는 모닥불이 타닥 타닥 타고 있었다. 모닥불 왼편에 자리를 잡고 앉아 있는 올해 열일곱 살이 되는 공주는 입술을 질끈 깨물고 몇 시간째 뜨개질을 하고 있었다. 엉겅퀴로 뜨는 뜨개질은 손가락 끝마디를 벌겋다 못해 허연 물집이 올라오게 만들어 보는 사람이 다 아플 지경이었다. 게다가 불룩 튀어나온 뱃살이 두 겹 세 겹 겹쳐져 숨쉬기가 불편함에도, 납작하게 눌린 콧구멍으로 콧김을 팍팍 뿜어내면서까지 공주는 뜨개질을 멈추지 않았다.

 문득 공주의 눈꼬리가 잘게 떨리는가 싶더니 눈물이 차오르기 시작했다. 공주는 얼른 통통하게 살이 오른 주먹 쥔 손으로 눈을 슥슥 비비고, 동굴 안쪽 우물에서 떠온 물을 벌컥벌컥 마셨다.

끼룩, 끼룩.

때마침 노을이 빨갛게 물든 하늘에서 열 마리의 백조가 구슬피 울며 동굴 쪽으로 날아왔다. 머릿속에 우울한 상념이 들려 할 때였는데 잘 되었다. 손에서 한 번도 놓지 않았던 뜨개 도구를 빠르게 바닥에 내려놓고, 공주는 무거운 몸을 일으켜 동굴 입구로 향했다. 백조들의 다리가 땅에 닿음과 동시에 마지막으로 자신을 불태우던 태양이 산 너머로 사라졌다. 하늘이 완전히 시커멓게 변해 버리자, 날개를 퍼덕이던 백조들은 순식간에 키 크고 멋진 남자들로 변했다. 그들은 공주의 오빠들이었다.

까무잡잡한 피부에 양볼에는 주근깨가 잔뜩 박힌 공주가 오빠들을 맞이했다. 그런데 지친 표정으로 누구 하나 공주에게 다정한 말 한마디를 건네주는 이가 없었다. 유일하게 신나게 떠들며 걷다가 공주의 뚱뚱한 몸에 튕겨져 나간 아홉째만이 머쓱한 표정으로 그녀의 어깨를 두어 번 툭툭 쳐줬을 뿐이다.

모두가 하루의 피곤을 덜기 위해 모닥불 근처로 모여 앉았다. 공주 역시 슬그머니 오빠들 틈에 뚱뚱한 몸을 끼어 앉았다. 그러자 양쪽에 있던 오빠 둘이 공주를 쩨려보았다. 당연했다. 2인석은 충분히 차지하고도 남을 공주의 덩치에 밀려 자신들의 몸통이며 얼굴이 양옆으로 바짝 눌렸기 때문이다. 공주 때문에 조금씩 비좁아진 자리로 인해 공주를 향한 오빠들의 눈길이 점점 험악해졌다. 그때 상황 파악 못 한 아홉째가 모닥불 근처에

털퍼덕 앉아 떠들어대기 시작했다.

"오늘 내가 아주 큰 물고기를 한입에 꿀꺽 잡아먹었지 뭐야. 그런데 꽤 맛있더라고. 나 이 생활이 은근 맞나 봐. 이거 새어머니께 감사해야겠는걸?"

옆에서 묵묵히 듣고 있던 셋째가 인상을 와락 일그러뜨리더니, 아홉째의 뒤통수를 퍽 하고 후려갈겼다.

"철없는 소리 좀 하지 마라! 난 미칠 지경이라고. 이제 생선 비린내도 넌더리가 날 것 같다."

하루 종일 개울가에 서 있느라 통통 부어오른 종아리를 주무르던 다섯째가 고개를 절레절레 흔들며 푸념을 늘어놓았다.

"아버지는 보는 눈도 없으시지. 그렇게 주름 자글자글한 할망구가 뭐가 좋다고, 새어머니랍시고 데리고 와서는 우리를 이 고생을 시키냐고."

맞은편에 있던 넷째가 가느다란 나무 막대기로 모닥불을 뒤적거리며, 동조의 뜻으로 소심하게 고개를 끄덕였다. 넷째 뒤쪽, 동굴 벽에 기대 서 있던 둘째는 열이 다시금 치밀어 오르는지, 벽을 쾅쾅 쳐대며 이를 박박 갈았다.

"망할 년! 평민 마녀 주제에 아버지의 사랑을 독차지하겠다고, 감히 왕자들을 백조로 만들어서 쫓아내? 내가 이 마법만 풀리면 그년 팔 다리를 다 잘라서, 지네와 벌레가 우글거리는 곳에 던져 버릴 테다. 그러다 죽을 것 같으면 건져내 치료하고, 살

만해지면 다시 던져 버리길 반복할 거라고. 그년이 죽을 때까지 고통스러워하는 모습을 보면서 즐길 거야."

둘째의 마음도 이해가 안 가는 바는 아니지만, 선을 넘는 말과 광인처럼 눈을 번뜩이며 웃는 얼굴에 모두가 꿀 먹은 벙어리가 되었다.

꼬르륵.

그때 눈치 없이 울리는 배꼽시계에 자신의 삼겹살 배를 부여잡은 공주의 얼굴이 새빨개졌다. 오빠들의 얼굴이 모두 공주를 향했다. 일곱째가 눈살을 찌푸리며 작은 돌멩이를 공주의 발치로 휙 던지며 핀잔을 줬다.

"네 뱃속에는 거지가 들었냐? 어떻게 시도 때도 없이 배고프다고 난리냐?"

흐읍, 공주가 입 밖으로 터져 나오려는 욕지거리를 간신히 참으며 일곱째를 흘겨보았다. 그러자 바로 옆에 있던 첫째가 공주의 머리통에 꿀밤을 날렸다. 헉, 첫째가 흠칫했다. 머리통까지 살집이 포동포동하게 올라 있을 줄은 예상치 못했던 것이다. 씨이, 이번에는 공주가 첫째를 흘겨보았다. 첫째는 애써 무심한 척했다.

"뭘 잘했다고 흘겨보기는 흘겨봐, 맞는 말이지. 살 좀 빼. 마녀한테서 너 구해 오다가 입 떨어지는 줄 알았다. 그물에 앉혀서 다 같이 물고 오는데 무슨 여자애가 그렇게 무겁냐."

'무뢰배들!'

참다못한 공주가 속으로 고함을 치며 벌떡 일어나 오빠들을 하나하나 노려보았다. 지금 때가 어느 땐데 저런 여성 비하적인 발언을 남발하는 거지? 화가 머리끝까지 난 공주가 어깨까지 들썩이며 씩씩거렸지만 누구 하나 관심을 두지 않았다. 공주는 더 이상 어쩌지 못하고 몸을 휙 돌려 동굴의 제일 구석지고 외진 자기 자리로 돌아갔다. 여덟째가 곁에 있던 셋째에게 귓속말을 했다.

"형, 쟤는 대체 왜 도망친 거야?"

"새엄마가 자기를 죽이려 했다잖아. 말이 되는 소리를 해야지. 막내면 몰라도, 새엄마가 쟤를 질투하겠냐. 그런데도 계속 도와달라는 편지가 날아오니까, 마음 약한 첫째 형이 넘어가서 귀찮은데 할 수 없이 데리고 온 거지."

"헐, 그 충격에 실어증 걸려서 지금까지 저렇게 말도 못 하고 있는 거야? 호랑이, 멧돼지도 맨손으로 때려잡게 생긴 저 몸집으로?"

벌레들이 파드닥 기어가는 소리까지 들리는 동굴이다. 하물며 오빠들이 자기를 두고 소곤대는 말이 공주의 귀에 들리지 않을 리가 없다. 공주의 주먹이 부르르 떨렸다. 퉤퉤퉤, 그냥 대놓고 말해라. 공주는 가뜩이나 살에 묻혀 보이지도 않는 작은 눈을 쫙 찢어 자신을 놀려대는 오빠들을 쩨려보았다. 공주가 처음 동굴에 도착했을 때 제일 먼저 만난 것이 짜증이 잔뜩 오른 셋째였다. 당시 셋째가 말했었다.

"너 아직도 그 공주병 못 고쳤냐? 새엄마는 자존심도 없어? 너를 죽이려 하게?"

충격? 아니다. 공주는 기가 막혔다. 그래서 말을 잇지 못했을 뿐이다. 혈압이 올라 뒤통수를 붙잡고, 셋째에게 삿대질을 해댔다. 누가 봐도 그건 분노로 쓰러지기 일보 직전의 모습이었다. 그때 셋째가 한숨을 푹 쉬며, 고개를 절레절레 흔들었었다.

"이제 실어증까지 걸렸냐? 정말 가지가지한다. 제발 얼굴값 좀 하고 살아."

그날 이후, 공주는 새엄마의 질투를 받고 실어증에 걸린 한심한 여동생이 되고 말았다. 공주는 갑자기 서러워 입술을 비죽 내밀며 나오려는 눈물을 꾹 참았다. '왜 새엄마가 자신을 죽이려 했다는 걸 아무도 안 믿어 주는 거지?'

새엄마는 아침에 일어나 공주가 마시려는 모닝차에 독극물을 넣어 놓기도 했고, 공주가 산책하는 길목에 실수를 심어 놓기도 했다. 일을 설렁설렁하던 공주의 호위무사조차도 진지하게 호위에 임할 정도였다. 그래서 즐거웠다. 세상 처음으로 질투 받는 여자의 기분을 느꼈으니까. 호위무사가 오빠들에게 어서 편지를 쓰라고, 그래서 이곳을 빨리 도망치라는 말을 들었을 때는 탄성을 지를 정도로 행복했다. 가녀린 여자가 된 것 같아서.

열한째가 동굴로 돌아왔다.

"형님들, 저 왔어요."

공주는 여자보다 더 흰 피부에 조각상 같이 생긴 열한째를 흘겨보았다. 저놈의 외모 때문에 공주는 아들 많은 집의 유일한 막내딸로 태어났음에도, 이쁨 받기는커녕 오히려 홀대받고 자랐다. 둘째가 미간을 좁히며 열한째에게 다가갔다.

"어디 갔다 온 거야?"

"오다 보니 절벽에 사람이 매달려 있더라고요. 구해 주고 오는 길이에요."

둘째가 열한째의 머리를 슥슥 쓰다듬었다. 순간 공주의 관자놀이에 빠직 힘줄이 불거졌다. 어디 외모뿐인가, 마음까지 천사다. 그러니 다혈질이고 사납기로 유명한 둘째까지 열한째라면 저리 웃어줄 정도지. 다섯째가 장난스럽게 열한째의 목을 졸랐다.

"너 아무한테나 가서 끼 부리면 안 된다."

"그냥 사람 구하러 간 것뿐인데."

"세상이 얼마나 험한데."

공주는 서러웠다. 마땅히 막내이자 여동생인 자신이 들어야 할 말들을 모두 저 열한째가 듣다니. 공주는 획 돌아앉아 다시 뜨개질을 시작했다. 제 꿈에 나왔던 돌아가신 엄마가 다시 한

번 원망스러웠다.

동굴에 도착한 날 밤, 꿈에 나타난 엄마는 엉겅퀴로 오빠들에게 줄 스웨터를 짜라고 했다. 그래야 오빠들에게 걸린 마법이 풀린다고. 저렇게 공주를 박대하는 오빠들 뭐 이쁘다고 마법을 풀어 주겠는가. 그런데 엄마가 피식 웃으며 동그랗고 작은 갈색 병 하나를 공주에게 내밀었다.

'서쪽 마녀가 이번에 새로 만들었다는 다이어트약, 효과가 아주 획기적이라는 소문이 자자하지.'

헉, 공주가 숨을 들이켰다. 사고 싶어도 매년 단 5병만 만든다고 해서, 구하기가 하늘의 별 따기인 약이었다. 저승에 있어서 그런가, 엄마는 그 귀한 다이어트약을 용케도 구했다. 공주가 환희에 찬 얼굴로 엄마의 손바닥 위에 놓인 다이어트약을 집으려는 순간, 엄마가 빠르게 손을 뺐다. 그러고는 태연하게 약을 주머니에 넣더니 공주에게 으름장을 놓았다.

'스웨터 완성하는 날 동굴 안에 가져다 놓으마. 지금부터 벙어리가 돼서 스웨터만 짜렴. 그때까지 말 한마디라도 하면 이거 국물도 없어!'

꿈에서 깨어난 공주의 눈동자에서 불꽃이 일었다. 주먹을 불끈 쥐고, 혈안이 되어 엉겅퀴를 찾아 나선 공주는 결심했다.

'그 앙증맞은 약을 반드시 받아내겠어!

간헐적 다이어트는 공복으로 기절해서 3일 만에 포기, 원푸

드 다이어트는 한 가지 과일에 물려서 하루 만에 포기, 운동 다이어트는 운동했다는 안도감에 마음 놓고 디저트를 왕창 먹었다가, 외려 살이 찌는 바람에 주변의 만류로 포기. 이런 공주에게 엄마가 갖고 있는 마녀의 다이어트약은 마지막 희망이었다.

***

동굴 안에서 공주는 한창 뜨개질 중이었다. 수없이 찔러오는 바늘에 손가락 살이 터지고 피가 배어 나오고, 하루 종일 살찐 어깨와 뚱뚱한 등을 구부리고 있느라 삭신이 쑤셔댔다.

'백조는 무슨, 오리 새끼 같은 것들.'

문득 사람의 기척이 났다.

"사람이 있었군요."

공주를 보고 안도하는 기색이 역력한 낯선 남자가 동굴 안쪽으로 걸어왔다. 햇빛을 등지고 있어 공주에게 그의 얼굴은 잘 안 보였지만, 키가 훤칠했다.

"산책을 하다 길을 잃었습니다."

자신을 왕자라 소개한 남자가 공주 가까이 다가오자, 드디어 얼굴이 보였다. 이웃나라 왕자였다. 왕자는 이목구비가 뚜렷하고 선이 굵어 한 번 보면 기억에 남을 듯한 인상을 가지고 있었다.

"이쁘시군요."

태어나서 남자에게 처음으로 들어보는 뜬금없는 칭찬에 공주는 살집에 묻혀 작아진 눈을 휘둥그레 떴다. 살짝 '심쿵'한 것 같기도 했다.

공주가 육즙이 묻어 나올 것 같은 볼을 발그레 붉히며 뜨개바늘을 잡고 있던 곰 같은 손을 꼼지락거리자, 불현듯 왕자가 낮게 혀를 차더니, 빠르게 공주 앞에 한쪽 무릎을 꿇고 앉았다. 왕자는 공주의 손을 잡아 자세히 살펴보더니 인상을 찌푸렸다.

"아프지 않으십니까. 손가락이 온통 상처투성이군요."

공주는 흠칫 놀라 얼른 손을 뺐다. 처음 보는 외간 남자에게 자신의 못난 손을 내보였다는 민망한 마음 때문이었다. 그런데 처음 맛보는 외간 남자의 손길은 그렇게 달콤할 수가 없었다.

공주의 이런 심란한 마음과는 별개로 왕자는 서둘러 자신의 상의 밑단을 북북 찢어 공주의 손가락 하나하나에 친친 감아주었다. 공주의 얼굴이 더욱 벌게졌다. 왕자가 흘깃 공주를 보며 말했다.

"아무리 뜨개질이 중요해도 몸 생각하면서 하셔야죠."

젠틀한 남자가 처음인 공주는 이제 심장까지 빠르게 뛰었다. 왕자가 손을 떼어낸 후에도, 공주는 어쩐지 계속해서 손가락이 홧홧하니 뜨거운 것만 같았다. 왕자가 일어나 동굴 주변을 살펴보다 공주에게로 고개를 돌렸다.

"목이 마른데 마실 물이 좀 있을까요?"

공주는 고개를 끄덕이며, 동굴 안쪽에 있는 우물을 가리켰다. 그러나 왕자는 인상만 찡그리고 있을 뿐 그쪽으로 갈 생각을 하지 않았다. 그런 왕자를 공주는 내심 이해했다. 공주 역시 처음에는 찝찝하다는 생각이 들었으니까.

"왕자님! 왕자님!"

멀리서 병사들이 왕자를 부르는 소리가 들려왔다. 왕자는 곧 떠날 것이다. 그것이 공주는 못내 아쉬워 고개를 천천히 바닥으로 떨구었다. 그 모습은 마치 커다란 곰이 겨울잠을 자는 것 같은 모양새였다.

그때 불현듯 왕자가 공주에게 허리를 굽히며 손을 내밀었다.

"당신은 제 생명의 은인입니다. 보답하고 싶은데 저와 함께 성으로 가시지 않겠습니까? 이곳보다는 훨씬 나을 겁니다."

공주가 고개를 번쩍 들고는 미소 짓고 있는 왕자를 쳐다보았다. '내가 왜 생명의 은인이지?' 공주는 왕자를 위해 한 일이 없었다. 선뜻 자신의 손을 잡지 않는 공주의 속내를 알겠다는 듯 왕자의 미소가 짙어졌다. 하지만 한쪽 입꼬리만 비틀어 올려진 게, 어쩐지 성가셔한다는 느낌도 들었다. 왕자가 말을 이었다.

"저에게 물이 있는 곳을 알려주셨지 않습니까."

'하지만 마시지도 않았잖아.' 공주가 더욱 의심스러운 눈초리로 왕자를 바라보자, 그는 안타까운 듯 눈을 내리깔며 중얼거렸다.

"아쉽군요. 당신과 더 많은 이야기를 나누고 싶었는데…."

다급해진 공주가 덥석 거두어가려는 왕자의 손목을 잡았다. 거울이라곤 생전 장신구라 여겨 제대로 들여다본 적도 없는 공주는 갑자기 그런 생각이 들었다. 물은 그저 핑계일 뿐, 어쩌면 이 왕자는 자신에게 첫눈에 반한 게 아닐까. 그러니 이런 어처구니없는 핑계로 자신을 성으로 데려가고 싶어 하는 거겠지. 이것은 오빠들의 홀대를 탈출할 수 있는 일생일대의 기회일지도 모르지 않는가. 왕자가 눈을 가늘게 뜨고 공주를 내려다봤다.

"저와 같이 가시는 겁니까?"

공주가 초조한 눈빛으로 서둘러 고개를 주억거렸다. 따라가겠다는 말 한마디라도 해서 상황을 확실하게 해두고 싶건만, 엄마의 협박으로 말소리 하나 내지 못하는 공주는 애가 타기만 했다. 안타깝게도 남자가 처음인 공주는 자신을 전혀 숨길 줄 몰랐다. 표정으로 다 드러났다. 왕자가 슬며시 비릿한 웃음을 지었다.

"곧 병사들이 도착할 겁니다. 짐은 저게 답니까?"

공주가 화색이 도는 얼굴로 다시 한번 고개를 끄덕이다 멈칫했다. 망할 놈의 오빠들이 생각났기 때문이다. 그래도 혈육이니 저만 좋다고 혼자 왕자를 따라갈 수는 없었다. 난처해하는 공주의 얼굴을 본 왕자의 비릿한 웃음이 진해지기 시작했다.

"물론 같이 지내시는 분이 있다면 그분과 함께 오셔도 괜찮습니다."

그러나 공주는 여전히 엄지의 손끝을 물어대며 어떤 제스처도 취하지 못했다. 그러자 왕자는 허리를 깊숙이 숙이고 공주의 귓속으로 아직도 미소 짓고 있는 입술을 가까이 갖다 댔다. 그리고 방금 전보다 더욱 달콤하고 부드럽게 속삭였다.

"동물도 괜찮고요. 예를 들면 큰 새라든지…."

드디어 공주의 얼굴에서 난처함이 사라지고 기쁨이 넘쳤다.

***

'왕자가 놀라지 않은 건 의외였어.'

두툼한 손가락으로 나이프와 포크를 잡고 식탁에 앉아 한입 거리로 보이는 스테이크를 그래도 잘게 자르고 있던 공주는 그렇게 생각하며 와인을 마시고 있는 왕자의 옆얼굴을 흘긋 보았다. 때마침 맞은편에 앉아 고기 한 점을 질겅질겅 씹고 있던 다섯째가 왕자에게 말을 걸었다.

"희한해. 어제 우리가 사람으로 변하는 걸 보고도 놀라지 않다니. 보통은 다 놀라서 걸음아 나 살려라 하고 도망가던데 말이야."

그렇다. 공주는 오빠들에 관해 왕자에게 알려준 적이 없었다. 그저, '백조들을 우리에 가둬 놓는 건 가여워요. 사람의 발길이 닿지 않는 곳에 풀어놓고 조용히 살게 하고 싶습니다.'라고 성에 도착한 날 바닥에 글씨를 써서 왕자에게 생각을 전했을 뿐이다. 왕자는 공주의 요청을 흔쾌히 수락했고, 아무도 가지 않는 호숫가를 소개했다. 공주는 흡족했다.

그런데 성에 머문 지 며칠 되지 않은 어제, 왕자가 공주에게 다정히 손을 내밀며 말했다.

"당신의 백조를 보러 가는 건 어떨까요?"

노을이 지는 저녁 무렵이었지만, 공주는 딱히 거절할 마땅한 말이 생각나지 않았다. 그저 오빠들이 알아서 잘 숨어 있길 바라며 공주는 왕자와 함께 호숫가로 향했다. 호숫가에 도착했을 즈음엔, 하필 태양이 막 산으로 넘어가 새카맣게 어두워지기 시작할 참이었다. 동시에 호수 근처에서 뒤늦은 휴식을 즐기던 오빠들 역시 사람으로 돌아오고 있었다.

공주는 드레스 자락을 꽉 움켜쥐며 오빠들을 응시하고 있는 왕자의 옆얼굴을 바라보았다. 이 일을 어쩌나. 뭐라고 말해야 하나. 왕자가 불현듯 감탄 어린 중얼거림을 툭 내뱉었다.

"아름다워."

곧 왕자는 공주에게 시선을 주며 덧붙였다.

"아름다운 당신의 백조들에게는 호수가 아닌 방이 필요하겠군요."

 태연히 말하며 왕자는 사람으로 돌아온 오빠들에게 천천히 다가갔다. 당시 왕자의 반응은 정말 의외였다.

 스테이크를 썰며 잠시 생각에 빠졌던 공주는, 그러나 빠르게 왕자의 반응을 납득했다. 이미 아름다운 내가 옆에 있으니 더 놀랄 일도 없던 거지. 공주는 두툼한 살집에 눌려 이미 반은 구부러진 나이프를 쥔 채 입꼬리를 실룩거렸다.

 다섯째의 무례한 언사에도 왕자는 어깨를 한번 으쓱이더니 대수롭지 않게 대답했다.

 "세상에는 워낙 믿을 수 없는 일이 많이 일어나니까요."

 불만스럽게 손등에 턱을 괸 다섯째가 이번엔 포크로 샐러드를 푹 찍으며 심드렁하게 말했다.

 "그래서 좀 재미가 없더라고."

 이번에는 식사를 거의 끝마쳐가고 있던 첫째가 냅킨으로 입가를 닦으며 왕자에게 말을 걸었다.

 "그런데 듣자 하니, 저희 여동생에게 첫눈에 반하셨다고요."

 저렇게 부끄러운 말을 아무렇지도 않게 하다니. 공주는 얼굴을 발그레 붉히며 왕자를 몰래 쳐다보았다. 눈매를 접으며 활짝 웃는 왕자가 첫째를 바라보며 대답했다. 그러나 눈길은 첫째를 미묘하게 벗어나 있었다. 공주의 착각인 걸까.

 "그렇죠, 첫눈에 반했습니다. 운명이라고 생각하고 있어요."

왕자의 말투는 꼭 지금 누군가에게 직접 고백하는 사람처럼 들떠 있었다. 공주는 한숨이 나왔다. 정말이지 부끄럼이 많은 왕자다. 남자답게 공주를 직접 보고 고백하면 받아줄 텐데, 꼭 저렇게 다른 곳을 보고 해야겠는가. 공주는 두툼한 입술 사이로 스테이크를 집어 넣으며 그렇게 생각했다. 첫째가 들고 있던 냅킨을 차분하게 식탁 위로 내려놓으며 다음 질문을 이어갔다.

"그럼, 결혼까지 생각하고 계십니까?"

"물론…."

왕자가 답을 하려는데 열한째의 와인 잔이 쨍그랑, 요란한 소리를 내며 바닥으로 떨어졌다. 산산이 부서진 와인 잔에 창백해진 열한째가 자리에서 엉거주춤 일어나 모두를 바라보았다.

"미… 미안. 내가… 실수로."

더듬거리며 말하는 모습이 평소 살가운 열한째답지 않았다. 의외의 모습에 자리에 있던 모두가 눈을 크게 뜨고 바라보았다. 결국 열한째는 자리를 박차고 나가 버렸다. 민망한 침묵이 내려앉기 전에 셋째가 얼른 왕자에게 변명을 늘어놓았다.

"아까부터 속이 좋지 않다고 하더니 결국 탈이 난 모양입니다."

왕자는 가볍게 숨을 들이마시고, 미소를 지으며 좌중을 둘러보았다.

"저 역시 오늘 식사는 여기까지 하는 게 좋겠군요. 그럼 모두들 즐거운 식사가 되시길."

식당을 나서는 왕자의 뒷모습을 보며 공주는 묘한 이질감을 느꼈다. 무엇일까. 문득 공주의 머릿속으로 기억 한 조각이 스쳐 지나갔다.

공주가 동굴에서 오빠들에게 왕자에 대한 이야기를 꺼낸 그날이었다. 오빠들의 반응은 다양했다. 당황, 놀람, 짜증, 귀찮음…. 모두 예상했던 반응이었고, 놀랍지도 않았다. 그런데 유독 열한째만이 안색이 새파랗게 질린 채 뒷걸음질을 치며 중얼거렸다.

"아니야, 그럴 리가 없어."

열한째의 색다른 반응은 공주의 눈에 묘한 이질감으로 박혔었다.

혹시…. 양손에 포크와 나이프를 쥐고 있던 공주는 돼지코가 우그러지도록 얼굴을 구겨 버렸다. 열한째의 반응을 알 것 같았기 때문이다. 그것은 공주가 왕자를 얻어냈다는 데 대한 질투였다. 공주는 열한째의 분수를 모르는 질투심에 고개를 절레절레 저어댔다.

하지만 공주는 그것 말고도 생각해야 할 게 많았다. 곧 있으면 엉겅퀴가 떨어진다. 묘지 근처에서만 자라는 엉겅퀴를 다시 한번 구하러 가야 했다.

공주가 포크로 스테이크를 푹 찍으며 진지하게 생각했다.

'이 집 스테이크 맛집이네.'

***

"그건 사탄의 풀입니다! 죽은 사람의 혼을 먹고 자라난 풀이요!"

공주는 인상을 잔뜩 찌푸린 채, 목에 핏대를 세우며 알현실에서 왕에게 항의하고 있는 대주교를 노려봤다. 저 고지식한 대주교가 제 뒤를 밟을 줄이야. 밤중에 몰래 성을 빠져나가 묘비 주변에서 엉겅퀴를 뽑으려던 공주의 손을 무자비하게 낚아챈 대주교는 이곳 알현실까지 공주를 끌고 온 터였다.

자리를 지키고 있는 병사 몇 명을 제외하고는 아무도 없던 알현실에서 대주교가 성난 음성으로 "고발하겠다."고 쩌렁쩌렁 외쳐대는 바람에, 곤히 자고 있던 왕이 급하게 나왔고, 지금까지 이 난리였던 것이다. 왕이 미간을 좁힌 채, 조용히 대주교를 타일렀다.

"겨우 묘비에서 엉겅퀴 풀 조각을 뽑았다고 마녀라고 할 수는 없소."

대주교가 자신 있게 고개를 위로 쳐들었다.

"그렇습니다. 하지만 저 여자는 엉겅퀴로 계속해서 무언가를 뜨고 있지 않습니까!"

왕은 팔걸이에 걸친 손등에 턱을 괴고, 짜증이 난 얼굴로 대주교를 바라보았다. 매번 마녀에 집착하는 대주교의 행동거지가 사이비 신도 같다는 생각이 들었기 때문이다. 엄한 여자를 데려와 마녀라고 우겨대는 것도 한두 번이 아니었다. 아주 귀찮았다. 그래서 대주교의 고발 건은 모두 왕자에게 일임했건만, 왕자는 도대체 이 시간에 어딜 간 것인가. 왕은 대주교가 누굴 고발하는데 열을 올리기보다는 성경책을 한 장이라도 더 보길 바랐다. 왕이 대주교를 향해 심드렁하게 대꾸했다.

"그게 나쁜 짓이라고 말할 수도 없지 않나."

그러나 대주교는 뜻을 굽히는 법이 없었다.

"그렇죠. 그것만으로는 알 수가 없죠. 허나 저 여자는 종일 방에 처박혀 나오질 않지 않습니까? 오로지 식사 시간에만 얼굴을 비치고 있어요!"

이번에는 공주의 울화통이 치밀었다. 방에서 나오지 못하는 건 공주에게도 할 말이 많았다. 왕자가 여간 독점욕이 심했어야지. 방을 나설라 치면 문 앞을 지키고 있던 왕자가 튀어나와 공주에게 얼굴을 들이밀고 물었다.

"뭐 필요한 게 있소?"

공주는 왕자의 손바닥에 글씨를 썼다.

'출출해서요.'

그럼 빵과 우유, 쿠키까지 쟁반에 소담하게 담겨 공주의 방으로 들어왔다.

"또 뭐가 필요하오?"

'답답해서요.'

그럼 30분은 걸려야 돌아올 수 있는 정원 산책이 100m 달리기로 10분 만에 끝났다.

급기야 공주는 왕자에게 도대체 왜 이러느냐고 성난 얼굴로 글을 썼더니 왕자가 울 듯한 표정으로 눈을 내리깔며 대답했다.

"뜨개질하는 모습이 제일 어여쁜 당신을 누군가에게 뺏길까 두렵습니다."

공주는 울컥했다. 이렇게까지 자신을 사랑하다니. 어쨌건 자기 남자가 아닌가. 공주는 그날 이후 왕자를 방으로 불러들였다. 그리고 왕자가 보는 앞에서 죽어라 뜨개질만 해댔다.

짜증이 난 왕과 공주 사이에서 눈치는 밥 말아 먹은 대주교의 목소리가 더욱 격앙되었다.

"어디 그뿐입니까? 여자의 오빠라는 자들은 또 어떻고요. 낮에는 흔적도 없다가 밤에만 나타나지 않습니까! 불길합니다! 불길해요! 저 여자와 오빠들은 사탄의 수하인 것이 분명합니다!"

순간 왕이 쾅, 팔걸이를 내리치더니 고함을 질렀다.

"그렇다면 나보고 그들을 모두 죽이라는 말인가! 그대는 요새 인건비가 얼마인지는 알고 떠드는 건가!"

본능적으로 자신이 너무 나갔음을 자각한 대주교가 비굴한 웃음을 띠며 왕에게 말했다.

"여자의 오빠들은 아직 확실히 사탄의 수하라는 증거가 없습니다. 그건 두고 봐야 알 것입니다. 허나 저 여자는 마녀인 게 분명하니 반드시 죽여야 합니다!"

신의 뜻을 이행하겠다는 사명감으로 불타오르는 대주교가 힘껏 팔을 들어 공주를 가리켰다. 왕은 의자에 푹 기대앉은 채, 관자놀이를 꾹꾹 누르며 공주를 흘깃 바라보았다. 보아하니 뚱뚱하고 못생긴 것이 사형시켜도 괜찮을 듯싶었다. 오랜만에 대주교가 기특한 짓을 한 것 같기도 했다. 공주는 왕의 표정을 이리저리 살펴보았다. 어쩐지 왕이 화를 내야 하는 포인트가 미묘하게 엇나간 기분이 들었기 때문이다. 왕이 천천히 입을 열었다. 형식은 갖춰야 하기 때문이었다.

"자네의 마음도 이해하나, 공주에게도 나름의 사정이 있으리라. 공주에게도 자신을 변호할 기회를 주는 게 어떤가."

대주교가 한쪽 입꼬리를 올리며 피식 웃었다. 그건 확신에 찰 때 나오는 특유의 거만함이었다. 공주는 입술을 질끈 깨물고, 눈살을 찌푸렸다.

도대체 무어라 변명해야 할까. '오빠들이 진짜 마녀에게 당해 백조로 변하는 주술에 걸렸습니다.'라고 할까? 공주는 머리를 절레절레 흔들었다. 공주 자신이 마녀로 몰리는 판에 그건 불난 집에 기름을 붓는 격이었다.

그렇다고 '엉겅퀴로 오빠들 스웨터를 다 만들면, 엄마에게서 다이어트약을 받기로 약속했습니다.'라고 사실대로 말한들 분명 저 망할 놈의 대주교는 엄마까지 사탄으로 몰아갈 것이 뻔했다. 공주의 미간에 잡힌 주름이 더욱 짙어졌다. 자신을 변명할 수 있는 말이 떠오르지 않았다. 도저히 빠져나갈 구멍이 보이지 않았다.

공주를 응시하고 있던 대주교가 이미 승리감에 도취된 얼굴로 왕을 보았다. 곧이어 대주교의 목소리가 다시 한번 알현실의 공간을 쩌렁쩌렁 울렸다.

"저 여자를 화형에 처하십시오!"

***

빽빽하게 들어선 사람들 틈을 신나게 비집고 들어온 아이들은 늙은 말 한 필이 간신히 끌고, 보초병 둘이 지키고 있는 수레를 향해, 있는 힘껏 돌을 집어던졌다. 보초병은 아이들을 흘긋 보았을 뿐 제지하지 않았고, 주변 사람들은 아이들의 행위를 더욱 부추기는 언동을 서슴지 않았다.

"마녀다! 마녀를 죽여라!"

그럼에도 공주는 스웨터 짜는 일을 멈추지 않았다. 오히려 보이는 게 없는 사람처럼 스웨터 짜는 일에만 열중했다.

'이게 마지막이야.'

그랬다. 이제 들고 있는 스웨터만 다 짜면 열한 벌의 스웨터가 완성될 참이었다. 다이어트약을 갖게 되기 직전이었다.

감옥에 갇힌 공주가 불안에 떨며 잠들지 못하던 어젯밤, 첫째가 찾아왔었다. 공주의 일로 왕자에게 갔다 오는 길이라던 오빠는 창살 너머로 공주의 어깨를 툭 치며 말했었다.

"너무 걱정하지 마. 그래도 결혼을 약속한 사인데, 설마 너를 화형에 처하게 놔두겠니?"

그러고는 돌아서는 첫째를 보며 공주는 기가 막혔다. 열한째가 저와 같은 상황에 처했어도 저랬을까.

공주는 그제야 외모지상주의 사상을 가진 오빠들의 눈에 들지 못해 서러웠던 자신이 새삼 한심해지기 시작했다. 어차피 세상은 각자도생이고, 자신의 문제를 해결할 수 있는 사람은 결국 자신밖에 없었다. 그까짓 외모로 남자들 눈에 들어 뭐에 쓴다고.

왕자도 맘에 안 들긴 마찬가지였다. 자신이 대주교에게 마녀로 몰리던 날 밤엔 코빼기도 보이지 않다가, 뒤늦게 사방팔방 공주를 구해달라 돌아다녔다지만 왕자의 말은 씨알도 먹히지 않았다.

그리고 엄마. 순간 공주의 관자놀이로 힘줄이 빠직 불거졌다. 엄마만 생각하면 아주 화가 머리끝까지 솟구쳤다. 뜨개질이 꼭 여성의 전유물은 아니지 않은가. 오빠들은 손이 없나 발이 없나. 각자 자기 옷들을 하나씩 뜨면 될 것을, 열한 벌이나 되는 스웨터를 공주에게 몰빵시켜 이 고생을 시키고 있는 엄마도 괘씸하기 짝이 없었다.

죽을 때 죽더라도 욕이라도 실컷 하고 죽어야지, 안 그러면 너무 억울했다.

순간 짜고 있던 스웨터의 마지막 한땀이 떠졌다. 완성된 스웨터를 바라보는 공주의 얼굴에 화색이 돌았다.

'드디어!'

철컥, 화형대 앞에 도달한 보초병이 수레문을 열어 주며 나오라 손짓했다. 열한 벌의 스웨터를 품에 꽉 껴안고 수레에서 나온 공주는 오빠들을 찾아 주변을 두리번거렸다. 화형대 앞을 꽉 메운 사람들은 저마다 울분과 괴성을 토해내고 있었다.

때마침 끼룩끼룩 백조들의 울음소리가 들려왔다. 화형대에서 제법 먼 나뭇가지 위에 앉아 있던 오빠들이 공주를 쳐다보고 있었다. 공주는 낮게 한숨을 내쉬고는, 오빠들을 향해 죽어라 소리를 질렀다.

"이 스웨터 받아!"

사람의 소리가 저기까지 들릴까 싶었는데 공주의 뚱뚱한 몸이 울림통이 되어 주니, 충분히 큰 소리가 오빠들에게 가닿았다. 백조 떼가 끼룩끼룩 아우성을 치며 하늘 높이 올랐다가 공주를 향해 쏜살같이 날아갔다. 그와 동시에 공주는 들고 있던 스웨터를 하늘 높이 던졌다.

 울분과 괴성으로 들끓던 군중들이 조용해졌다. 순간, 두 눈을 휘둥그레 뜨고 입을 떡 벌리고 있던 한 사람이 화형대 주변에서 사람으로 막 변한 둘째를 가리키며 소리쳤다.

 "사람이다! 사람으로 변했어!"

 군중들이 다시 소란스러워지기 시작했다. 두건을 쓰고 있던 늙은 할머니는 두 손을 맞잡으며 바닥에 무릎을 꿇고 기도하듯 소리쳤다.

 "오, 신이시여, 백조가 사람으로 변하다니, 천사가 틀림없겠지요!"

 금발 머리에 혈기가 넘쳐흐르는 한 청년이 셋째를 향해 주먹을 불끈 쥐며 고함을 쳤다.

 "아니야. 저건 사람을 현혹시키려고 사탄이 술수를 부리고 있는 거다!"

 군중들은 아까와는 다른 의미로 술렁이기 시작했다. 공주는 화형대 바닥에 털썩 주저앉아 버렸다. 그러자 공주가 앉은 자리가 찌그덕거리며 밑으로 살짝 가라앉았다. 공주는 진이 빠졌다. 말을 할 수 있게 되었지만 입 한번 벙긋거릴 힘조차 없었다. 다섯째가 공주 뒤편에서 얄밉게 투덜거렸다.

"이제 개울가에서 생선 못 잡는 거야? 재밌었는데. 너는 뭣하러 쓸데없는 일을 했냐?"

"저는 좋은데요, 형. 사람으로 살아가도 더욱 재미난 일이 많을 거예요. 막내가 저희를 위해 많이 고생했네요."

옆에 있던 열한째가 웃으며 다섯째를 달랬다. 그러나 이미 공주의 기분은 상할 대로 상했다. 기껏 구해줬더니 불평만 늘어놓는 다섯째를 향해 공주가 천천히 가운뎃손가락을 들고 중얼거렸다.

"존나 백조 대가리."

그때 공주의 눈에 멀리서 화형대 쪽으로 넘어질 듯 급히 달려오는 왕자가 비쳤다. 얼굴에 애처로움이 가득했다.

공주는 조금 난처했다. 왕자에게 마음이 식을 대로 식었는데 어쩌지. 순식간에 화형대로 뛰어올라온 왕자의 얼굴이 조금 더 명확하게 보였다. 왕자의 붉어진 눈가를 보자 공주의 뺨이 살짝 발그레해졌다. 아무래도 왕자가 절절하게 용서를 구하고 사랑한다 말하면 어쩔 수 없이 넘어가 줘야 할 듯싶었다. 드디어 지척으로 다가온 왕자가 공주를 향해 팔을 뻗었다. 공주가 왕자의 손을 맞잡았다.

그때 왕자가 성가시다는 듯 공주의 손을 쳐냈다. 그리고 공주 뒤편에 서 있던 열한째에게 다가가 와락 껴안았다. 두 손으로 열한째를 감싼 왕자는 몇 번이고 중얼거렸다.

"감사합니다, 감사합니다."

열한째가 민망한 듯 어리광을 부리듯 칭얼대며, 왕자의 가슴을 밀어냈다.

"이러지 마세요. 보는 눈이 많습니다."

그러자 왕자가 바닥에 한쪽 무릎을 털썩 꿇고 열한째를 경건한 표정으로 올려다보며 말했다.

"이제 더 이상 숨기지 않겠어. 내가 당신을 사랑한다는 것을. 사람들의 눈이 두려워 당신의 여동생을 사랑한다 거짓을 말하고 다녔던 나를 용서해 줘. 하지만…"

불현듯 왕자는 치가 떨리는 듯 손가락으로 공주를 가리켰다.

"정말 예상하지 못했어. 저렇게까지 못생겼을 거라고는. 혈육인데 어쩜 이렇게 다르지? 당신을 사랑한다 말하는 것보다, 여자를 사랑한다 말하는 게 더 창피하단 생각이 든 건 처음이야. 그래서 방에만 있게 한 건데도, 당신 동생은 정말 잘도 돌아다니더군."

이제 왕자의 얼굴은 한심함으로 고개를 절레절레 흔들기에 이르렀다.

"당신과 달콤한 밀회를 즐기고 있는 사이, 설마 공주가 이런 사고를 칠 줄은 예상도 못 했어. 도대체 혼자서 묘지엔 왜 간 거지? 필요하면 나한테 말했으면 됐잖아."

왕자가 열한째의 손등에 경건한 입맞춤을 날렸다. 그리고 다시 말을 이었다.

"그래도 하늘이 나를 버리지 않았어. 이렇게 당신을 사람으로 만들어 주었잖아. 절벽에서 나를 구해준 그날 이후로, 오직 당신만을 사랑해왔어. 나와 영원히 함께 있어 줘. 내 생애 이렇게 기쁜 날은 처음이야."

그것은 왕자의 절절한 사랑 고백이었다. 아무도 왕자를 비난하지 않았다. 외려 그의 말에 다들 눈시울을 훔쳤다. 모두가 한마음으로 왕자의 사랑을 응원했다. 나라의 경사였다.

오직 공주만이 싸늘한 눈빛으로 왕자와 열한째를 노려봤다. 그리고 담담하게 나머지 팔 한쪽을 들어 왕자와 열한째에게 가운데손가락을 날리며 혼자 중얼거렸다.

"그래, 인생 각자도생이다. 다 엿이나 먹어라."

공주는 모두가 왕자와 열한째의 사랑이야기에 넋이 빠져 있는 사이를 틈타 화형대에서 몰래 내려와 나무 뒤로 숨었다. 그리고 앞으론 아무도 자기를 알아보지 못할 거란 생각을 하며, 비어져 나오는 미소를 지으며 홀로 동굴로 향했다.

요린데와 요링겔

　금발에 흰 피부를 가진 새침하고 잘 웃는 요린데와 서글서글하고 온화한 인상에 눈매가 매력적인 요링겔의 결혼식 하루 전날이었다. 요링겔은 들뜬 마음에 하룻밤을 더 기다리기가 힘들었다. 요링겔은 요린데를 몰래 불러냈다. 그리고 둘은 아무도 없는 숲으로 들어갔다.

　숲속에 있는 성에는 마녀가 살고 있었다. 사랑하는 사람에게 배신을 당했다는 마녀는 연인들을 질투했다. 마녀는 자신이 사는 성 주변에 연인들을 갈라놓는 마법을 걸어놓았다. 그래서 숲은 연인들에게 위험했다. 그러나 둘만의 장소가 간절했던 그들에게 마녀의 소문 따위는 상관없었다.

　요린데와 요링겔은 손을 꼭 잡고 조용히 숲길을 걸었다. 많은 말이 필요 없었다. 같이 있다는 것만으로도 행복했다. 갑자기 요린데가 탄성을 질렀다.

"요링겔! 저기 꽃들 좀 봐. 너무 아름다워!"

요린데가 천사 같은 미소를 함빡 지으며 꽃들이 만개한 정원으로 달려갔다. 정원 한가운데서 꽃잎들을 사방으로 흩뿌리며 빙그르르 도는 요린데는 천상의 여인 같았다. 가슴이 두근거리는 요링겔이 요린데를 향해 주체할 수 없는 다정함을 담은 미소를 지어 보였다. 그 순간 괴물 같은 울음소리가 하늘을 찔렀다.

흐어어억!

괴물은 다름 아닌 요린데였다.

숲 깊숙한 곳, 마녀의 음산한 회색 성이 보이는 우거진 수풀 사이에서 요링겔은 굵은 눈물방울을 뚝뚝 떨어뜨렸다. 마음이 천 갈래 만 갈래 찢어지는 중이었다.

달빛이 환한 밤하늘 아래서, 연인 요린데의 어깻죽지 아래로 하얀 깃털이 쑤욱 돋아났다. 봉긋한 젖가슴이 평평해지더니 가슴 전체가 앞으로 툭 튀어나왔고, 잘록했던 허리는 자취를 감추고 새의 몸통이 되었다. 매끈하게 잘 뻗은 다리는 마른 나뭇가지처럼 말라 버렸고, 순식간에 노파의 쭈글한 피부 같은 징그러운 살들이 요린데의 흰 피부를 덮어 버렸다. 황급히 요링겔을 향해 걸어오려는 요린데의 발은 날카로운 발톱이 달린 네 개의 길쭉한 발가락으로 변해 버린 지 오래였다. 요린데가 극

심한 공포심으로 요링겔을 향해 입을 벌리려는 찰나, 입술은 길고 단단한 고동색 부리로 변해 버렸다.

파드득, 파드득.

하얀 새로 변해 버린 요린데가 훌쩍 날아올라 요링겔의 머리 위를 빙글빙글 돌았다.

찌르르, 찌르르.

구슬프게 울어대는 요린데의 울음소리에, 요링겔도 따라 울었다. 굵은 눈물이 눈꼬리를 타고 하염없이 흘러내렸다. 요링겔은 축축한 뺨을 손으로 닦을 수가 없었다. 칼로 생살을 도려내듯 아파 발악하듯 뛰는 심장을 어루만질 수도 없었다. 요링겔 역시 마법의 결계 안에서 몸을 전혀 움직일 수 없었기 때문이다. 요린데, 우린 어쩌다 이렇게 됐을까. 요링겔의 흐릿한 시야 속에 한 손에는 지팡이를 짚고, 한 손에는 텅 빈 새장을 든 허리가 굽은 마녀가 천천히 걸어오는 게 보였다. 드디어 요링겔 앞에 선 마녀가 눈을 둥글게 휘며 웃었다. 그제야 요링겔은 자신들이 이렇게 된 이유를 알았다. 분노로 들끓는 새파란 눈동자가 섬뜩한 기운을 띠며 마녀를 노려보자 마녀의 추한 미소가 더욱 짙어졌다. 마녀는 새장 문을 열고 휘파람을 불었다. 언제 구슬프게 울었냐는 듯, 새가 된 요린데가 파드득 날갯짓하며 새장 안으로 홀린 듯 들어갔다. 마녀가 요링겔을 보며 말했다.

"너는 필요 없어."

마녀가 요링겔의 어깨를 지팡이로 툭 치자 요링겔의 몸이 자유로워졌다. 요링겔은 눈을 부라리며 마녀에게 달려들었다. 그러나 얼굴에 주먹을 내갈기려는 순간, 요링겔은 다시 몸이 굳어 버렸다. 그뿐만 아니라, 머리통이 수십 개의 바늘로 찔리는 듯한 고통을 느꼈다. 입조차 굳어 버린 요링겔이 소리 없는 비명을 질러댔다.

 요링겔의 고통을 한참 음미하던 마녀가 히죽 웃으며 다시 요링겔의 몸을 풀어줬다. 요링겔은 털썩 바닥으로 엎어졌다. 이번에는 감히 마녀를 공격할 엄두를 내지 못하고 숨을 몰아쉬었다.

 마녀가 새장을 들고 돌아서자 요링겔은 주먹을 꽉 말아 쥐고 마녀를 향해 절박하게 소리쳤다.

 "요린데를 풀어줘!"

 그러나 마녀는 꿈쩍도 하지 않았다. 요링겔의 얼굴이 와락 일그러지며 다시 울먹임 섞인 절규를 토해냈다.

 "내가 요린데를 구하러 올 거야. 반드시 구하러 올 거라고!"

 새장에 갇힌 요린데가 찌르르, 울었다. '나를 구해줘'라고 말하는 것 같았다.

 미동도 없던 마녀가 요링겔을 슬쩍 돌아보더니 어깨를 들썩이며 클클클, 기괴한 웃음을 뱉어냈다.

 "어디 한번 그래보든가."

마녀가 떠났다. 사랑하는 요린데도 사라졌다. 요링겔은 사랑이 떠나간 자리를 어떻게 해도 메꿀 수가 없어, 울고 또 울었다. 요린데를 어떻게 구해야 할지 모르는 막막함에 걷고 또 걸었다. 집으로 돌아갈 순 없었다. 어떻게 요린데를 두고 집에 갈 수 있겠는가.

집과는 정반대로 정처 없이 걷다 보니 낡고 초라한 집 하나가 보였다. 마녀의 성이 있는 숲과 멀지 않은 곳이었다. 요링겔이 천천히 손을 들어 문을 두드렸다. 집 안에선 어떤 기척도 들리지 않았다. 이미 늦은 밤이었다. 어쩌면 집주인은 깊은 잠에 빠져 있을지도 몰랐다. 그러나 요링겔은 생각할 힘이 없었다. 넋이 빠진 채로 요링겔은 문을 더 세게 두드렸다.

"누구야!"

신경질적인 여자의 목소리가 들리더니 문이 벌컥 열렸다. 흰 잠옷에 가벼운 카디건을 걸친 검은색 곱슬머리 여자가 큰 눈을 더욱 휘둥그레 뜨고 요링겔을 쳐다보았다. 요링겔은 눈물을 뚝뚝 흘리고 있었다. 코도 훌쩍였다. 조각상 같이 잘생긴 청년이 아이처럼 울고 있으니 여자의 마음에 묘한 감정이 아지랑이처럼 피어올랐다. 안쓰럽기도 하고, 두근거리기도 하고. 그래서 여자는 조용히 요링겔의 팔을 잡고 집 안으로 이끌었다. 문이 닫혔다.

***

요린데가 마녀에게 말한다.

그는 나를 구하러 올 거야. 마법에서 풀어줄 거야.

마녀가 대답한다.

과연 그럴까….

***

하룻밤 신세를 진 그 작은 집에서 요링겔이 눈을 뜬 건 해가 중천에 뜬 한낮이었다. 요린데가 보고 싶어 울다 울다 새벽닭이 울 때쯤 겨우 잠든 요링겔이었다. 부담스러울 만큼 환한 햇볕이 들이치는 작은 집 내부를 요링겔은 퉁퉁 부은 눈으로 천천히 둘러보았다. 낡고 검게 그을린 화덕, 그 위에 놓인 검은 냄비와 국자, 나무통이 담겨 있는 개수대, 그리고 둥근 탁자 위에는 아직 씻지 않은 그릇 몇 개가 놓여 있었다. 단출한 살림살이였다.

그때 문이 벌컥 열렸다. 집 안으로 들어온 곱슬머리 여자가 손에 들고 있던 수건으로 깃털과 흙이 잔뜩 묻은 치맛자락을 탁탁 털어냈다. 여자는 인상을 찌푸리며 중얼거렸다.

"돈은 제때 줘야 할 거 아니야. 주지도 않으면서 말은. 어, 일어났네?"

멍하니 침대에 앉아 있는 요링겔을 발견한 여자가 눈을 동그랗게 뜨고 다가왔다. 여자가 다짜고짜 손을 뻗어 이마를 짚는 바람에, 요링겔은 흠칫 놀라 몸을 살짝 뒤로 뺐다. 여자가 어깨를 으쓱했다.

"난 울고 나면 꼭 열이 나던데. 열은 없네."

여자가 돌아서서 탁자 위에 놓인 지저분한 그릇들을 개수대로 옮겨 담기 시작했다.

"오늘 중으로 나가주면 좋겠는데. 보다시피 여자 혼자 사는 집이라 남자를 들이기가 좀 그렇거든."

아, 요링겔은 그제야 자신이 여기 온 이유가 떠올랐다. 여자에게 부탁을 해야 했다. 요링겔이 입을 벌렸다. 하지만 후드득 눈물부터 떨어졌다. 마음이 다시 찢어질 것 같았다. 이러면 안 되는데. 요링겔은 마음을 진정시키려고 숨을 크게 들이마셨다. 그리고 겨우 입술을 뗐다. 하지만 생각지도 못한 쇳소리가 나왔다. 당황한 요링겔이 두 손으로 목을 부여잡고 다시 말하기를 시도했지만 결과는 똑같았다. 마치 갈기갈기 찢어진 심장 사이로 목소리가 모두 새어나가는 것만 같았다. 요링겔은 개수대에 한 손을 짚은 채 자신을 응시하고 있는 여자를 쳐다보았다.

여자는 남자가 잘 운다는 생각이 들었다. 어제도 울고 오늘도 울었다. 남자는 겁에 질려 새빨개진 얼굴로 어깨까지 들썩이며 목소리를 내뱉으려 노력했다. 이런 일이 처음인 것 같았다. 여자에겐 경험이 있었다. 여자는 남자 앞에 무릎을 꿇고 앉아 그의 얼굴을 올려다봤다. 그러고는 자기 목을 꽉 붙잡고 있던 남자의 손을 조심스레 떼어내 무릎에 얹어주었다. 남자의 손등 위로 여자의 손이 포개졌다. 여자가 남자를 향해 달래듯 말했다.

"심호흡을 하고 천천히 말해봐. 기다려 줄게."

여자의 말대로 몇 번의 시도 끝에 남자 입에서 툭 튀어나온 단어는 '마녀'였다. 여자가 고개를 살살 끄덕였다. 남자의 상황을 대략 알 것 같았기 때문이다.

마녀의 성이 있는 숲과 가까운 이곳 마을에는, 넋을 뺏긴 듯 정처 없이 거리를 돌아다니는 낯선 이방인들이 간혹 나타났다. 모두 마녀에게 연인을 빼앗긴 남자들이었다. 그들이 연인을 위해 슬퍼하는 시간은 그러나 짧으면 일주일, 길어 봐야 한 달이었다. 그 시간이 지나면 사랑을 단념하고 자기 인생을 찾아 각자의 마을로 돌아갔다.

진정된 남자가 여자를 내려다보며 말했다.

"이곳에서… 당분간… 머물고 싶어요."

여자는 긴 망설임 끝에 고개를 끄덕였다. 길어 봐야 한 달. 여자는 이 남자도 다를 바 없으리라 생각했다. 남자가 잠시 머뭇거리다 덧붙였다.

"그리고 일도 하고 싶습니다. 험한 일도 괜찮아요."

***

집에 막 돌아온 요링겔에게 여자는 어색하게 손바닥을 내밀었다.

"일당은 받아왔어?"

말없이 고개를 끄덕인 요링겔이 바지 주머니 안쪽에서 꾸깃한 지폐 세 장을 여자의 손바닥 위에 올려놓았다. 여자가 잽싸게 돈을 세어보더니 얼른 치마 주머니에 챙기고 "배고프지?" 물으며 부엌으로 갔다. 요링겔은 풀썩 침대에 몸을 뉘었다.

여자는 거위 몰이를 했다. 아침 일찍 이웃집 부농의 거위를 몰고 근처 개울가 풀숲까지 갔다가 늦은 오후에 돌아와 거위를 울타리로 몰아넣는 일을 하고 있었다. 요링겔은 아침에 여자를 따라갔다가 오후에는 혼자 거위를 몰고 돌아오는 일을 맡았다.

여자는 악착같이 돈을 모았다. 어쩌다 시장을 가도 늘 반값으로 파는 시들어빠진 양송이와 양파 몇 개, 가게에서 제일 값싼 호밀빵을 사 오는 게 다였다. 요린데는 달랐다. 이쁜 옷이 보이면 꼭 사 입어야 했고, 맛있는 음식이 있으면 요링겔을 졸라 꼭 사 먹어야 했다. 여자와 요린데는 정말 달랐다. 요링겔은 그래서 여자가 왜 그렇게 돈을 모으는지 점점 궁금해졌다.

"밥 차려놨어. 와서 밥 먹어."

요링겔은 침대에서 일어나 탁자 앞에 앉았다. 그러고는 맞은편에서 빵을 조금씩 뜯어 먹고 있는 여자를 물끄러미 쳐다보았다.

"왜 그렇게 악착같이 돈을 모으는 거예요?"

요링겔은 자기가 물으면 여자가 순순히 대답해줄 줄 알았다. 만약 대답하기 싫으면 자기를 째려보거나 화를 낼 줄 알았다. 그런데 의외로 여자는 금세 눈가가 붉어지더니 입술을 지그시 깨물고 자기를 바라보기만 했다. 여자의 입술 끝이 잘게 떨렸다. 본의 아니게 여자에게 못할 짓을 했다는 생각이 든 요링겔이 얼른 고개를 돌렸다.

"말하기 싫으면 됐어요."

여자는 슬프고, 힘들고, 아파 보였다. 그러나 요링겔 역시 슬프고, 힘들고, 아팠다. 그래서 여자의 힘든 마음까지 알고 싶진 않았다. 여자의 마음까지 보듬어 주고 싶지 않았다. 제 마음 하나 건사하기도 힘들어서.

갑자기 누군가가 한 발길질로 문짝이 쾅, 거칠게 열렸다. 집 안으로 들어온 사람은 한 손에 술병을 들고, 목이 늘어날 대로 늘어난 더러운 상의를 입은 주정뱅이였다. 집 안에 지독한 술 냄새가 진동을 했다.

"개년아! 또 애를 보러 왔었지? 보고 싶으면 돈 가져오라 했냐, 안 했냐!"

주정뱅이는 제대로 중심도 못 잡는 추잡한 걸음걸이로 탁자 앞으로 와 여자에게 냅다 주먹을 날렸다. 탁자가 엎어졌다. 갑작스러운 상황에 당황한 요링겔이 급히 일어나 뒤로 물러서면서 주정뱅이와 여자를 번갈아 바라보았다. 여자는 계속해서 주정뱅이에게 뺨을 맞았다. 그런데도 비명 하나 지르지 않고, 눈물 한 방울 흘리지 않았다. 마치 시체처럼 가만히 얻어맞고 있을 뿐이었다.

우선 주정뱅이를 여자에게서 떼어내야 했다. 요링겔이 남자를 어깨로 힘껏 밀쳐내자, 주정뱅이는 예상치 못한 힘에 한두 발짝 뒤로 물러났다. 요링겔이 두 눈을 부릅뜨고 양팔을 벌려 남자 앞을 막아섰다. 잠깐 당황하던 남자는 이내 한쪽 입꼬리를 올리고 요링겔의 눈앞에 얼굴을 바짝 들이댔다. 술 냄새가 코를 찔렀다. 남자는 요링겔을 향해 눈을 위로 치켜뜨고는 비아냥대기 시작했다.

"아주 이것들이 쌍으로 노네? 놀아? 그새 어린 서방 하나 꾀어낸 거야?"

주정뱅이는 킬킬거리며 웃다가 속이 타는지 들고 있던 술을 병째로 마셔댔다. 반은 입으로 들어가고 반은 핏줄이 불거진 남자의 목으로 흘러내렸다. 그러더니 술병과 요링겔을 거의 동시에 바닥으로 내동댕이쳐 버렸다. 여자를 향하던 폭력이 이제 요링겔에게로 옮겨갔다. 바닥에 엎어진 요링겔의 등을 발로 밟고, 배를 쳐올리고, 머리통을 걷어찼다. 남자는 입으로는 끝없이 욕을 퍼부었다.

"미친놈, 우라질 자식, 정신 나간 놈."

문득 요링겔은 주정뱅이 남자가 제법 일리 있는 말을 자기에게 한다고 생각했다. 맞다. 저 혼자 살겠다고 요린데를 버리고 도망 나온 자기는 우라질 자식이었다. 그런데도 요린데가 그리워 매일 밤 마녀의 성을 배회하는 미친놈이기도 했다. 그러네. 자기는 정신 나간 놈이 맞았다. 맞아도 싼 놈이었다. 남자의 폭력이 하나도 아프지 않았다. 오히려 맞을수록 후련했다.

때리다 지친 주정뱅이가 드디어 집을 떠났다. 요링겔은 맥이 빠진 몸을 간신히 일으켜 앉아 집 안을 둘러봤다. 주정뱅이가 사라진 집 안은 난장판이었다. 엎어진 탁자와 바닥에 찐득하게 눌어붙은 수프, 그리고 아무렇게나 굴러다니는 호밀빵 두덩이. 그 뒤쪽으로 여자가 벽에 기대어 앉아 있었다. 여자는 여전히 시체 같았다. 요링겔의 눈에 여자가 너무 추워 보였다. 여자 때문에 주정뱅이에게 얻어맞았는데도 요링겔은 여자를 따뜻하게 품어 주고 싶었다. 하지만 그럴 수 없었다. 알지 못할 허탈한 감정을 느끼며 요링겔이 자리에서 일어서려 할 때 갑자기 여자가 이야기를 시작했다. 요링겔은 자리에 도로 앉았다.

요링겔을 무지막지하게 패고 간 남자는 여자의 전 남편이었다. 원래도 손버릇이 좋지 않았는데, 술을 마신 날은 더 심해졌다. 아이를 낳으면 좀 나아질까 싶었지만 남자는 달라지지 않았다. 오히려 낮밤을 가리지 않고 울어대는 아이 때문에 남자의 구타는 일상이 되었다. 어느 햇살 밝은 오후, 여자는 문득 오늘 딱 하루만 맞고 싶지 않다는 생각이 들었단다. 그래서 세 살 아이를 집에 놔두고 무작정 밖으로 나갔다. 어차피 금방 돌아올 거라 걱정하지 않았다고 했다. 그것이 하루가 되고, 이틀이 되고, 비로소 일주일 만에 여자는 집문을 두드렸다. 아무리 두드려도, 분명 안에서 사람의 기척이 들리는데도, 아이가 울고 있는데도 남편은 문을 열어주지 않았다고 했다. 여자가 찐득하게 눌어붙은 수프를 바라보며, 헛웃음을 웃었다.

"아이가 보고 싶으면 돈 내놓으래. 그런데 그건 시간이 너무 오래 걸리잖아. 그래서 몰래 보러 가는 거지. 처음 아이를 몰래 보고 온 날, 또 보고 싶어서, 안아 보고 싶어서 엄청 울었어. 너무 울었더니 나중에는 목소리가 나오지를 않더라고. 꼭 말하는 법을 잊어버린 사람처럼. 그때의 너처럼."

그리고 여자는 말이 없었다. 요링겔은 조용히 일어나 침대에 몸을 뉘었다. 얇은 이불을 추운 듯 머리끝까지 덮어썼다. 그리고 생각했다. 이 여자도 미친놈이고, 정신 나간 놈이고, 우라질 자식이라고.

며칠 후, 여자와 요링겔은 들판에서 말없이 지팡이로 거위를 몰고 있었다. 여전히 표정 없는 여자를 흘긋 보다가 요링겔이 먼저 입을 열었다.

"어제 일당 받으면서 주인에게 슬쩍 물어봤는데 그쪽 남편, 아무리 술주정뱅이라도 자기 자식은 끔찍이 아낀대요. 먹을 거, 입을 거 여느 부잣집 딸내미 부럽지 않게 다 해주고 있대요. 자식 팔불출이라고 소문났대요."

여자의 입술이 떨리는가 싶더니 이내 땅바닥에 주저앉아 엉엉 울기 시작했다. 눈물 콧물 엉망으로 흘리며 아이처럼 울어대는 이 여자는, 정말이지 울어도 새침하고 이쁜 척 우는 요린데와는 달라도 너무 달랐다.

요링겔은 저녁도 먹지 않고 마녀의 성으로 달려갔다.

요린데를 봐야만 할 것 같아서.

그래야 흔들리는 마음을 잡을 수 있을 것 같아서.

***

요린데가 마녀에게 말한다.

그는 나를 구하러 올 거야. 마법에서 풀어줄 거야.

마녀가 대답한다.

과연 그럴까….

***

그날 요링겔은 충동적으로 술을 마셨다. 인사불성이 되어 여자의 집으로 돌아온 요링겔은 몸을 제대로 가누지도 못했다. 얇은 원피스 잠옷 차림의 여자는 집에 들어온 요링겔을 얼른 자신의 온몸으로 받치고 침대까지 부축했다. 요링겔은 끝없이 중얼거렸다. 요린데, 요린데, 요린데.

여자는 요링겔을 침대에 눕히고 그 옆에 앉았다. 언젠가부터 요링겔의 '요린데'는 여자에게 부러움의 대상이 되어 있었다. 벌써 석 달째였다.

요링겔은 식사가 제때 차려지지 않아도 여자에게 고함을 지르지 않았다. 여자가 일당을 내놓으라 요구하면 손찌검은커녕, 오히려 주머니를 탈탈 털어 여자의 손에 잔돈까지 올려놓았다. 거기다가 요링겔은 여자를 구했다. 다짜고짜 집으로 찾아와 폭력을 휘두르는 전 남편에게서 여자를 구했고, 아이가 잘 지내고 있다고 말해 줘서 아이를 향한 죄책감으로부터 여자를 구했다. 요링겔은 그런 남자였다.

여자는 자고 있는 요링겔의 얼굴을 보며 뺨부터 턱 끝까지를 부드럽게 손끝으로 그어 보았다. 희고 맨들맨들했다. 문득 여자는 요링겔에게 사랑받고 싶어졌다. 그러면 인생이 바닥을 구르고 있는 여자도 행복해질 것 같았다. 반대로 여자는 요린데가 미워졌다. 질투가 났다. 온전히 갖고 싶은 요링겔의 사랑이 요린데에게 가 있다고 생각하면 참을 수가 없었다.

순간 여자는 허리를 깊이 숙여 요링겔의 입술에 입을 길게 맞췄다. 충동적으로 덤벼든 입맞춤이었지만 내심 요링겔이 깨어나 여자를 봐주길 바랐다. 요린데 따위는 잊어버리고 오늘 밤을 같이 보내길 바랐다. 그래서 여자에게 와주기를 바랐다. 그렇게 생각하니 심장이 콩닥콩닥 뛰었다. 볼이 빨갛게 달아올랐다. 마치 상상하는 일이 정말로 일어난 것처럼.

자신이 이런 여자였나. 이렇게 나쁜 여자였나.

여자가 긴 입맞춤을 끝내고 허리를 바로 했다. 요링겔을 내려다보는 여자의 눈동자는 아쉬움으로 가득했다. 아무리 생각해도 한 번은 너무 아쉬웠다. 여자가 다시 고개를 숙여 입맞춤을 했다. 그때 요링겔이 눈을 게슴츠레 떴다. 요링겔은 흐릿한 시야 속에서 놀란 눈으로 자신을 내려다보고 있는 요린데를 보았다. 그동안 꿈속에서조차 한번도 나와주지 않던 요린데였다. 섭섭했고, 야속했다. 그런데 드디어 나와준 것이다. 요링겔은 놓칠세라 급하게 두 팔을 뻗어 요린데의 목을 꽉 껴안았다. 요린데가 흠칫했다. 요링겔이 조심스럽게 두 손으로 감싸 쥔 요린데의 얼굴을 들어 올리고 해맑게 웃었다.

"보고 싶었어, 요린데."

그리고 갈급한 키스를 했다. 요린데의 가볍게 다물어진 두

입술을 열고 혀를 집어넣었다. 볼 안을 핥고, 입천장을 핥았다. 어쩔 줄 몰라 하는 요린데의 혀를 요링겔의 혀가 얽었다. 요린데의 혀가 너무도 달았다. 요린데를 침대 위로 눕히면서도 요링겔은 그녀의 입술에서 자기 입술을 뗄 줄 몰랐다. 행여 요린데가 다시 사라질까 겁이 났다. 어차피 날이 밝으면 꿈에서 깨겠지만 요링겔은 그게 무서웠다. 그래서 요링겔은 그녀의 귓가에 대고 끝없이 속삭였다.

가지 마, 요린데. 사랑해, 요린데.

요링겔은 간신히 요린데의 목덜미로 입술을 옮겼다. 요린데의 목덜미에 입술을 붙이고도 또 속삭였다. 사랑해, 요린데. 순간 요린데의 목덜미가 흐느끼듯 잘게 떨렸다. 요링겔은 요린데 위로 올라앉았다. 허리를 숙여 이번에는 그녀의 쇄골을 입술로 살짝 물었다가 가볍게 입을 맞췄다. 그러는 사이, 손바닥으로는 얇은 천에 감싸인 요린데의 풍만한 가슴을 위로 크게 둥글렸다. 부드럽고, 뭉클거리는 감촉에 요링겔의 숨결이 점점 거칠어졌다. 얼굴을 내린 요링겔이 풍만한 요린데의 젖무덤 사이로 얼굴을 파묻고 숨을 크게 들이마셨다. 그리웠던 요린데의 냄새가 가슴으로 한껏 들어와 요링겔은 눈물이 날 것만 같았다. 너무 좋아서 가슴에 얼굴을 비벼댔다.

젖무덤의 둔덕진 언덕 위로 봉긋하게 솟아오른 연한 갈색 젖꼭지가 얇은 천에 비쳤다. 앙증맞고 이뻤다. 요링겔은 본능적으로 젖꼭지를 입 안에 함빡 담고 쪽, 쪽 소리 나게 빨아댔다. 요린데가 간지러운지 간헐적으로 몸을 비틀어대자 요링겔이 부드럽게 그녀의 어깨를 어루만져 주었다. 괜찮아, 요린데. 이내 비틀리던 요린데의 몸이 잠잠해졌다.

요링겔이 입술을 떼어냈다. 침에 젖어 투명해진 천이 요린데의 갈색 젖꼭지 위로 바짝 붙었다. 무척이나 야한 젖꼭지였다. 요링겔이 엄지 바닥으로 요린데의 젖꼭지를 꾹 눌러 한번 둥글렸다. 요린데의 젖이 잘게 떨렸다. 요링겔이 성급하게 요린데의 잠옷 원피스 밑단을 허벅지까지 끌어올렸다. 입안이 떨림으로 바짝바짝 말랐다. 참을 수가 없었다. 원피스 밑단은 빠르게 요린데의 허리를 지나고 가슴을 지났다. 그리고 순식간에 요린데의 머리 위로 빠져나갔다. 옷이 벗겨지느라 얼굴 위로 잔뜩 헝클어진 요린데의 긴 머리를 요링겔이 정성스레 정리했다.

그리고 요링겔은 그녀의 얼굴을 다시 보았다. 요링겔은 한동안 그녀를 응시했다. 벌려진 입이 다물어지질 않았다. 자신이 사랑을 속삭이고, 냄새를 음미했던 여인은 요린데가 아니라 여자였다. 갑작스런 상실감이 쓰나미가 밀려오듯 요링겔의 가슴을 휩쓸고 지나갔다.

그래, 꿈속에서 냄새가 맡아질 리 없는데, 감촉이 느껴질 리 없는데.

문득 요링겔은 눈가가 벌겋게 물든 여자에게 밑바닥을 치고 일어나는 반동 같은 울화가 일었다. 요링겔이 매섭게 여자를 쏘아붙였다.

"왜 가만히 있었어요? 바보예요?"

여자의 입술이 조금 벙긋거리다 이내 닫혀 버렸다. 요린데였다면 남의 사정이야 어떻든, 끝까지 자기 입장을 상대에게 관철시키려 했을 것이다. 요링겔은 여자에게 그게 더 화가 나고 답답했다. 못된 심술이 일었다.

"그럼 오늘 끝까지 요린데를 대신해 줘요. 그러려고 가만히 있었던 거잖아요."

여자는 고개 하나 끄덕이지 못하고 여전히 눈물만 흘렸다. 정말이지 바보 같았다. 요링겔은 여자의 양쪽 허벅지를 거칠게 벌렸다. 그녀의 가랑이 사이로 들어선 요링겔은 문득 그런 생각이 들었다. 어쩌면 자기는 이 여자랑 계속 섹스를 하고 싶었던 게 아닐까.

요링겔이 입술을 질끈 물었다. 전희도, 애무도 부족하니 아플 텐데 여자는 신음 소리, 울음소리 하나 내지 않았다. 그런 여자의 고집스러움이 요링겔을 더욱 화나게 만들었다. 왜 울지를 않아. 왜 신음 소리 한 번 내지를 않아. 울기라도 하면, 아프다고 소리라도 내면 바로 안아 줄 수 있는데.

이윽고 요링겔은 본능적으로 터진 쾌감에 눈앞이 하얘졌다. 요링겔이 풀썩 여자 옆으로 쓰러졌다. 술기운을 빌려 하게 된 섹스는 금방 사람을 지치게 만든다. 정신이 가물가물했다. 여자는 여전히 눈물을 흘리고 있었다. 눈물은 관자놀이를 타고 시트까지 흘러내려가 검고 둥근 자국을 만들어냈다. 꼭 여자의 가슴에 새겨졌을 멍울 같았다.

그리고 요링겔은 깊은 잠에 빠졌다.

이제 꿈과 현실을 구분할 수 있는 요링겔은 자신이 걷고 있는 이곳이 꿈속이라는 것을 알았다. 요링겔은 성곽 뒤쪽에 있는 호숫가를 걷고 있었다. 사람들의 발길이 닿지 않는 곳이었다. 묘하게 생긴 사슴 한 마리가 물을 마시다 요링겔을 바라보았다. 그러다 근처 두 번째 단풍나무로 폴짝폴짝 뛰어가더니, 하얗고 작게 피어난 꽃을 우적우적 씹어 먹었다. 곧 요링겔의 눈알이 밖으로 튀어나올 것처럼 커졌다. 사슴이 젊은 여인으로 변한 것이다.

헉, 요링겔이 숨을 몰아쉬며 눈을 떴다. 낯익은 천장이 보이고 익숙한 침대 위였다. 요링겔은 급히 일어나 옷을 갈아입었다. 때마침 여자의 목소리가 들려왔다.

"어디 가니? 식사 조금 있으면 다 되는데."

요링겔은 일부러 여자를 보지 않고 묵묵히 가방을 챙겨들었다. 여자에게 화가 나서가 아니었다. 어제 일로 여자에게 면목이 없어서였다. 미안했다.

막 현관문 손잡이를 잡으려는데 여자가 요링겔의 손을 얼른 감싸 쥐었다. 요링겔이 놀라 쳐다보자, 여자가 부엌으로 가서 호밀빵 두 덩이를 가져와 가방에 넣어 주었다. 여자가 억지로 웃었다.

"아침도 안 먹고 나가면 배고플 거잖아. 가서 먹어."

요링겔의 가슴이 울컥거리며 뜨거운 감정을 뱉어내기 시작했다. 이 여자는 정말 자존심도 없다. 분명 여자가 화를 내야 하는 상황이 맞는데도, 되레 자기를 챙겼다. 벌게지기 시작하는 눈을 가리려고 요링겔은 얼른 고개를 숙였다.

"다… 다녀올게요."

요링겔이 자신의 치부를 들킬세라 서둘러 밖으로 나와 현관문을 닫아 버렸다. 울컥거림이 멈추질 않았다.

***

요린데가 마녀에게 말한다.

그는 나를 구하러 올 거야. 마법에서 풀어줄 거야.

마녀가 대답한다.

과연 그럴까….

***

찾았다!

노을이 지는 성곽 뒤편 호숫가에서 요링겔은 희열에 찬 눈동자로 꽉 쥐고 있는 하얀 꽃을 바라봤다. 마녀의 마법을 풀 수 있는 유일한 비책, 이 꽃이면 요린데를 원래대로 돌려놓을 수 있었다. 꽃을 찾느라 아침나절부터 내내 긴장했던 몸이 풀리더니 요링겔이 풀썩 주저앉아 버렸다. 허기가 졌다. 그러고 보니 아침부터 먹은 게 없었다. 까맣게 잊고 있던 가방을 뒤적거렸다. 호밀빵 두 덩이가 나왔다. 문득 여자의 얼굴이 생각났다. 차마 울지도 못하고, 억지로 입꼬리를 올리며 웃으려 노력했던 여자. 어쩌면 여자는 자기가 집을 나서자마자 울었을지도 모르겠다. 요링겔은 쓰린 감정을 애써 무시하고 호밀빵을 조금 뜯어먹었다.

여자는 바보 같았다. 분명 어젯밤에 상처를 받았을 것이다. 요링겔은 다시 목이 메어왔다. 어젯밤의 여자에게 미안했고, 모른 척 용서하고 챙겨 주는 여자에게 고마웠다. 그리고 여자에게 큰 상처를 안겨 준 자신이 미웠다.

요링겔은 눈꼬리에 맺힌 눈물 한 방울을 호밀빵을 들고 있던 손등으로 슥 닦아내며 일부러 입술을 비죽이며 중얼거렸다.

"그렇게 착해빠졌으니까, 남편한테 아직도 당하고 살지."

문득 여자가 걱정이 됐다. 자신이 사라지면 여자는 어떻게 될까. 아마 요링겔의 몫까지 여자는 깃털과 흙을 손에 묻혀가며 힘들게 일할 것이다. 그러면서도 아이를 보겠다고 말도 안 되는 돈을 모아가며, 비싼 음식 하나 사 먹지도 못하겠지. 또 가끔씩 집으로 쳐들어오는 전 남편의 구타에 시달리면서도 불평 한마디 못 할 것이다. 요링겔은 벌써부터 그런 여자가 가엾고 안쓰러웠다. 지켜주고 싶었다. 또 어젯밤 하지 못했던 미안하다는 말도 해주고 싶었다.

요링겔은 바닥에 얌전히 놓인 하얀 꽃을 물끄러미 내려다봤다. 요린데는 굳이 요링겔이 아니어도 구해줄 사람이 있지 않을까. 요린데는 마을에서 가장 이뻤기에 그녀를 흠모하는 남자도 많았다. 게다가 누구와는 달리 자기 앞가림두 똑 부러지게 잘하니 분명 마녀의 성에서도 잘 지내지 않을까 하는 생각도 들었다. 어쩌면 어떤 남자가 참다못해 이미 요린데를 구했을지도 모르지.

아니, 아니야! 갑자기 요링겔이 머리를 세차게 흔들었다. 지금 요링겔이 하는 생각이 얼마나 어처구니없는지 잘 알고 있었다. 다 여자에게 가고 싶어 만들어낸 핑계였다. 어느새 요린데보다 여자를 생각하는 감정이 더 커지고 말았다. 벌써부터 여자가 그리웠다. 여자가 눈앞에 계속 아른거렸다. 황급히 일어난 요링겔의 눈동자로 망설임이 스쳐 갔다. 하지만 그의 구두 굽은 곧바로 힘들게 찾아낸 하얀 꽃을 잘근잘근 짓이겼다. 여자에게 가자. 설렘 가득한 가슴을 안고, 여자의 집으로 향하는 길을 바라보는 요링겔의 눈동자가 반짝거렸다.

헉, 순간 외마디 비명과 함께 요링겔이 땅바닥에 쓰러졌다. 바로 뒤에서 헝클어진 금발의 요린데가 숨을 거칠게 몰아쉬고 있었다. 피 묻은 통나무가 요린데 발밑으로 툭 떨어졌다. 진흙과 풀로 더러워진 흰옷을 입은 요린데는 맨발이었다. 요린데는 정신을 잃은 요링겔 옆에 쪼그려 앉아 그를 바라보았다. 그리고 요링겔의 옆얼굴을 손끝으로 매만지며 말했다.

"어딜 가려고, 요링겔. 나랑 영원히 함께 살아야지."

요린데의 한쪽 입꼬리가 부들부들 떨리며 점점 올라갔다. 그것은 광기를 닮은 집착과 배신감이 한데 버무려진 미소였다.

***

요린데가 마녀에게 말한다.
그는 나를 구하러 올 거야. 마법에서 풀어줄 거야.
마녀가 대답한다.
과연 그럴까?
지금껏 여자를 구하러 온 남자는 단 한 놈도 없었어.
네 눈으로 직접 확인해 보렴.

잠자는 숲속의
공주

 침대에 걸터앉은 왕자는 앞에서 하염없이 울고 있는 흰색 군복을 입은 남자를 힘겹게 올려다보았다. 눈앞의 협탁조차 잘 보이지 않는 컴컴한 방이었건만 왕자에게 군복 입은 남자의 얼굴만큼은 또렷이 보였다. 너무나 사랑하는 남자였다. 왕자는 애달프게 우는 남자의 뺨으로 손을 뻗었다. 달래주고 싶었다.

 따각.

 차가운 날붙이가 왕자의 갈비뼈를 긁었다. 소름 끼치는 전율이 왕자의 온몸을 훑어내렸다. 그제야 고개를 숙여 아래를 본 왕자의 눈이 크게 떠졌다. 가슴 아래 깊숙이 꽂혀 있는 칼을 발견했기 때문이다. 왕자의 몸에서 나온 뜨거운 핏물이 칼자루를 움켜쥔 군복 입은 남자의 손등을 흠뻑 적셨다.

 어쩐지 숨을 잘 못 쉬겠더라니….

죽음을 앞둔 왕자는 한가하게 그런 생각을 했다. 무섭지 않았다. 화도 나지 않았다. 왜 그래야 하는가. 내가 죽는다고 저렇게 울어주다니, 얼마나 사랑스러운 남자인가. 그야말로 자신은 행운아다. 왕자는 눈살을 찌푸렸다.

빨리 달래줘야 하는데.

왕자는 허공에 멈추었던 손끝을 다시 움직였다. 남자가 입술을 살짝 깨물었다. 동시에 왕자의 몸에 박힌 칼날도 왼편으로 빠르게 돌아갔다. 털썩. 침대 위로 쓰러져 버린 왕자의 목구멍에서 뜨거운 핏물이 왈칵 쏟아져 시트를 검게 물들였다. 입술을 달싹여봤지만 소리조차 나오지 않았다. 왕자는 눈동자만 간신히 위로 치떴다. 남자는 여전히 울고 있었다.

참, 고지식하다. 저렇게 울 거면 손힘에 여지를 좀 둘 것이지….

결국 남자의 눈물을 닦아 주지 못했다. 따뜻한 말 한마디 건네주지 못했다. 아쉬웠다. 아렸다. 비통했다. 슬펐다. 어떤 말로도 이 감정을 표현할 수 없었다.

아아, 됐으니까 그만 좀 울어.

왕자의 숨이 이내 끊어졌다.

***

흐어억!

왕자가 기괴한 신음을 내뱉으며 잠에서 깨어났다. 달빛이 비치는 한밤의 숲속, 벌거벗은 채였다. 옆에는 자신과 섹스를 즐기던 남자가 곤히 자고 있었다. 심장이 아직도 벌렁거렸다. 내가 죽는다고? 믿을 수 없다. 하지만 그건 어릴 때부터 꾸어온 예지몽이었다. 왕자의 예지몽은 지금까지 틀린 적이 없었다.

어떻게 된 거지. 깊게 들이마신 숨을 내뱉으며, 왕자는 생각을 정리하기 위해 앞머리를 뒤로 쓸어넘겼다. 그때 불쑥 큼지막한 손이 왕자의 손목을 부드럽게 잡았다. 어느새 깨어난 남자가 자신을 보고 있었다. 날카로운 턱선과 움푹 들어간 눈 때문에 강인해 보이는 인상을 주는 자였다. 그러면서도 어디가 아프냐 걱정스레 묻는, 아이처럼 순박한 표정을 지을 줄도 아는 자였다. 달빛을 받은 남자는 신비롭기까지 했다. 예지몽 속 그 남자였다.

두근.

머릿속이 하얗게 변해 버린 왕자는 붙잡힌 손목을 확 빼냈다. 벌떡 일어난 왕자가 천둥벌거숭이의 모습으로 정신없이 숲을 내달렸다. 제 모습이 어떤지 생각할 겨를조차 없었다. 이건 설렘과 두려움이 한데 섞여 오묘하게 뛰는 심장 때문이었다.

숲속에서 첫눈에 반한 저 남자 때문에….

꿈속에서 자신을 무자비하게 죽인 저 남자 때문에….

왕자는 제정신을 차릴 수가 없었다. 오로지 머릿속에서 비명처럼 외쳐대는 명령을 따를 뿐이었다.

도망쳐!

***

그날 숲을 내달려 벌거숭이 꼴로 궁전까지 온 왕자는 방에 틀어박혀 몇 날 며칠을 나오지 않았다. 순식간에 궁 안에 소문이 돌기 시작했다. 방탕하게 놀던 둘째 왕자가 드디어 미쳤다고. 참다못한 왕이 왕자의 방문을 부수고 들어와 고함을 쳤다.

"당장 어디 데릴사위로라도 들어가 네 앞가림이라도 하란 말이다!"

항상 권위와 체면을 따지며 둘째 왕자를 못마땅히 여기는 왕이었으니, 어쩌면 당연한 수순이었다.

왕자는 그날로 궁을 나왔다. 첫째처럼 나라를 물려받아야 할 책임이 있는 것도, 막내처럼 마냥 귀염을 받아 가족들에게 남다른 애착이 있는 것도 아니었으니 궁을 나오기는 쉬웠다.

더욱 망나니처럼 놀았다. 낮에는 술에 만취해 돌아다녔고, 밤에는 창녀를 찾았다. 오래 가진 못했다. 술에 만취해도, 숱한 여자들과 섹스를 해봐도 숲에서 만난 그 남자의 얼굴이 머릿속을 떠나지 않았다. 괴로웠다. 제기랄! 인생 아무리 막 살았어도 반한 상대의 손에 죽는 건 너무 불쌍하지 않은가.

여관에 딸린 자그마한 식당 한편에서 왕자가 성난 표정으로 질경질경 풀떼기를 씹고 있을 때였다.

"잠자는 공주를 깨우는 왕자에게 나라를 물려준다지?"

"조건이 있대. 깨어난 공주의 마음을 사흘 안에 얻지 못하면 나라는커녕 도전자를 죽인다더군."

옆 테이블에 앉아 있던 추레한 옷차림의 남자 둘이 지들끼리 수군거리는 소리였다. 쾅, 왕자가 비릿하게 웃으며 자리에서 일어났다. 권력 아니면 죽음이라. 한 나라의 왕실에서 태어난 자신에게 이보다 더 걸맞은 도전이 있을까 싶었다.

***

여자를 깨우는 건 진짜 사랑을 아는 남자의 키스가 아닐까. 침대에 누워 있는 공주에게 입을 맞추며 왕자는 그런 생각을 했다. 기적과도 같이 눈을 뜬 공주는, 그러나 일어나자마자 퍽 왕자의 어깨를 밀쳐냈다. 자기 입술을 손등으로 닦아낸 공주는 바닥에 쓰러진 왕자를 노려봤다. 분노로 떨리는 입술로 공주가 말했다.

"어떻게 이런… 이런…."

하지만 말을 잇지 못했다.

다행히 왕자는 사랑에도 진심이었지만 눈치도 빨랐다. 게다가 왕자라는 것들은 권력을 사랑하니까. 침대 위로 털썩 주저앉아 버린 공주는 본능적으로 자신의 배를 두 손으로 감싸 안았다. 마른 팔다리에 비해 유난히 동그랗게 올라온 배. 많은 여자를 안아온 왕자였으니, 공주의 상태를 금방 알 수 있었다. 주변에 아무도 없다는 것을 빠르게 확인한 왕자가 다정히 웃으며 공주에게 말했다.

"임신하셨군요."

입술을 꽉 깨문 공주가 흰자위가 보이는 섬뜩한 눈으로 왕자를 노려봤다. 왕자의 웃음은 더욱 간사해졌고, 검지 끝마디를 입술 위로 세우며 속삭이듯 말했다.

"아무에게도 말하지 않겠습니다."

"…."

그 다음부터는 일사천리였다. 약속대로 만백성 앞에서 왕자와 공주의 약혼을 선포하고 돌아서는 국왕의 얼굴은 좋지 않았다. 알 만했다. 공주가 깨어난 것은 기뻤지만, 막상 눈앞에 있는 사위가 뭣도 없는 얼간이 왕자니 마음에 들지 않을 수밖에. 하지만 왕자는 상관하지 않았다. 어차피 공주의 마음만 얻으면 이 나라는 내 것이 아닌가. 왕자는 자신 있었다.

왕자는 약혼자로서 공주의 방문을 처음으로 두드렸다. 안쪽에서는 어떤 소리도 들리지 않았다. 왕자가 피식 웃었다. 자기가 마음에 들지 않겠지. 허락도 없이 문을 열고 들어가면서 왕자는 미사여구부터 쏟아내기 시작했다.

오늘도 따스하고 찬란한 빛이 비치는 하루군요. 공주님처럼 아름다운….

그러나 왕자는 말끝을 맺지 못했다. 하마터면 자리에 주저앉을 뻔했다. 심장이 펄쩍 뛰어올랐다.

맙소사, 세상에, 하나님, 부처님!

숲속에서 반해 하룻밤을 함께했던 남자가, 예지몽에서 무자비하게 자신을 죽였던 그 남자가 공주 뒤에 서 있었다. 공주의 호위무사로. 왕자를 알아본 호위무사 역시 놀라는가 싶더니 와락 눈살을 찌푸렸다. 왕자는 얕은 신음을 내뱉으며 뒷걸음질 치기 시작했다. 이상함을 감지하고 눈썹을 꿈틀거리는 공주를 신경 쓸 겨를은 없었다. 등이 문에 부딪혔다. 왕자는 성마른 몸짓으로 방을 뛰쳐나갔다.

으아아아!

밖으로 터져 나갈 수 없는 비명이 온몸을 뒤흔들었다. 공포와도 같은 뜀박질, 설렘과도 같은 두근거림. 정신을 차릴 수가 없었다. 어떻게 된 거지? 나는 어떻게 해야 하지? 혼란스러웠다.

왕자는 밤새 진정되지 않는 가슴을 부여잡았다. 잠을 이룰 수 없었다. 퀭해진 눈으로 아직 푸른 기가 도는 새벽빛을 응시했다. 문득 숨이 막힐 듯 방 안이 답답했다. 탁 트인 시원한 공기가 필요했다. 한탄과도 같은 숨을 내뱉은 왕자가 무거운 몸을 이끌고 천천히 방을 나섰다.

하얀 분수대, 울창한 나무 정원. 왕자의 발길이 닿은 곳은 철창으로 둘러싸인 연무장이었다. 이른 새벽이건만 한 남자의 기합소리가 들려왔다. 상의를 벗고 검술 연습을 하고 있는 것은 놀랍게도 호위무사였다. 호위무사가 머리 위로 칼을 들어 올리자 등의 양쪽 날개뼈 사이로 쭉 뻗은 길이 만들어졌다. 승모근은 봉긋하게 솟아올랐다. 근육의 결마다 빳빳한 긴장감이 감돌았다. 진지하게 정면을 주시하는 호위무사의 관자놀이에서 투명한 땀방울이 흘러내렸다.

순간의 고요. 왕자는 저도 모르게 흡, 숨을 멈추고 침을 꼴깍 삼켰다. 돌연 위로 쭉 뻗은 호위무사의 칼끝이 핫, 기합과 함께 허공을 갈랐다. 새벽의 푸른빛이 칼날로 비쳐들어 눈이 부셨다. 왕자는 순간 남자가 태양을 갈랐는 줄 알았다. 어깨를 들썩이며 가쁜 숨을 내쉬는 호위무사의 어깻죽지에서부터 쭉 뻗어 내려온 강인한 힘줄이 손목을 감싸 안아 들어갔다. 퍼드덕, 나뭇가지에 앉아 있던 새들도 놀랐는지 하늘 높이 날아올랐다.

하, 낮게 탄성을 내지른 왕자에게 순간 착각이 일었다. 풀과 나무, 그리고 하얀 분수대가 호위무사를 중심으로 되살아나는 것 같았다. 그를 중심으로 찬란한 생명이 넘쳐흐르고 있었다. 그 모습을 홀린 듯 바라보던 왕자의 얼굴이 확 달아올랐다. 왕자는 다급히 고개를 숙였다. 경직된 얼굴 근육은 조금씩 일그러지기 시작했다. 입꼬리 양 끝이 경련하듯 실룩거렸고, 눈자위가 붉어지는가 싶더니 주루룩 눈물이 흘러내렸다.

씨이팔! 너무 멋지잖아. 좆같이 늠름해. 병신같이 섹시해.

왕자는 죽을 걸 알면서도 그에게 기어이 반하고야 말았다. 국왕과 시녀 사이에서 나온 반쪽짜리로, 천덕꾸러기로, 하찮은 시종들에게조차 냉대를 받아왔던 왕자는 자신에게 처음으로 따뜻한 애정을 보여준 호위무사에게, 숲에 이어 다시 한번 반하고야 말았다. 처참하게 무너진 가슴속에서 핑크빛 설렘이 간지럽게 피어오르고 있었다.

씨발, 될 대로 되라지.

왕자가 주먹 쥔 손등으로 눈물을 벅벅 닦았다. 그때 머릿속에서 지지직거리는 소리가 들렸다. 왕자는 이 소리를 잘 알고 있었다. 그것은 예지몽에 한 발짝 다가갔다는 신호였다.

***

왕자는 들고 있던 찻잔을 테이블에 내려놓았다. 아쉽지만 이제 방으로 돌아가야 할 시간이었다. 기지개를 켜듯 몸을 일으킨 왕자가 자신을 노려보고 있는 공주를 향해 빙긋이 웃어 보였다.

"즐거운 대화였습니다. 공주님. 지금부터는 뱃속의 아기와 즐거운 시간을 보내시기를."

자기를 쏘아보는 공주를 뒤로하고 왕자는 방을 나섰다. 공주의 환심을 얻어도 모자랄 판에 비꼬듯 말한 것은 치졸한 질투심 때문이었다. 매일같이 호위무사를 곁에 둘 수 있는 것에 대한. 그리고…

닫힌 공주의 방문을 바라보며 왕자는 한숨을 내쉬었다. 곧바로 와장창 요란하게 그릇 깨지는 소리가 들리더니, 히스테릭한 공주의 고함이 터져 나왔다. 성깔을 이기지 못한 분노를 또 호위무사에게 풀고 있는 것이리라. 왕자가 미간 사이로 깊은 주름을 만들었다. 울컥, 짜증이 치밀었다.

그리고… 자기가 사랑하는 남자를 함부로 대하는 것에 대한.

공주가 힘껏 던진 쿠션 몇 개가 닫힌 문에 부딪혀 튕겨 올랐다. 그럼에도 분이 풀리지 않았는지 테이블 위의 찻잔과 주전자까지 전부 바닥으로 내던졌다. 호위무사는 낮은 한숨을 토해내며, 머리를 쓸어넘겼다. 공주는 성깔이 나빴다. 서서히 호흡을 가다듬은 공주가 호위무사를 향해 짧게 읊조렸다.

"치워."

냉랭해진 공주의 얼굴을 바라본 호위무사가 눈살을 찌푸렸다. 망설임 끝에 공주에게 말을 꺼냈다.

"뱃속의 아기가 걱정되지 않으십니까."

콧잔등까지 구겨진 얼굴로 공주는 주먹 쥔 손을 높이 쳐들어 동그스름하게 나온 자신의 배를 힘껏 내리쳤다. 그러고는 소리를 질러댔다.

"망할 놈의 아기! 이것만 아니었다면 내가…."

호위무사가 다시 한번 배를 내리치려는 공주의 손목을 잡아챘다. 마귀처럼 추한 얼굴을 한 공주를 향해 호위무사는 차마 하고 싶지 않은 말을 짓씹듯 내뱉었다.

"왕자와… 결…혼하시면 모든 일이 해결됩니다."

공주가 오만한 표정으로 코웃음을 쳤다.

"국왕의 귀한 무남독녀 외동딸인 나보고 저 얼간이 같은 왕자와 결혼하라고? 사지가 잘린대도 그렇겐 못 해."

호위무사는 질린 듯 가는 신음을 내뱉었다.

공주의 말처럼 죽은 이를 호위무사는 알고 있었다. 몇 년 전, 하룻밤의 유희로 공주가 가지고 놀았던 노예. 그런데 노예가 아이의 아버지임을 알고 공주가 명령했다. "저 노예를 죽여." 그건 간악하게도 국왕의 귀에 진실이 들어갈까 불안했던 공주가 증거를 인멸하고자 한 행동 중의 하나에 불과했다. 호위무사는 거절했다. 옳은 일이 아니었기에. 그러자 공주의 악독한 혀가 왕에게 거짓을 고했다. 노예가 자신을 겁탈하려 했다고. 조금만 주의를 기울였다면 얼마든지 알아차릴 수 있었을 거짓말을 왕은 알지 못했다. 설마 사랑하는 무남독녀 외동딸이 거짓말을 할까 의심조차 안 했다.

서커스 구경하듯 사람들이 잔뜩 모인 광장 한가운데에서, 노예의 사지는 각기 다른 방향으로 선 소들 다리에 묶였다. 병사가 채찍을 내리치자 소들이 걷기 시작했다. 허공으로 떠오른 노예는 처절한 비명을 터뜨렸다. 그건 사지가 천천히 찢겨나가는 고통을 참지 못해 차라리 당장 죽여달라는 헛된 애원이었다. 팔다리가 잘려 허연 뼈를 드러내 처참한 모습이 되었음에도, 노예는 가느다란 목숨일지언정 살아 있었다. 병사는 노예의 몸통을 밧줄로 묶어 말의 안장에 연결했다. 비죽한 돌들이 박힌 바닥에 등허리를 질질 끌리며 노예는 며칠 동안 마을 곳곳을 말에게 끌려다녔다. 결국 질긴 숨이 끊어졌다. 살아온 인생만큼이나 개죽음을 당한 것이다. 왕실에서 하사하는 죽음이라는 것은 그리도 잔인한 것이었다. 차라리 자신이 죽여줄 것을. 호위무사는 후회했다.

공주는 노예가 죽고 한 달 뒤 스스로 마녀를 찾아갔다. 공주가 태어나던 날 공주에게 저주를 내렸던 열세 번째 마녀였다. 물레에 찔려 영원히 잠들 것이라는 저주를 지금 당장 내려달라고 부탁하기 위해서였다. 공주는 어떤 짓을 해도 자꾸만 불러

오는 자신의 배가 두려웠다. 국왕의 분노가 무서웠다. 무엇보다 공주라는 신분을 박탈당하고 하층민으로 살아갈 미래가 가장 공포스러웠다.

왜 하필 스스로 아기와 함께 잠들기를 택한 공주를 깨우고야 말았는가. 호위무사는 왕자가 원망스러웠다. 허나 그것도 잠시, 곧 왕자에 대한 안쓰러움과 걱정이 더 많이 몰려들었다. 아비 없이 태어나 두려운 세상을 향해 홀로 싸워나가던 호위무사였다. 그런 호위무사에게 왕자는 숲에서 정사를 나누며 끝없이 속삭였다.

"난 언제나 당신 편이야, 당신만을 사랑해."

숭배와도 같은 무조건적인 사랑의 속삭임은 호위무사에게 낯설었다. 하지만 호위무사의 텅 빈 가슴이 무언가로 차올랐다. 그런 경험은 생전 처음이었다. 그러니 무슨 일이 있어도 왕자를 그리 죽게 놔둘 순 없다. 살려야 한다. 방법은 왕자가 공주와 결혼하는 것뿐이었다.

공주를 바라보던 호위무사는 두 눈을 질끈 감았다. 가혹한 숙명에 그저 입술을 깨물 뿐이었다.

***

보따리를 든 왕자가 제법 큰 나무 밑동에 익숙한 듯 털썩 앉았다. 하급 시종들이 오가는 좁다란 길가에 있는 나무였다. 고개를 드니 별이 보였다. 드디어 호위무사가 고된 일과를 마치고 집으로 가는 시간이었다. 서늘하지만 부드러운 가을바람이 왕자의 관자놀이를 매만지고 지나갔다. 귀뚜라미의 애절한 구애 소리가 기분 좋게 귓가를 간지럽혔다. 호위무사는 언제쯤 올까, 기다리던 왕자는 까무룩 잠이 들었다.

잠시 후 왕자의 어깨가 거칠게 흔들렸다. 뒷목이 뻐근하게 아팠다. 누구야, 그만 좀 해. 왕자가 미간을 찌푸리며 게슴츠레 눈을 떴다. 보이는 건 절박하게 저를 바라보며 뭐라 소리치는 호위무사였다.

"제정신입니까? 여기서 자면 얼어 죽어요!"

눈치도 없이 콩닥거리는 심장, 과장된 걱정에 대한 어이없음, 왕자가 피식 웃었다.

"감기는 걸릴 수 있겠지만, 얼어 죽을 날씨는 아니야."

"여긴… 왜 있는 겁니까?"

호위무사도 무안했는지 잠시 왕자를 흘겨보다 말을 돌렸다. 왕자가 또 웃었다. 왕자는 자랑스레 옆에 있던 보따리를 내밀었다.

"어머니께 이걸 드리고 싶어서. 어머니는 괜찮으셔?"

호위무사의 아버지는 전쟁이 나면 무조건 불려가야 했던 군인이었다. 젊은 나이에 과부가 된 홀어머니는 시장 바닥에 좌판을 깔고 산나물을 내다 팔며 호위무사를 키워냈다. 가난에는 허덕였으나 호위무사와 어머니는 서로를 유일한 안식처로 의지하며 살아왔다. 서로의 존재는 목숨과도 같았다.

왕자는 호위무사의 어머니에게 드릴 선물을 가져왔다. 시내 귀부인들의 단골 옷가게를 찾아가 고심해 고른 옷이었다. 그런데 호위무사는 왕자를 흘겨보기만 했다.

"시간이 그렇게 남아돕니까?"

내내 왕자의 생사에 초조해하던 호위무사의 마음이 순간 폭발하듯 터져 나오고 말았다.

"이틀 안에 공주의 마음을 얻지 못하면 당신은 죽는단 말입니다. 그것도 아주 잔인…."

"너를 조금이라도 더 보고 싶어서."

갑작스런 왕자의 고백에 호위무사의 숨이 턱 막혀 버렸다. 예상치 못한 말이었다. 목숨이 왔다 갔다 하는 기로에서 그저 보고 싶다는 이유 하나만으로 자신을 기다린 왕자가 답답하면서도 가슴이 뜨겁게 차오르는 것 또한 어쩔 수 없었다. 호위무사가 두 팔을 뻗어 왕자를 품 안 가득 안았다. 그리고 차마 떨어지지 않는 입을 열어 왕자의 귀에 대고 속삭였다.

"공주님의 마음을 빨리 얻으셔야죠. 저 같은 것 때문에 시간을 낭…비하시면 안 됩니다."

왕자는 다소 누그러진 목소리를 들으며 호위무사의 등을 가만히 토닥였다. 그 사실을 왜 모를까. 그러나 호위무사 앞에서 다른 여자의 호감을 사려는 짓을 하는 게 영 내키질 않았다. 그래도 살기 위해서는 해야겠지. 왕자는 천천히 눈을 감았다. 지지직, 머릿속 소음이 신경에 거슬릴 정도로 커지고 있었다.

***

왕자가 문을 밀고 공주의 방 안으로 들어서던 찰나였다. 짜악, 귀를 자극하는 기분 나쁜 타격음이 들려왔다. 타이밍 나쁘게도 하필 공주가 호위무사의 뺨을 때린 순간을 목격해 버렸다. 마음이 찢어질 것 같은 왕자는 빠른 걸음으로 공주가 서 있는 창가로 걸어가 일부러 미소를 지었다.

"이런, 오늘 안 좋은 일이 있었나 봅니다. 아침나절부터 호위무사의 뺨을 치신 걸 보면요."

왕자의 미묘한 빈정거림을 알아챘는지 공주가 그를 지나쳐 소파에 앉으며 새침하게 말했다.

"아셨으면 차나 드시고 오늘은 일찍 나가 주시죠. 지금 당장이면 더 좋고요."

왕자는 소파로 가기 전에 흘긋 호위무사의 얼굴을 훑었다. 호위무사의 뺨 한쪽이 벌겋게 물드는 중이었다. 왕자는 공주를 몰래 쏘아보며 이를 으득 갈았다. 소파에 앉은 왕자가 애써 표정을 가다듬고 공주에게 말했다.

"복중의 태아는 건강하지요? 폐하께서 이름을 무어라 지어 주셨습니까."

공주의 어깨가 굳었다. 왕자가 비웃음을 속으로 삼켰다.

"저런, 폐하께선 아직도 아기 소식을 모르고 계신답니까? 그러면 안 되지요. 귀한 아기 아닙니까."

공주의 주먹 쥔 손이 잘게 떨렸다. 왕자는 속으로 치졸한 통쾌함이 차오르는 것을 느꼈다. 한때 꽤나 많은 여자를 홀려본 왕자였다. 태어날 때 쥐고 나온 권력이 아니었다면 아무것도 못 했을 여자, 왕자는 공주를 알 것 같았다. 입술을 조롱하듯 실룩인 왕자가 말을 이었다.

"말하기 어려우시면 제가 남편 될 사람으로서…"

돌연 눈꼬리를 훕뜬 공주의 매몰찬 목소리가 날아왔다.

"누구 맘대로 남편이라는 거죠? 모르십니까? 당신의 생사 여부는 제 손안에 있다는 걸요."

왕자가 살짝 당황했다. 지렁이도 밟으면 꿈틀한다더니, 사랑에 눈이 멀어 왕자도 선을 넘은 터였다.

"그렇지요. 제가 공주님께 감히 무례를 저질렀군요. 용서하세요, 공주님."

왕자가 방을 나섰다. 공주의 태도를 보니 왕자는 죽을 모양이었다. 도망칠까. 하지만 곧 왕자는 고개를 저었다. 애초에 반쪽짜리 왕자이긴 했으나 그것만은 자존심이 허락지 않았다.

왕자가 신경을 긁어놓고 방을 나섰음에도 공주는 차분히 소파에 앉아 차를 한 모금 마셨다. 왕자는 어차피 내일이면 죽을 인물이니 됐고, 그보다는 뱃속의 아기를 어떻게 해야 할지가 더 신경 쓰였다. 다시 마녀에게 가야 할까, 아니면…. 공주가 자신의 배를 문지르며 고민에 잠겼을 때 호위무사의 성마른 목소리가 들려왔다.

"어쩌실 셈입니까. 뱃속의 아기를 구하셔야죠. 그러니 왕자와 결혼부터 하심이…."

공주가 짜증을 내며 호위무사의 말을 가로막았다.

"네가 감히 상관할 일이 아니라고 말하지 않았느냐?"

입술을 지그시 깨무는 호위무사를 공주는 이해할 수 없었다. 오늘따라 호위무사는 공주에게 왕자와의 결혼을 몇 번이나 종용했다. 참다못한 공주가 결국 뺨까지 쳤음에도 같은 말을 반복했다. 공주는 이내 고개를 돌려 버렸다. 어차피 호위무사와는 상관없는 일, 공주의 관심은 다시 아기에게로 향했다.

호위무사는 가슴 깊이 절망적인 한숨을 토해냈다. 공주는 왕자와 결혼할 생각이 추호도 없어 보였다. 악몽 같았던 예전 노예의 죽음이 되살아났다. 이제 결정을 내려야 할 때였다.

***

지지직 소리가 끔찍한 두통을 일으키며 머리통 안쪽을 점령했다. 침대 가에 앉아 있던 왕자는 참지 못하고 끄응 신음을 내뱉었다. 관자놀이를 손끝으로 세게 눌러봤지만 소용없었다. 왕자는 직감했다. 오늘이구나.

왕자가 방문을 열었다. 문 앞에 잔뜩 일그러진 얼굴로 호위무사가 서 있었다. 왕자의 얼굴에 서글픈 웃음이 번졌다. 역시.

"무슨 일이야? 네가 여길 다 오고."

왕자는 애써 밝은 목소리로 말하며 호위무사의 손을 잡아끌었다. 어두운 방 안으로 순순히 끌려 들어오는 호위무사는 여전히 험악한 얼굴을 하고 있었다. 왕자가 피식 웃었다. 그러자 호위무사의 얼굴이 당장이라도 울 것 같은 표정으로 바뀌었다. 왕자는 가슴이 미어졌다. 그를 위로해 주고 싶었다. 왕자는 그의 어깨를 감싸안고 다정히 속삭였다.

"왜 그래, 안 좋은 일 있었어?"

호위무사의 어깨가 흔들리는가 싶더니 왕자를 마주 안았다. 그의 우직한 무게를 견디지 못한 왕자가 풀썩 뒤로 넘어졌다. 다행히 침대 위였다. 읍, 읍, 억눌려진 신음 소리와 격한 어깨의 진동이 고스란히 왕자에게 전해졌다. 왕자는 외려 웃음이 나왔다. 뭐가 그렇게 슬퍼 나보다 더 힘들어할까. 왕자가 그의 어깨를 더욱 꽉 감싸안았다.

한동안 왕자 위에 겹쳐 있던 몸을 겨우 일으킨 호위무사가 왕자를 내려다보았다. 울었을 거라 생각했던 눈가엔 그러나 물기가 없었다. 눈가가 붉어져 있을 뿐이었다. 호위무사가 나직이 말했다.

"같이 이곳을 떠납시다. 당신 하나 정도는 내가 책임질 수 있어."

호위무사의 망설임 없는 제안에 왕자는 잠시 황홀했다. 그럴 수만 있다면 얼마나 좋을까. 아주 먼 시골에서 밭이나 갈고 살았으면. 가끔은 돈 없다고 투정도 부리면서. 상상만으로도 행복했다.

"싫어."

왕자의 단호함에 호위무사가 눈을 크게 떴다. 배신당한 느낌이 이런 걸까. 호위무사가 떨리는 음성으로 물었다.

"어째섭…니까?"

왕자가 오른손을 뻗어 호위무사의 강인한 뺨을 어루만졌다. 오늘 공주에게 맞아 벌게진 뺨은 괜찮아졌을까. 사방이 어두우니 알 수가 없었다. 답답하고 안타까웠다. 왕자는 떨어지려 하지 않는 입술을 애써 떼어냈다.

"너에겐 어머니가 있잖아. 병든 어머니를 나몰라라 하고 혼자 행복할 수 없는 녀석이거든. 넌 평생 괴로워할 거야. 죄책감에 시달리다 죽을 거야."

"…."

충격받은 표정으로 호위무사가 왕자를 내려다봤다. 왕자는 한쪽 입꼬리를 비틀며 웃었다.

이런, 사실이었네.

안심이 되면서도, 자신이 결국 일 순위는 아니란 사실이 못내 섭섭했다. 왕자가 한숨을 쉬어내듯 웃었다.

"내가 반쪽짜리 왕자라도 자존심은 있거든. 명예롭진 않겠지만 비겁하게 도망갔단 소리는 듣고 싶지 않아."

죽음을 담담히 인정한 왕자는 호위무사에게 불현듯 키스를 하고 싶어졌다. 막상 죽을 생각을 하니 위로가 간절히 필요했다. 왕사는 상체를 일으켜 호위무사의 뒷목을 잡아챘다. 힘없이 딸려오는 그의 입술에 자신의 입술을 포갰다. 왕자의 숨결이 호위무사에게 넘어가자 호위무사의 손끝이 강하게 왕자의 머리카락 속으로 빨려 들어왔다. 왕자는 가슴 떨리게 황홀한 느낌을 부끄럼 없이 적극적으로 받아들였다. 아마 이것이 호위무사와의 마지막일 테니.

지지직 소리가 속이 메스꺼울 정도로 울려왔다. 머리통을 박살 내듯 비명을 질러댔다. 그러다 거짓말인 듯 멎어 버렸다. 침대에 누워 있는 왕자가 제 가슴에 칼을 꽂은 호위무사를 쳐다보았다. 눈물을 흘리는 호위무사가 왕자에게 말했다.

"당신은 죽지 않아. 영원히 내 안에서 살아갈 테니까."

그리 말한 호위무사가 칼을 으득 돌려 버렸다. 곧 검붉은 피가 뚝뚝 흐르는 심장을 도려내 자신의 입안으로 가져갔다. 우적우적 자기 심장을 먹고 있는 호위무사의 얼굴을 보며 왕자는 빙긋 웃었다. 이 세상에서 본 어떤 것보다 아름다운 얼굴이었다.

하아, 처음으로 예지몽은 틀렸다. 예지몽에서처럼 나 혼자 외롭게 죽는 대신, 나는 당신의 심장에서 영원히 살아갈 수 있을 테니까.

이내 왕자의 숨이 끊어졌다.

선녀와 나무꾼

"너 여자 젖가슴 만져 봤냐? 아주 부드럽고 몽실몽실한 것이…."

깊은 숲속, 도끼를 하늘 높이 쳐든 나무꾼이 친구의 얼굴을 두쪽으로 갈라내듯 힘껏 나무를 찍었다. 망할 놈. 자기는 신혼이라 깨가 쏟아진다 이거지.

나무꾼이 씨근거리며 다시 한번 쳐든 도끼를 나무에 찍어대고는 울화통이 나서 고래고래 소리쳤다.

"그까짓 아내, 하나도 안 부럽다. 이래 봬도 나는 비혼주의자라고!"

지나가던 다람쥐가 나무꾼의 외침을 듣고, 기가 막혀 코웃음을 쳤다. 진짜 안 부러우면 저렇게 외칠 리가 없는데, 자기 속을 저렇게 고스란히 내보이다니, 저 자식은 세상 살기 힘들겠군.

다람쥐가 고개를 절레절레 흔들며 측은하게 나무꾼을 바라보았다. 그러고는 제 마누라와 자식들 먹일 도토리를 주우러 폴짝폴짝 숲속으로 들어가 버렸다.

***

끼에에엥, 끼에에엥.

사슴 한 놈이 덫에 걸렸는지 요란하게 울어댔다. 한창 나무를 찍다가 나무꾼은 소리 나는 쪽으로 급히 달려갔다. 나무꾼이 놓은 덫에 발목이 걸린 사슴은 덩치도 크고, 털에 윤기도 좔좔 흘렀다. 제법 비싼 값에 내다 팔 수 있을 것 같았다. 나무꾼이 칼을 빼 들고 사슴 목 위로 높이 쳐들었다. 겁에 질린 사슴이 눈을 크게 뜨고 소리쳤다.

"잠시만요, 인간님!"

나무꾼의 팔이 머리 위에서 순간 멈췄다.

"허! 사슴이 말을 다 하네? 세상 살다 보니 별 희한한 일도 다 겪는다. 근데 네놈이 말을 한다고, 나 세상 사는 데 뭐 도움이나 되겠나."

곧 시큰둥해진 나무꾼이 팔에 다시 힘을 줬다.

"저! 목숨만 살려주시면, 소원 한 가지 들어드릴게요."

나무꾼의 팔이 허공에서 멈췄다.

"네가 말 좀 할 줄 안다고 산신령이라도 된다는 거냐? 결혼할 여자를 만나게 해줄 것도 아니면서. 미안하다, 잘 가거라."

나무꾼은 무심히 다시 팔에 힘을 줬다. 경악한 사슴이 재빨리 외쳤다.

"제가 결혼시켜 드리겠습니다!"

처음으로 나무꾼의 눈이 휘둥그레졌다. 나무꾼이 눈으로 정말이냐고 묻는 것 같았다. 눈치 빠른 사슴이 잽싸게 고개를 끄덕였다. 나무꾼은 그제야 사슴 목 위까지 떨어졌던 칼을 거뒀다. 나무꾼이 헤실헤실 웃기 시작했다.

나무꾼 나이 방년 40세.

드디어 여우 같은 마누라랑 결혼해서 토끼 같은 자식들을 둘 수 있는 건가.

***

"숲 뒤쪽 산으로 올라가시면 폭포가 나옵니다."

나무꾼은 밭은 숨을 몰아쉬며 우거진 수풀을 양손으로 헤치고 머리를 쑥 내밀었다. 사슴이 말한 대로 나지막한 절벽에서 폭포수가 떨어지고 있었다.

"매월 보름밤만 되면 선녀들이 폭포로 내려와 목욕을 하는데, 오늘이 바로 그날입니다."

과연 떨어져 내리는 폭포수가 이루는 웅덩이도 아담했고, 주변이 울창한 수풀과 바위로 둘러싸여 몰래 목욕하고 가기에는 안성맞춤인 장소였다.

"선녀는 날개옷이 없으면 하늘로 올라가지 못합니다."

폭포 옆에는 웃으며 이야기하고 있는 선녀 넷이 있었다. 하나는 머리를 양 갈래로 땋아 내린 귀여운 선녀요, 하나는 머리를 가지런히 반만 묶어 정리한 청순가련형이요, 하나는 한쪽으로 머리를 풀어 늘어뜨린 섹시한 선녀였다. 하나같이 외모도 출중하고, 개성도 가지각색이니, 저 중에 하나만 골라잡아도 땡잡았다는 생각에 나무꾼은 저절로 입꼬리가 올라갔다.

나무꾼은 네 벌의 날개옷 중 한 벌을 재빠르게 낚아채고는 바위 뒤로 몸을 숨겼다.

제일 예쁜 옷을 골랐으니, 보나 마나 인물 또한 제일 출중한 선녀겠지….

***

나무꾼은 자신에게 내밀어진 손바닥을 보며 똥 밟았다는 생각을 지울 수가 없었다. 네 벌 중 제일 이쁘다고 생각한 프릴 달린 분홍빛 날개옷이 하필 아까는 뒤돌아 있어 잘 보이질 않던 근육질 선녀의 옷이었다니. 억울한 마음에 나무꾼은 자신보다 머리통 하나는 더 큰 선녀를 살짝 흘겨보았다. 어디 키뿐인가. 근육도 남달랐다. 옷을 내놓으라고 팔에 힘을 꽉꽉 줄 때마다, 근육이 살아 움직이듯 퍼런 힘줄과 함께 불끈불끈 솟아올랐다. 어깨는 어떻고? 남자 하나는 폭 안길 만큼 떡 벌어져 있었고, 허리는 통나무 같았다. 종아리도 아주 실한 게, 깍두기 담가 먹기 딱 좋은 무 같았다. 얼굴도 부드러운 곡선은 찾아보기 힘들 만큼 각이 지고, 선이 짙었으며 눈도 외꺼풀인 것이⋯ 마치 우락부락한 못생긴 남자를 보고 있는 것만 같았다.

저 여자는 대체 뭔 자신감으로 이런 걸 입고 다니는 걸까. 선녀가 성을 내며 다시 한번 나무꾼을 재촉했다.

"내 날개옷, 어서 내놓으래도!"

나무꾼은 등 뒤로 숨긴 선녀의 옷을 만지작거리며 생각했다. 아무리 자기가 결혼하고 싶어 안달 난 놈이라지만, 저런 여자와 어떻게 백년해로를 할 수 있을까. 빨리 옷을 줘버리고 얼른각자 갈 길을 가는 게 나을 듯도 싶었다. 그렇게 결심했을 때 바로 코앞에 선녀가 들이닥쳤다. 헉, 선녀의 위압감에 지레 놀란 나무꾼이 어버버 뒷걸음질을 치다, 돌부리에 걸려 넘어졌다. 선녀는 순간적으로 뒤로 넘어가는 나무꾼의 허리를 확 잡아챘다. 급한 나머지 너무 세게 잡아채는 통에 확 뒤로 젖혀졌던 나무꾼의 입술이 반동으로 넘어와 선녀의 입술과 정면으로 부딪쳤다.

입술 박치기.

비록 우연한 사고였지만 서로가 노총각, 노처녀였던지라 선녀와 나무꾼 둘의 심장을 찌릿찌릿, 뇌에서는 스파크가 파바박 튀게 하기에는 충분했다. 나무꾼은 의외로 촉촉하고 말캉한 입술 촉감을 느끼며 저도 모르게 눈을 감고 선녀의 어깨 위로 살포시 손을 얹었다. 그러자 흥분한 선녀가 나무꾼의 허리를 꽉 조여왔다.

얼마나 지났을까. 선녀가 조심스레 나무꾼을 바닥 위로 내려놓았다. 뺨이 발갛게 달아오른 나무꾼이 조신하게 앉은 채 눈앞에 양반다리로 앉아 있는 선녀를 흘깃 쳐다보았다. 방금 전까지만 해도 혐오감이 일던 선녀의 근육질 몸매가 다시 보니 듬직해 보였다. 나무꾼은 혀로 아랫입술을 핥으며 마른침을 꿀꺽 삼켰다. 선녀의 입술 맛을 보고 나니, 이제 저 속곳 아래의 부드러운 속살도 맛보고 싶어졌기 때문이다. 잠시잠깐 처음 만난 사이에 그래도 되는 건가 싶었다. 근데 뭐, 요샌 하루치기도 많이들 한다던데. 나무꾼은 민망해진 마음에 큼큼 헛기침을 하고는 손을 선녀 쪽으로 뻗었다, 굽혔다 망설였다.

선녀는 살짝 눈살을 찌푸렸다. 이렇게 된 마당에 부끄럼 탈게 뭐 있다고 저렇게 뜸을 들일까 싶었다. 인간계 남자들은 상남자라고 하던데 꼭 그런 것도 아닌 듯했다.

보다 못한 선녀가 벌떡 일어나 나무꾼에게 다가갔다. 갑자기

다가온 선녀를 보고 놀란 나무꾼이 눈을 동그랗게 뜨고는 양손을 가지런히 모아 자신의 가슴 앞쪽에 붙였다. 그뿐인가. 이미 흐트러진 옷깃 사이로 살짝 보이는 목덜미와 쇄골이 선녀의 심장을 벌렁거리게 만들었다. 섹시함과 귀여움이 공존하는 나무꾼의 모습에 선녀는 더 이상 참지 못하고, 나무꾼의 상의를 어깨너머로 확 젖혀 버렸다. 보들하게 팅겨 나온 나무꾼의 근육질 가슴에 선녀는 아찔한 현기증을 느꼈다. 당장이라도 코피가 터질 것만 같았다.

요, 깜찍한 것.

선녀가 콧김을 팍팍 뿜어내며 나무꾼을 바닥에 눕히고는 재빠르게 허벅지 위로 올라탔다. 선녀가 나무꾼의 양쪽 가슴을 손바닥으로 둥글리자, 나무꾼은 벌써부터 눈을 감고 신음을 흘려댔다. 이놈이 아주 여자 홀리는데 도가 튼 놈이다. 어쩜, 사내자식이 젖꼭지도 이리 앙증맞을까.

선녀는 손등으로 입가에 흐르는 침을 슥 닦아내고는, 손가락 끝으로 나무꾼의 젖꼭지를 퉁퉁 튕겨냈다. 그때마다 몸을 비틀며 내는 신음 소리가 점점 높아지는데 이것이 또한 장관이었다. 허스키하면서도 높게 질러대는 신음 소리가 선녀의 성감대를 자극할 정도로 섹시했다.

아주 천성이 요부구나, 요부.

그리 생각한 선녀의 온몸에 열기가 올랐다. 원래는 차근차근 남자의 몸을 안으려 했는데 생각이 바뀌었다. 선녀는 곧장 남자의 바지춤으로 향했다. 용케도 선녀의 의도를 알아채고는 당황한 나무꾼이 빠르게 선녀의 손길을 막아보려 했지만 "어허! 어디 여자 하는 일에!"라며 선녀가 버럭 소리를 지르는 통에 나무꾼은 다시 조신해졌다. 선녀는 남자의 바지춤을 풀어내는 데 여념이 없었다. 곧 선녀가 나무꾼의 머리를 쓰다듬으며 말했다.

"실하구나. 장하다, 장해."

그것이 칭찬인지 치욕인지 알지도 못한 채, 나무꾼은 뭔가 뿌듯하고, 벅차오르고, 안도가 되었다. 나무꾼은 선녀의 움직임 하나하나에 심장이 벌렁대다 못해 밖으로 튀어나올 것만 같았다. 드디어 오늘 총각 딱지를 떼이는 것인가. 선녀가 나무꾼의 가슴을 짚고 올라갔다 내려오기를 반복하기 시작했다.

쿵덕쿵덕.

너무 좋아서 까무룩 정신을 잃었다 다시 깨어났을 때도 선녀는 여전히 나무꾼 위에서 움직이고 있었다. 선녀의 강인한 체력과 정력에 나무꾼은 감탄했다. 선녀의 체력을 감당하지 못한 나무꾼은 또다시 정신을 잃었다.

쿵덕쿵덕

날 밝은 아침이 올 때까지 선녀의 움직임은 계속되었다.

***

 나무꾼이 잠에서 완전히 깨어난 건, 해가 중천에 뜬 한낮이었다. 선녀는 나무꾼 옆에 앉아 그를 내려다보고 있었다. 바라보는 눈길이 무척이나 그윽해, 나무꾼은 차마 고개를 돌릴 수 없었다. 불현듯 선녀가 말했다.

 "너, 내 거 해라. 속궁합도 이 정도면 괜찮고, 성격도 참한 데다 애교까지 있는 것 같으니, 너 정도면 데리고 살맛이 날 것 같다."

 헉, 나무꾼은 심장이 멈출 것 같았다. 선녀가 말을 이었다.

 "하늘에서 살아도 좋고, 땅에서 살아도 좋고 너 살고 싶은 곳에서 살자. 어디서 산들 내가 너 하나 책임 못 지겠냐."

 얼굴이 홍시처럼 달아오른 나무꾼이 고개를 떨군 채 발가락을 꼼지락거리며 자그마한 목소리로 "네."라고 대답했다. 그걸 본 선녀가 피식 웃었다.

***

 "어머니! 신붓감 데려왔어요."

 밤새 돌아오지 않은 아들을 걱정하던 나무꾼의 어머니가 버선발로 마당에 뛰어나왔다. 그러나 아들 옆에 서 있는 여자를 보며 어머니는 어안이 벙벙했다. 나무꾼이 쑥스러운 듯 머리를 긁적이며 어머니에게 말했다.

"어머니, 저희 같이 살림 차리기로 했습니다."

어머니가 만면에 화색을 띠었다. 그러나 그것도 잠시였다. 어머니는 눈을 가늘게 뜨고 아들과 여자를 의심스럽게 쳐다봤다. 뭔가 이상했다. 아들은 뺨을 발그레하게 붉힌 채 고개를 반쯤 숙이고 배시시 미소 짓고 있는데 반해, 아들보다 머리통 하나는 더 큰 여자는 어깨를 쫙 펴고 싱글벙글 웃고 있었기 때문이다. 가끔 여자가 아들의 어깨를 한 손으로 감싸안고 토닥거리는데, 그건 마치…. 짝을 만났다니 잘된 일이긴 하였으나, 어머니는 뭔가 묘한 느낌을 지울 수 없었다.

***

해가 산 뒤로 뉘엿뉘엿 넘어가는 저녁 무렵, 선녀는 마루에 대자로 누워 헉헉 숨을 몰아쉬었다. 종일 집안일에 치인 까닭이었다. 선녀는 집에서 무슨 할 일이 이리도 많은지 턱 끝까지 차오른 짜증을 고래고래 고함으로 풀어내고 싶을 지경이었다.

"아가야, 와서 국 좀 끓여라."

부엌에서 시어머니 목소리가 들렸다. 선녀는 치밀어 오르는 성깔을 누르고, 몸을 어슬렁어슬렁 일으켰다. 이 집에 처음 온

날, 밥상머리에서 물을 떠오라 시키던 시어머니에게 화가 나, 선녀는 노발대발 고함을 쳤었다. 나무꾼도 처음 보는 모습에 한편으론 말리면서도 한편으론 너무 놀라 울먹거렸다.

"어떻게 어른에게 대들 수가 있소?"

천상계와는 너무 다른 말을 하는 나무꾼이 이해가 되지 않으면서도, 선녀는 울고 있는 나무꾼의 모습에 가슴이 아파왔다. 그래서 시어머니의 말이라면 일단은 무조건 듣기로 했다.

시어머니는 벌써부터 앞치마를 두르고 나물을 무치랴, 양파 채 썰랴 쉴 틈이 없었다. 선녀가 인상을 잔뜩 찡그리며 느릿느릿 국자를 들어 끓고 있는 국을 설렁설렁 저어댔다. 순간 등에 짝 소리 나는 매가 떨어졌다. 돌아보니 시어머니가 도끼눈을 뜨고 못마땅하게 선녀를 바라보고 있었다.

"무슨 국을 그렇게 저어?"

참다못한 선녀가 아픈 등짝을 문지르며 시어머니에게 불만을 토로했다.

"어머니, 저도 좀 쉬고 싶어요. 뭔 집안일이 이렇게 많아요?"

시어머니가 기가 막힌 듯 선녀를 바라보며 말했다.

"네가 지금까지 뭔 일을 했다고 그러냐. 내가 다했지. 종일 놀았으면 남편 밥이라도 차려 줘야지. 바깥에서 힘들게 일하고 온 남편 생각은 안 하니? 저번처럼 옆집 아이 팥떡이나 뺏어 먹고 울릴 생각하지 말고, 일이나 해!"

선녀는 자기보다 하등한 존재인 아이한테서 꿀떡 하나 뺏어 먹었다고 아직도 뭐라 그러는 시어머니를 이해할 수 없었다. 천상계에선 자신이 무얼 하든 아무도 감히 뭐라 하지 않는데, 인간 세상은 신경 쓰고 지켜야 할 규율이 뭐 이리 많나 싶었다. 나무꾼과의 속궁합이 그리 좋지만 않았어도 하늘로 몇 번을 올라가도 올라갔을 터였다.

시어머니가 뾰족한 시선으로 다시 한번 선녀의 등짝을 때렸다.

"그리고 너 모자란다고 네 남편 밥 또 뺏어 먹기만 해봐. 어쩜 너는 네 남편보다 밥을 더 줘도 매번 모자라다니."

"어머니!"

선녀는 억울한 마음에 울상을 지으며 시어머니에게 빽 소리를 지르고 말았다. 그때 남편이 돌아왔다.

선녀가 방에 있는 살림살이를 다 들어 엎으며 나무꾼에게 씩씩거렸다.

"나 이렇게는 못 살겠어. 내 옷 돌려줘."

매일 새벽같이 일어나 부엌에서 남편과 시어머니 아침밥을 차렸고, 마당을 빗자루로 쓸었다. 그뿐인가, 산더미같은 옷들을 일일이 손빨래했으며, 방과 마룻바닥에 반들반들 걸레질도 했다. 그러다 보면 어느새 저녁 차릴 시간이 되었다. 저녁을 다 먹고 나면 또 잠들 때까지 그날 밀린 삯바느질을 하느라 여념이 없었다. 그런데 종일 놀기만 한다고 구박을 하니, 선녀는 속에서 분통이 터질 지경이었다.

적성에 맞지 않는 집안일에 치여 사느라, 시원한 바깥공기 한번 마셔보지 못했고, 곱던 손은 거칠어지고, 습진도 군데군데 생겼다. 얼굴도 화병이 돋아 푸석푸석해졌고 이마와 눈가에 잔주름도 생겼다. 몸매를 위해 운동이라도 할라치면 시어머니가 퍼뜩 나와 어디 아녀자가 함부로 바깥을 돌아다니려 하냐고 난리였다. 선녀는 이런 생활에 숨이 막혔다.

나무꾼은 한숨을 푹 내쉬며 열린 문틈으로 장독대 밑을 쳐다봤다. 거기 선녀의 날개옷이 가지런히 놓여 있었다. 자기에게 시집와 생전 해본 적 없었을 집안일을 하느라 고생하는 선녀를 나무꾼도 잘 알고 있었다. 그렇다고 대뜸 날개옷을 주는 건 불안했다. 만약 천상계로 돌아갔다가 영영 돌아오지 않으면 어떡하나, 걱정이 됐기 때문이다.

나무꾼은 주먹을 꽉 쥔 채, 저에게 씩씩거리고 있는 선녀의 허름한 옷과 헝클어진 머리카락을 측은히 바라보았다. 분명 저와 같이 살기 전까지만 해도 선녀는 하늘에서 꽃을 관장하는 상위 선녀로 태어났기에 귀족과도 같은 삶을 살았다 했다. 인간 세상과는 달리 존재하는 것만으로도 꽃을 다스릴 수 있었기에 모두가 그녀를 귀히 모셨다 했다. 그랬던 그녀가 인간 세상으로 내려와 스스로 서툴게 머리를 올려 묶고, 고운 비단옷 대신 허름한 옷을 입고 다녔다. 게다가 이제는 힘들고 고된 생활을 못 이겨 화를 내고, 고함을 치고, 물건을 집어던졌다. 나무꾼은 선녀가 이렇게 된 게 다 자기 잘못인 것 같아 마음이 아팠다.

얼마 전에 차라리 자신이 나무를 하고 싶다고 말하던 선녀가 생각났다. 실제로 선녀는 도끼질을 잘했다. 그간 다져온 근육 때문일 터였다. 여인이 어떻게 바깥일을 하냐며 어머니가 만류하는 바람에 결국 무산되었지만, 나무꾼은 선녀가 원하는 것 하나 들어주지 못하는 상황에 자신이 한심하게 느껴졌다.

한참을 생각한 나무꾼이 벌떡 일어섰다. 나무꾼은 선녀를 믿어보고 싶었다. 그녀가 인간 세상에서 지낸 몇 달이 그리 허투루 보낸 시간은 아닐 터였다. 선녀도 이곳에 미운 정 고운 정 다 들지 않았을까. 그러니 지금은 힘들어 떠나도, 언젠가는 돌아오지 않을까. 나무꾼은 문밖 장독대로 성큼성큼 걸어가 군데군데 장이 묻은 날개옷을 들고 울고 있는 선녀 앞에 앉았다.

***

"돌아오고 싶을 때 언제라도 이곳으로 오시오. 대신 오려거든 제비꽃을 활짝 피워 주면 좋겠구려…."

"네가 좋아하는 팥떡이다. 배고플 때 먹어라."

선녀는 착잡한 얼굴로 날개옷을 내밀던 나무꾼의 표정이 문득 생각났다. 또 안쓰러운 얼굴로 선녀의 손을 꼭 잡으며 팥떡을 쥐여 주던 시어머니도 생각났다. 그러나 선녀는 이내 고개를 휘휘 저어댔다. 눈앞에 웅장한 저 대문만 들어서면 앞으로 인생 편하게 지낼 일만 남았는데 미쳤다고 지상으로 다시 내려갈까. 선녀는 어깨를 쫙 펴고 문지방을 넘어섰다.

엄마는 오랜만에 본 딸을 반기기는커녕, 되레 고운 이마에 주름을 잔뜩 잡으며 딸을 위아래로 훑었다.

"너 대체 그게 무슨 꼴이니?"

선녀는 당황했다. 엄마가 기뻐할 기대까진 하지 않았지만, 그렇다고 이렇게 통을 주다니. 선녀는 민망한 마음에 괜히 팔과 겨드랑이에 코를 갖다 대고 큼큼 냄새를 맡아보았다. 그러고 보니, 몸에서 어째 꼬릿꼬릿한 냄새가 나는 것도 같았다 예쁘게 빗었다고 생각했던 머리도 잔뜩 헝클어져 있었다. 때마침 지나가던 시종이 몇 달 만에 돌아온 선녀를 보고는 킥킥거렸다. 선녀의 얼굴이 벌겋게 달아올랐다.

엄마는 한숨을 푹 내쉬며, 곧바로 '할멈'을 불렀다. 허리가 굽고 얼굴엔 자글자글 주름이 잡힌 할멈이 급하게 엄마 앞으로 뛰어왔다. 엄마가 왜 이리 늦냐고 성을 내자 할멈이 연신 굽신거렸다. 선녀는 그 모습이 문득 기묘하게 느껴졌다. 엄마가 목욕물을 받아주라고 할멈에게 시키고 밖으로 나가자 선녀는 가만히 손을 올려 자신의 가슴에 대보았다. 한동안 잊고 있던 익숙한 감정이 느껴졌다.

침대 위에서 밀린 잠을 자고 있던 선녀가 부스스 일어나 눈을 비볐다. 방 한가운데로 두 장정이 욕조를 들고 왔기 때문이다. 뒤를 이어 할멈이 물이 가득 담긴 큰 통을 들고 와 욕조에 부었다. 저 큰 욕조를 다 채우려면 할멈이 몇 번은 더 물통을 날라야 했다. 보다 못한 선녀가 벌떡 일어나 할멈이 들고 있던 물통을 빼앗아 들었다.

"할멈 내가 할게."

놀란 할멈이 선녀가 뺏어간 물통 쪽으로 손을 뻗으며 말했다.

"아이고, 아기씨. 제 일인 걸요. 얼른 이리 주세요."

어째서? 선녀는 답답함을 느꼈다. 어째서 이게 할멈의 일인 거지? 할멈은 선녀의 엄마보다 훨씬 나이가 많았고, 시어머니보다도 늙었다. 시어머니가 그랬다. 나이 든 사람은 노쇠했으니 쉬는 것이 마땅하고, 젊은 사람은 힘이 세니 일하는 것이 당연하다고. 선녀의 모습을 조용히 지켜보던 할멈이 빙긋 웃으며 선녀의 뺨을 어루만졌다.

"많이 변하셨네요, 우리 아기씨."

***

수많은 연등을 밝힌 넓고 화려한 정자 안쪽에선 창기들이 스무 명가량 되는 선녀들 앞에 서서 긴 노래 한 곡조를 뽑고 있었다. 탁자 위에는 산해진미가 가득했다. 모두 지상에서 선녀가 그리워했던 음식이었다. 그런데도 선녀는 음식이 눈에 들어오지 않았다. 낮에 들었던 할멈의 말 때문이었다.

"많이 변하셨네요, 우리 아기씨."

대체 뭐가 변했다는 걸까. 자신은 이전과 전혀 달라진 것이 없었다. 그때 양 갈래로 머리를 땋은 친구가 선녀 옆에 털썩 앉았다.

"너를 위한 연회인데, 왜 이렇게 먹지를 않니."

먹는 게 영 내키지 않아 선녀는 앞에 놓인 탕수육을 젓가락으로 휘적거리기만 했다. 친구는 술이나 받으라며 빈 잔을 건넸다. 때마침 잔뜩 취기가 오른 긴 생머리를 한 친구가 선녀 앞에 앉았다. 술에 취한 친구는 말이 많았다. 그동안 어떻게 지냈냐느니, 자기가 안 보고 싶었냐느니… 양 갈래가 남의 주정은 들어줄 필요 없다며 다시 술잔을 건넸다. 선녀가 술잔을 받는데 양 갈래와 손등이 살짝 스쳤다. 겨우 찰나였다. 그런데 양 갈래가 퍼뜩 놀라며 말했다.

"너 왜 이렇게 손이 거칠어? 지상에서 막노동했니?"

거침없이 쏟아지는 막말에 선녀는 손을 탁자 밑으로 얼른 숨겼다. 술 취한 긴 생머리도 깔깔 웃으며 말을 보탰다.

"그러게, 너 얼굴도 탄력이 하나도 없어. 주름살도 확 늘었고.

꼭 할머니 같아."

선녀는 창피해서 차마 얼굴을 들 수 없었다. 선녀의 선택이었지만 이렇게 늙은 게 꼭 나무꾼 탓만 같아 그가 원망스럽기까지 했다. 순간 너무 속상해서 비명이 터져 나올 것만 같았다.

꺄악!

그러나 비명은 전혀 엉뚱한 곳에서 터져 나왔다. 모두의 이목이 연회장 한쪽으로 쏠렸다. 검붉은 피가 흐르는 무릎을 꿇고 훌쩍이는, 겨우 열 살이나 됐을까 한 아이 주변으로 깨진 술병 조각들이 흩어져 있었다. 두 손 모아 잘못했다고 싹싹 빌면서도 아이는 겁에 질려 온몸을 부들부들 떨었다. 아이 앞엔 채찍을 꽉 움켜쥔, 머리를 반으로 묶은 선녀가 씩씩대며 서 있었다. 선녀들 중에서도 성격이 가장 안 좋기로 유명한 자였다. 선녀가 걱정스러운 마음에 옆에 있는 친구에게 속삭였다.

"말려야 하지 않을까?"

친구가 고개를 갸웃거리며 선녀에게 되물었다.

"왜?"

선녀는 인상을 와락 일그러뜨렸다. 자기가 왜 천상계를 싫어했고, 나무꾼에게 자청해서 시집을 갔었는지 그제야 떠올랐기 때문이다.

"아직 어리잖아."

"너… 머리가 이상해진 것 같아. 늘 일어났던 일이잖아."

친구는 곧장 몸을 돌려 다른 이들과 즐겁게 이야기를 나누기 시작했다.

곧 섬뜩한 채찍 소리가 들려왔다.

촤악, 촤악.

무자비한 채찍 소리는 선녀들의 쨍, 쨍 술잔 부딪치는 소리에 덮여 버렸다.

"잘못했어요! 아기씨, 다신 안 그럴게요."

아이가 울면서 간절하게 비는 용서도 누군가의 하찮은 수다 소리에 덮여 버렸다. 아파서 우는 통곡 소리는 선녀들의 하하 호호 웃음소리에 덮여 버렸다.

그랬지, 여긴 이런 곳이었지. 인간 세상에서 처음으로 한 고생이 힘들어 선녀는 잠시 잊고 있었다. 약자를 보호할 생각은 커녕 괴롭히고 부려 먹으며 그저 먹고 노는 데만 열중하는 거만하기 짝이 없는 선녀들. 그들에게 질려 선녀는 항상 천상계를 떠나고 싶어 했다.

"많이 변하셨네요, 우리 아기씨."

선녀는 비로소 할멈의 말이 이해가 갔다. 무엇이 달라졌는지 알 것 같았다. 인간 세상에서 고생이야 했다만 그곳엔 어른을 공경하고, 아이를 보호하는 정이 있었다. 한번 그런 정을 맛보니, 이젠 약한 존재가 괴롭힘당하는 꼴을 볼 수 없었다.

반묶음 머리 선녀의 채찍질이 겨우 끝나자 아이는 달아나듯 울면서 정자를 내려갔다. 선녀는 여전히 시끄럽게 나불대고 있는 선녀들을 차가운 시선으로 찬찬히 둘러보았다. 힘없는 할멈을 부려 먹고도, 약한 아이를 때리고도 죄책감 하나 느끼지 않는 천상의 것들. 선녀는 연회장에 있는 그들이 경멸스러웠다.

선녀는 집안일로 거칠어진 손을 탁자 위로 올려놨다. 더 이상 부끄럽지 않았다. 선녀가 자리에서 천천히 일어났다. 한심하기 짝이 없는 연회에 더 앉아 있을 이유가 없었다. 선녀는 정자를 빠져나와 뒷문으로 통하는 조용한 오솔길을 걸었다. 문득 나무꾼의 말이 생각났다.

"오려거든 제비꽃을 활짝 피워 주면 좋겠구려."

선녀가 손바닥의 부드러운 기를 모아 나무꾼의 집으로 흘려보냈다.

가슴이 두근거렸다.

***

선녀는 나무꾼의 허름한 집 싸리문 앞에서 서성거렸다. 차마 들어갈 수가 없었다. 제멋대로 날개옷을 달라 해놓고, 다시 나무꾼의 집으로 돌아온 게 염치가 없어서였다. 순간 심장이 떨어질 뻔했다. 부엌에서 밥상을 들고나오던 나무꾼과 눈이 마주쳤기 때문이다. 부끄러운 마음에 선녀는 급히 돌아섰다. 그러나 채 달아나기도 전에 밥상을 던져 버리고 허겁지겁 뛰어온 나무꾼에게 손목을 덥석 잡혔다.

선녀는 꿀 먹은 벙어리처럼 서 있었다. 변명거리라도 찾고 싶었다. 그때 물기 어린 나무꾼의 목소리가 선녀의 귓가를 살포시 덮어왔다.

"보고 싶었소."

예상치 못한 말에 당황한 선녀가 천천히 고개를 돌려 나무꾼을 바라보았다. 나무꾼의 눈동자엔 그리움이 가득했다. 그러더니 나무꾼의 눈에서 눈물이 또르르 흘러내렸다. 그동안 나무꾼 혼자 마음고생 했을 생각을 하니 선녀의 마음도 미어졌다. 선녀는 나무꾼에게 진작 했어야 하는 말을 간신히 읊었다.

"미안하다, 미안해. 다시는 네 곁을 떠나지 않으마."

나무꾼은 빙그레 웃으며, 선녀의 손을 잡고 싸리문 안으로 이끌었다.

***

이제 열 살이 된 첫째가 마루에 앉아 모로 누워 있는 둘째에게 말했다.

"엄마가 오늘은 일 끝나고 꼭 눈깔사탕 사 왔으면 좋겠다."

둘째가 지겹다는 듯 손사래를 쳤다.

"형, 기대도 하지 마. 엄마 건망증 심한 거 알잖아. 보나 마나 아빠 좋아하는 떡이나 잔뜩 사올걸."

"그렇겠지?"

그러면서도 미련이 뚝뚝 떨어지는 눈으로 첫째는 싸리문 밖을 내다보았다. 때마침 부엌 안쪽에서 약과 하나를 맛있게 먹으며 셋째가 마당으로 나왔다.

"엄마다! 엄마 왔어요!"

첫째가 뛸 듯이 좋아하며 엄마에게로 달려갔다. 둘째도, 셋째도 달려가 엄마 품에 안겼다. 눈깔사탕은 기대도 안 했지만, 그래도 엄마가 나무를 한가득 지고 온 지게 안에 오늘은 뭐가 들었을까는 궁금했다. 엄마가 아이들을 안은 채 물었다.

"아빠는?"

첫째가 손을 들어 부엌을 가리켰다. 그곳에는 행주치마를 메고 음식 냄새를 폴폴 풍기는 아빠와 할머니가 빙그레 웃으며 서 있었다.

콩쥐팥쥐

 어느 여름날 콩쥐는 개울가에서 향단이와 발장구를 치다가 실수로 어여쁜 꽃신 한 짝을 물에 빠뜨렸다. 콩쥐가 치마를 무릎까지 걷어 올리고 물에 들어가 잡아보려 했으나 잡힐 듯 말 듯 꽃신은 잡히지 않았다. 꼭 콩쥐를 약 올리는 것만 같았다. 때마침 가늘고 흰 섬섬옥수가 꽃신을 주워 들었다. 손의 주인이 물었다.

 "네 것이야?"
 콩쥐는 깜짝 놀라 눈을 동그랗게 떴다.

***

 콩쥐는 아주 어린 시절 어머니를 여의었다. 콩쥐의 아버지는 전국 곳곳에 40여 개의 점포를 가진 부유한 무역 상인이었다. 아버지는 지방 곳곳을 돌아다니느라 늘 부재중이었다. 대신 콩쥐의 집에는 일반 중인은 엄두도 내지 못할 시종이 여럿이었고, 콩쥐에게는 몸종 향단이도 있었다.

헌데 이젠 별일이 다 일어나고 있었다.

앞마당에 서서 팔짱을 낀 채 눈을 가늘게 뜬 콩쥐 눈앞에 나무 호미를 떡 하니 내미는 사람이 있었다. 콩쥐의 계모였다. 계모는 호미를 한 번 더 들이밀며 눈을 부라렸다.

"얼른 받지 않고 뭐해?"

콩쥐는 한숨을 내쉬었다. 집안의 무남독녀 외동딸로 귀하게 자란 자기에게 일손이 없으니 하인들이나 해야 할 밭일을 하라니. 콩쥐가 대뜸 계모를 노려보자 계모는 지레 겁먹은 얼굴로 물러섰다. 그런데 계모의 얼굴 위로 얼마 전 싱글벙글 웃던 아버지의 모습이 겹쳤다. 앞으로 네 엄마가 될 사람이라고 계모를 소개하는 아버지의 눈에서는 꿀이 뚝뚝 떨어졌다. 아버지가 그렇게 해맑게 웃는 모습을 콩쥐는 태어나 처음 본 것 같았다.

'그래, 아버지를 위해 참자.'

콩쥐는 계모 손에서 호미를 낚아채 대문을 나섰다. 승리의 미소를 짓는 계모를 살짝 흘겨본 향단이가 허겁지겁 콩쥐를 뒤따랐다.

"아이고, 아가씨는 이런 일을 하실 분이 아닌데요."

우뚝 선 콩쥐가 향단이에게 나무 호미를 내밀며 말했다.

"그럼 네가 하던가."

향단이는 갑자기 입을 닫았다. '그럼 그렇지.' 콩쥐가 피식 웃으며 몸을 팽 돌려 다시 걷기 시작했다. 어머니 없이 외로웠던 콩쥐에게 향단이는 몸종을 넘어 친구이자 자매였다.

길게 쭉 뻗은 길 양옆으로 널찍한 밭이 펼쳐져 있었다. 밭 한편에는 조그마한 정자도 있었다. 밭일하는 하인들 쉬라고 콩쥐 아버지가 만들어 놓은 정자였으나 경치 좋고, 울창한 나무들이 많아 외부 사람들도 많이 찾는 곳이었다.

정자에 앉을 새도 없이 콩쥐는 밭에 쪼그려 앉았다. 그러고는 나무 호미로 열심히 돌멩이를 골라냈다. 콩쥐 앞에 함께 쪼그려 앉은 향단이는 옷에 튀는 흙을 툭툭 털어내며 불만을 토로했다.

"살살 좀 하세요. 무슨 놈의 힘이 그렇게 세답니까. 그러니까 아씨가…."

아픈 곳을 찔러대려는 향단이를 콩쥐가 매섭게 흘겨봤다. 그제야 향단이는 두 손으로 자기 입을 틀어막았다. 콩쥐 눈치를 살피며 쭈뼛거리던 향단이가 갑자기 인상을 찌푸리며 속삭였다.

"아이고, 아가씨. 저 기생오라비 또 오네요."

나무 호미를 잡은 콩쥐의 손등에 갑자기 핏줄이 불끈 솟았다. 그 순간 돌부리와 부딪쳐 댕강 부러져 버린 나무 호미 머리통이 휘리릭 정자로 날아갔다. 호미는 기생오라비 옆을 지나 정자 기둥에 꽂히고 말았다. 향단이가 놀라서 콩쥐 손에 덩그러니 남은 나무 호미 몸통을 쳐다보았다. 어릴 때부터 곱상한 외모와는 달리 타고난 근육질인 콩쥐였지만 힘이 이 정도일 줄이야. 하긴 예나 지금이나 동네 불량배와 맞짱을 떠도 이기는 콩쥐를 본 게 한두 번은 아니었으니 새삼스러울 일도 아니었다.

정신을 차린 향단이가 빠르게 기생오라비의 동태부터 살폈다. 향단이는 곧 한심한 듯 혀를 찼다.

"심장이 콩알만 하네요. 다친 데도 없어 보이는데 많이 놀랐나 봐요. 저래 갖고 어디 험한 세상 살아가겠어요? 쯧쯧."

그제야 콩쥐가 기생오라비에게로 향했다. 바닥에 떨어진 책은 흙으로 더러워졌다. 놀라 뒤로 나자빠진 몸을 한 팔로 간신히 지탱하고 있던 기생오라비가 콩쥐를 보자마자 대뜸 삿대질부터 해댔다.

"조심 좀 할 것이지, 사람이 죽을 뻔했지 않소!"

콩쥐가 묵묵히 기생오라비를 위아래로 훑어내리더니 덤덤하게 대답했다.

"죽지 않으셨으니 되었지 않으십니까?"

기생오라비는 사과 한마디 없이 당당하기만 한 콩쥐가 기가 막혔다. 콩쥐는 정자 기둥에 단단히 박힌 나무 호미 머리통을 슥 빼내더니 꾸벅 인사를 하고 돌아섰다. 호리호리한 체격과 백옥 같은 피부에 여자보다 더 곱상하게 생긴 기생오라비에게서 콩쥐는 얼른 도망치듯 달렸다.

향단이가 후다닥 콩쥐 뒤를 따라가며 물었다.

"아씨, 밭에 있는 돌멩이 마저 안 골라요?"

콩쥐가 흘긋 향단이를 보며 대답했다.

"어차피 호미도 부러졌으니 집에나 가자."

향단이 눈에 콩쥐의 붉어진 목덜미가 보였다. 콩쥐가 안쓰러운 향단이가 고개를 홱 돌려 기생오라비를 앙칼지게 흘겨보았다. 하여간 마음에 들지 않는 남자다. 향단이는 콩쥐를 놓칠 세라 얼른 뒤를 따랐다.

***

화가 치밀어 시뻘게진 얼굴로 남자가 방에 들어섰다. 방금 정자에서 일어난 일 때문이었다. 무슨 여자가 그렇게 무지막지하게 밭일을 한단 말인가. 태어나서 그렇게 예의 없고 무식하게 힘만 센 여자는 처음이었다.

때마침 이방이 방으로 들어섰다.

"무슨 일이냐!"

남자가 눈썹을 사납게 꿈틀거리며 쏘아붙이자 눈치 빠른 이

방은 평소보다 더 비굴하게 허리를 굽신거렸다.

"집에서 전갈이 왔습니다. 신붓감은 찾으셨는지 어머님께서 성화시랍니다."

곱상한 외모 덕에 남자는 하늘 높은 줄 모르고 여자 보는 눈이 높았다. 그러니 눈에 차는 여자가 있을 리 없었다. 혼기가 찼는데도 여태 장가를 가지 않는 아들 걱정에 여기까지 잔소리를 전해온 어머니에게 남자는 진저리가 쳐졌다. 남자는 이만 나가 보라며 이방에게 손을 절레절레 흔들었다. 불똥이 자신에게 튈까, 이방은 얼른 방을 나갔다.

***

"이 독에 물을 가득 채우거라."

거만하게 고개를 쳐들고 팔짱을 단단히 낀 계모가 툇마루에 앉아 향단이와 노닥거리는 콩쥐에게 말했다. 콩쥐는 살짝 눈살을 찌푸렸다. 나무 호미 사건 이후로, 한동안 잠잠한가 싶더니 또 시작이다. 콩쥐가 한숨을 푹 내쉬었다. 아버지는 도대체 언제 오실까, 빨리 오셔야 저놈의 못된 성질머리가 좀 가라앉을 텐데. 콩쥐는 치마를 툭툭 털고 일어나, 계모 뒤에서 약과를 오물거리고 있는 여자애를 턱짓으로 가리켰다.

"팥쥐는요?"

계모는 콩쥐가 자기 딸을 언급하자 신경질을 냈다.

"얘는 몸이 약하잖니."

네네, 그러시겠죠. 콩쥐는 건성으로 고개를 끄덕이며 자신과 나이가 엇비슷한 팥쥐를 슥 쳐다봤다. 겨우 콩쥐의 눈길 한번에 움찔 놀란 팥쥐가 계모의 치맛자락을 붙들고 몸을 숨겼다. 그래봤자 그 뚱뚱한 몸을 계모의 야리야리한 몸이 다 가려주지는 못했다. 콩쥐는 덩치에 비해 겁이 많은 팥쥐를 비웃으며 뒷마당으로 걸음을 옮겼다. 저 나이가 되도록 아직 귀신을 무서워하는 팥쥐였다.

마당을 쓸고 있던 돌쇠가 못마땅한 눈빛으로 콩쥐를 바라봤다. 콩쥐 눈에 요즘 돌쇠의 태도가 아주 건방지게 느껴졌다. 콩쥐 옆으로 향단이가 얼른 따라와 입을 삐죽거렸다.

"주인님은 보는 눈도 없으시지. 어떻게 저런 못된 할망구를 데려왔데요."

콩쥐가 와락 눈살을 찌푸리며 차갑게 쏘아붙였다.

"욕하지 마."

어찌 되었건 아버지가 사랑하는 사람이다. 그런 사람을 남들이 욕하게 두고 싶지는 않았다.

뒤늦게 독의 한쪽 모서리가 깨진 걸 발견한 향단이가 발을 동동 굴렀다. 콩쥐는 심드렁하게 대답했다.

"걱정만 하고 있음 뭐하니, 시장에 독이나 사러 가자."

콩쥐는 계모의 심술이 같잖기만 했다.

***

시끌벅적한 시장 한복판에서 콩쥐가 제 몸집만 한 독을 등에 메고 걸어가고 있었다. 콧노래를 부르며 시장 구경이나 하며 걸어가는 향단이를 콩쥐는 잠시 못마땅하게 쳐다보았다. 도대체 누가 몸종인지 모를 노릇이었다. 비실비실한 향단이랑 같이 드느니 차라리 혼자 드는 게 낫겠다 싶어 독을 등에 들쳐 멨지만 은근슬쩍 짜증이 치밀어 오르는 건 어쩔 수 없었다.

향단이가 갑자기 북적거리는 떡가게를 가리켰다. 콩쥐의 눈꺼풀 위로 송골송골 맺혔던 땀이 뚝 떨어지면서 땀으로 자연스럽게 반쯤 젖어든 눈동자 위로 뭉개진 남자의 형상이 보였다. 눈을 한번 깜박이자 비교적 명확하게 남자의 얼굴이 보였다. 그 기생오라비였다. 겨우 서책 다섯 권을 두 손에 들고 낑낑거리고 있었다. 콩쥐는 묵묵히 그쪽으로 향했다.

눈치 빠른 향단이는 약해빠진 기생오라비를 도와주려는 콩쥐의 의도를 바로 알아차렸다. 그런데도 기생오라비는 볼 때마다 콩쥐에게 면박을 주니 향단이는 울컥 화가 났다. 향단이가 제 분수도 잊고 두 팔을 벌려 콩쥐 앞을 막아섰다.

"아씨는 자존심도 없어요?"

콩쥐는 살짝 입을 달싹였지만 마땅히 할 말은 없는 듯, 그저 민망하게 웃어 보이며 기생오라비 앞에 가서 서책을 내놓으라 말했다. 하지만 기생오라비는 콩쥐를 멀뚱히 바라볼 뿐이었다.

향단이는 답답한 마음에 자기 가슴을 턱턱 치며 기생오라비에게 소리쳤다.

"아니, 아씨가 들어주겠다는데 뭔 고집을 그렇게 부려요? 빨리 내놓기나 해요."

콩쥐 등에 매달린 큰 독을 한 번 슥 훑어본 기생오라비가 자신의 품 안으로 서책을 더욱 꽉 붙들어 안았다. 향단이의 핀잔에도 기생오라비는 입술만 깨물었다.

다른 사람이었다면 마땅히 고마워했을 테지만, 사실 남자는 자기를 도와주러 온 콩쥐에게 짜증이 났다. 양반가 중에서도 가부장적인 부모 밑에서 자란 남자였다. 남녀가 유별하고, 각자가 할 일이 따로 정해져 있다는 가르침을 항시 받아온 터였다. 보아하니 힘깨나 쓰나 본데 그래 봤자 아녀자였다.

"어이, 아가씨. 우리가 좀 도와드릴까?"

때마침 지나가던 불량배 무리가 향단이 어깨를 짚으며 말을 걸어왔다. 향단이는 불량배의 손등을 매섭게 쳐내며 쏘아붙였다.

"당신들 갈 길이나 가세요. 엄한 데 신경 쓰지 마시고."

입술 사이로 피식거리는 바람이 새어 나온 불량배가 향단이

어깨에 불량스럽게 턱을 얹었다.

"어이, 그러지 말고 말해봐. 우리가 해결…."

"아가씨! 이놈들 코를 납작하게 만들어 주세요!"

치고받는 싸움판에서 저리 철없이 말하는 향단이를 보며, 남자는 고개를 절레절레 흔들었다. 아무리 힘이 센 여자라 한들, 저리 험악한 불량배들의 힘을 어찌 혼자 당해낼 수 있단 말인가.

그러나 천천히 그리고 묵직하게 등에 메고 있던 독을 옆에 내려놓은 콩쥐가 향단이를 우롱하는 불량배의 손모가지를 부러뜨릴 듯 잡아챘다. 그러고는 발길질 한 번으로 멀찌감치 불량배를 걷어차 버렸다. 그 모습을 목격한 기생오라비가 한마디 던졌다.

"아니, 어디 아녀자가 남자들을 상대로 힘자랑을 하는 거요. 그러다 큰일나겠소."

기생오라비의 걱정 어린 말에 콩쥐가 대뜸 자기 항변을 늘어놓았다.

"나, 힘세요. 그리고 나 무식해요. 차분히 앉아 그림도 못 그리고, 이 나이가 되도록 글도 못 읽어요. 그런데 아버지가 별거 아니라고, 그냥 남녀 구분 말고, 각자 재능에 맞춰 살면 된대요. 난 저까짓 남자들 하나도 안 무서워요."

남자는 어안이 벙벙했다. 자기 못난 점을 저렇게 떳떳하게 밝히고, 싸움을 잘한다고 어필까지 하는 여자는 처음이었다. 그사이 비겁하게 뒤에서 다가온 불량배를 돌아본 순간 주먹이 퍽, 콩쥐의 눈덩이를 후려갈겼다.

***

"아이고, 아씨. 그리도 좋으세요?"

툇마루에 앉아 날달걀로 푸르뎅뎅한 눈두덩을 비비면서도 바보같이 헤실헤실 웃고 있는 콩쥐를 향단이가 놀려댔다. 앞에는 송편이 탐스럽게 쟁반에 담겨 있었다. 콩쥐가 나사 하나 풀린 것마냥 향단이에게 말했다.

"그럼 좋지. 좋고말고."

향단이는 하도 어이가 없어, 송편 하나를 집어 콩쥐의 입에 쑤셔 넣었다. 겨우 기생오라비가 이름 하나 물어봤다고 저리도 좋을까. 지난여름, 개울가에서 만난 것이 인연이 되어 지금까지 기생오라비를 마음에 품고 가슴앓이를 해온 콩쥐였다. 그놈의 연정이란 게 뭔지. 향단이가 미약한 한숨을 토해냈다.

그때 저 멀리서 하인 하나가 헐레벌떡 손을 흔들며 뛰어왔다. 큰소리로 뭐라 하는데 너무 멀어서 알아들을 수가 없었다. 앉아 있던 향단이가 일어나 마당 끝까지 걸어가자 그제야 하인의 말이 들렸다.

"아씨! 아씨! 큰일 났습니다요! 주인님이 돌아가셨습니다."

***

 황급히 방으로 들어선 남자가 쾅 닫아 버린 문에 등을 기댔다. 아직도 콩닥콩닥 뛰는 가슴을 꾹 눌러보지만, 이놈의 심장은 도통 잠잠해질 줄을 몰랐다.
 '그냥 남녀 구분 말고 각자 재능에 맞춰 살면 된대요.'
 그 말을 들은 직후다. 그때부터 심장이 동동동 멈추질 않았다. 그것뿐인가. 눈도 고장이 났다. 몸종에게 덤벼드는 불량배를 주먹으로, 발등으로 후려치고 갈기는 콩쥐를 볼 때마다, 남자의 심장은 달달한 감귤즙에 흠뻑 젖어 들어가듯, 부르르 떨리며 녹아들었다. 그런 기분은 처음이었다. 그렇게 박력 있는 여자는 처음이었다.
 불량배가 걸음아 나 살려라 줄행랑을 치자, 남자는 귀신에 홀린 듯 콩쥐에게 바싹 다가가 이름을 물었다. 콩쥐가 숨을 헉헉거리면서도 피 맺힌 입술을 소매로 슥 닦아내며 답을 하는데, 그 늠름한 농염함에 심장이 용암처럼 뜨거운 불을 뿜어내는 것만 같았다.
 남자가 간지럽고 뜨거운 마음에 이부자리의 베개를 품에 꽉 끌어안고 얼굴을 파묻었다.

'콩쥐라 하였던가. 참으로 멋진 이름이구나.'

***

콩쥐의 집 안에 곡소리가 울려 퍼졌다. 멀쩡했던 집안이 순식간에 비참하고 구슬픈 분위기로 무겁게 가라앉았다.

콩쥐는 대청마루 안쪽에 차린 영정 앞에서 힘없이 고개를 떨구고 앉아 있었다. 눈동자를 옆으로 굴려 영정을 응시했다. 하얗게 질린 손끝으로 영정을 슥 만져 보았다. 정말 아버지가 죽었나. 콩쥐는 실감이 나지 않았다.

이번에 아버지가 떠난 곳은 충청도였다. 무슨 바람이 들었는지, 아버지는 지역의 명산 구봉산을 보고 싶다 고집을 피워대셨다 한다. 그날은 하필 날씨가 궂어 사람들이 만류를 했는데도 말이다. 그렇게 고집을 피워 올라간 산 정상에서 아버지는 행복해하셨다고 했다.

"이런 절경은 세상에 태어나 처음 본다고, 눈물을 찔끔거리실 정도로 좋아하셨죠."

혼자만 살아 돌아와 콩쥐에게 비보를 전한 아버지의 늙은 몸종이 전한 말이었다.

눈가가 벌게진 향단이가 쟁반에 죽 한 그릇을 받쳐 들고 콩쥐 곁에 앉았다. 울먹임 가득한 목소리로 향단이가 간절히 말했다.

"아씨, 이거 한 술갈이라도 하세요. 오늘 아무것도 안 드셨잖아요."

콩쥐는 고개를 모로 틀었다. 배도 고프지 않은데 계속 먹으라니 귀찮기만 했다. 그러다 콩쥐는 내내 품고 있던 의문을 향단이에게 털어놓았다.

"아버지가 정말 돌아가셨을까, 향단아."

향단이는 끝내 울음을 터뜨리고야 말았다. 향단이가 콩쥐의 치맛자락을 엎드려 잡고는, "아,씨. 아씨. 아이고 우리 아씨" 통곡을 해댔다. 속으로만 삼키고 있을걸, 콩쥐는 괜히 말했다는 생각에 낮게 한숨을 토해냈다.

발을 헛디뎌 절벽에서 굴러떨어졌다는 아버지는 시신조차 찾을 수 없었다. 시신도 없는데 모두 아버지가 죽었다고 하니, 콩쥐는 사람들의 말을 믿을 수가 없었다. 툇마루에 앉아 저 문을 열고 함박웃음을 달고 들어올 아버지를 기다리는 편이 더욱 현실적이란 생각이 들었다.

지그시 눈을 감았다 뜬 콩쥐가 대청마루를 죽 훑었다. 응당 이곳을 지켜야 할 계모가 보이지 않았다. 눈치 빠른 향단이가 얼른 대답했다.

"새 주인마님은 팥쥐랑 뒷마당 구석에서 뭔가 속닥거리더니, 그 이후로 안 보이네요."

콩쥐가 천천히 몸을 일으켰다. 향단이가 허겁지겁 콩쥐를 따라나섰다.

계모는 안방에서 외간 남자와 이야기를 나누고 있었다.

"기껏 돈 때문에 시집와 줬더니, 벌써 비명횡사하면 나보고 어쩌라고. 약속한 가게는커녕 까딱하면 땡전 한 푼 못 받게 생겼소."

무서운 눈으로 콩쥐가 안방을 노려보았다. 가슴을 탁탁 쳐대며 억울해하는 계모의 그림자가 창호지에 비쳤다. 향단이가 화를 참지 못하고 양팔의 소매를 걷어 올리자, 콩쥐가 얼른 향단이의 손목을 잡았다. 향단이가 성난 음성으로, 그러나 최대한 작게 속삭였다.

"아가씨, 왜요? 제가 오늘 저 연놈들 아작을 내겠습니다."

콩쥐가 이를 꽉 물며 묵직하게 고개를 저었다.

"아버지 장례식날이야."

콩쥐의 뜻을 알아챈 향단이의 성난 눈꼬리가 금세 아래로 처졌다. 그랬다. 콩쥐가 예우를 다해 보내드려야 하는 아버지의 마지막 가시는 길이었다. 그런 날을, 겨우 저런 개잡놈들 때문에 망칠 수는 없었다.

콩쥐의 주먹 쥔 손이 잘게 떨렸다. 동시에 목 메이는 울음 덩어리가 올라오는 걸 콩쥐는 애써 삼켰다.

***

장례가 끝나자 손님들은 모두 집으로 돌아갔다. 하인들은 유난히 고되었을 몸을 눕히고 죽은 듯 잠을 잤다. 부엉이조차 울지 않는 고요한 밤이었다.

"아씨, 아씨! 언년아, 쪼깐아, 진례야! 빨리 나와! 짐승만도 못한 개잡놈들 도망친다! 빨리 족쳐라!"

고래고래 악을 써대는 향단이의 고함이 온 집안을 뒤흔들어 놓았다. 계모의 종아리를 잡고 악착같이 늘어지는 향단이의 머리통을 계모가 급한 나머지 발로 퍽퍽 쳐댔다. 팥쥐는 어떻게든 엄마에게서 향단이를 떼어 내려고 댕기머리를 힘껏 잡아당겼다. 향단이의 머리가 헝클어지고 이마에서 피가 주르륵 흘러내렸다. 코뼈가 부러졌는지 콧등에는 보라색 멍도 잡혔다.

뒤늦게 뛰쳐나온 하인들이 어둠 속에서도 용케 계모와 팥쥐, 그리고 외간 남자의 팔뚝을 잡아챘다. 셋을 콩쥐 앞에 무릎 꿇리고서야 드디어 얼굴을 확인한 하인들이 모두 놀라 까무러쳤다. 계모 옆에 있는 남자는 바로 하인 돌쇠였다. 화가 머리끝까지 난 다른 하인들이 씩씩거리며 돌쇠의 팔뚝을 잡고 콩쥐에게 물었다.

"이놈을 어떻게 할까요, 아씨?"

그때였다. 콩쥐가 태어나기 전부터 집안의 재산 장부를 담당

해오던 할아범이 아버지의 방에서 뛰어나오며 다급히 외쳤다.

"아씨, 집문서고, 가게 문서고 싹 다 없어졌습니다!"

순간 콩쥐의 핏발 서린 눈에 화르르 불길이 일었다. 짐승만도 못한 것들. 훔쳐 가도 꼭 이런 날에 훔쳐 가야 하는가. 콩쥐가 하인들에게 말했다.

"몸을 뒤져라."

그러나 품에서는 아무것도 발견되지 않았다. 계모의 표정에 여유가 생기기 시작했다.

콩쥐가 계모를 차갑게 노려봤다. 정말이지 아버지는 여자 보는 눈이 없구나. 이런 간사하기 짝이 없는 여자가 어디가 좋다고 그렇게 함박웃음을 지어댔나.

콩쥐는 말을 짓씹듯 천천히 뱉어내었다.

"관아로 가자."

***

포졸이 사방을 둘러싸고 있는 관아 앞마당에, 도둑이 제 발 저리듯 계모와 돌쇠 그리고 팥쥐가 잔뜩 머리를 조아리고 있었다. 반면 콩쥐는 빳빳하게 고개를 든 채, 계단 위에 앉아 있는 남자를 뚫어져라 바라보았다.

까끌한 목구멍 안쪽으로 침을 꿀꺽 삼킬 정도로 남자는 긴장했다. 한밤중에 들어왔다는 탄원에, 비몽사몽인 정신으로 급히 나와 보니 그 자리에 콩쥐가 있는 것이 아닌가. 예상치 못한 만남이었다. 휘둥그렇게 뜨여진 눈으로 콩쥐를 보고 있는 남자의 심장은 뜀박질하듯 두근거렸다.

'달빛 아래서 봐도 곱구나.'

옆에 있던 이방이 헛기침을 할 때까지 넋을 잃고 있던 남자가 자세를 바로잡았다. 그제야 무릎을 꿇고 있는 콩쥐와 옆에서 여전히 머리를 조아리고 있는 계모가 보였다. 계모를 힐긋 쳐다본 남자가 다시 콩쥐를 찬찬히 위아래로 훑어보았다. 그러고 보니 콩쥐가 상복을 입고 있고, 얼굴색도 창백했다. 대관절 이게 무슨 일인가.

남자는 스멀스멀 올라오는 걱정을 애써 억누르며 등허리를 더욱 곧게 세웠다. 이제는 사또 본연의 직무에 충실히 임할 때였다.

"무슨 일이냐."

평소의 기생오라비라고는 생각할 수 없을 정도로 남자의 말에는 근엄한 관리의 무게가 실려 있었다.

연모하던 남자를 바라보는 콩쥐도 놀라긴 마찬가지였다. 저 남자가 사또였다니. 심장의 떨림이 손끝으로 전해져왔다. 관복을 입은 남자의 모습은 참으로 멋있었다. 그러나 돌연 비수 같은 죄책감이 콩쥐를 찔러 들어왔다. 떨림도 잦아들었다. 못난 딸이다. 못난 딸이야. 아버지가 돌아가신 지 얼마나 됐다고, 벌써부터 남자에게 설레이나. 지금은 아버지를 위해 지금 마땅히 해야 할 일에 집중할 때였다. 그렇게 마음을 독하게 다잡고 고개를 든 콩쥐의 눈동자에는 한 치의 불안함이나 흔들림도 없었다.

"이 연놈들이 저희 집 문서를 훔쳐 달아나려 했습니다."

사또가 이방을 시켜 곧바로 콩쥐의 집안에 포졸을 보냈다. 재산을 훔치려 하다니. 사실이라면 쉽게 넘어가서는 안 될 일이었다. 사또가 계모를 향해 물었다.

"그 말이 사실이냐?"

"아이고, 아닙니다. 전혀 아니에요. 사또."

납작 엎드려 고개를 조아리는 계모는 비굴해 보였다. 콩쥐가 차가운 냉소를 흘렸다.

"그렇다면 이 야심한 밤에 딸내미까지 데리고 어디를 가려 하였단 말이오? 더군다나 아버지의 장례를 치른 밤에."

순간 사또의 얼굴에 금이 가고 말았다. 날카로운 무언가가 사또의 심장에 꽂혔다. 마음이 아프고 콩쥐가 안쓰러웠다. 사또의 상황은 알지도 못한 채, 계모는 자신을 변명하기에 급급했다.

"청상과부가 되었는데 마음이 답답해서, 딸이랑 마실이나 다녀올 겸 나간 것뿐인데 뭐 이렇게 난리야."

"그럼 저놈 돌쇠는?"

"야심한 밤이라 위험하다며 돌쇠가 따라나섰을 뿐이지."

"그럼 향단이는 왜 그리 무지막지하게 때렸소."

"향단인지도 몰랐지. 캄캄한데 튀어나와 나를 잡기에 귀신인 줄 알고 그리 쳐댔을 뿐이다."

"집안 문서가 사라진 것은 어찌 설명할 거요?"

"그런 걸 왜 나한테 묻니. 나 말고도 마음대로 안방을 들락거릴 수 있는 사람은 너 아니냐? 정작 아버지 재산의 절반이 나한테 올까 봐 그게 싫어 딴 데다 숨긴 게지. 그래놓고 나한테 덮어씌우는 것이 아니냐?"

계모는 갑자기 사또를 향해 울먹였다.

"사또, 저는 정말 억울합니다. 저 아이는 평소 저를 아버지를 빼앗아간 계모라 하며 싫어했사옵니다. 제 억울함을 부디 풀어주십시오."

때마침 콩쥐 집으로 보냈던 포졸 하나가 돌아와 사또에게 아뢰었다.

"도둑맞은 흔적은 없습니다. 아무래도 문서가 어디 있는지 아는 사람의 소행 같습니다."

사또가 침음을 내뱉으며 관자놀이를 지그시 눌렀다.

콩쥐는 따박따박 대꾸하는 계모가 기가 막혔다. 뻔뻔해도 어찌 저리 뻔뻔할 수가 있을까. 되려 콩쥐를 패륜아로 몰아가는 계모의 영악함에도 치가 떨렸다.

콩쥐가 일어나 팥쥐에게 걸어갔다. 콩쥐는 기괴한 미소를 지었다.

"팥쥐야."

당황한 팥쥐는 콩쥐와 엄마를 번갈아 쳐다봤다. 콩쥐가 자기에게 올 줄은 꿈에도 생각 못 했기 때문이다. 콩쥐의 입에서 고저 없는 목소리가 흘러나오기 시작했다.

"내 이번 재판에서 진실이 밝혀지지 않으면 기둥에 머리를 박고 죽을 생각이다. 그렇게 억울하게 죽으면 악귀가 된다더라."

죽은 자의 것과 같은 콩쥐의 목소리를 듣고 있던 팥쥐가 히익 놀라며 뒤로 나자빠졌다.

"악귀가 되면 매일 너에게 찾아가 피를 말려 죽일 생각이다. 팥쥐 너는 그리되고 싶니?"

팥쥐가 눈을 질끈 감고, 귀를 막고 강박적으로 중얼거렸. "나는 모른다, 나는 모른다." 콩쥐가 살포시 팥쥐의 손등을 매만졌다. 소름 끼치는 감각에 팥쥐가 눈을 번쩍 뜨고, 귀를 열었다. 콩쥐가 다시 다정히 그러나 여전히 고저 없이 말을 이어갔다.

"악귀에게 죽으면 아주 처참하다지. 팔다리가 부러지는 것은 당연하고, 손톱과 발톱이 잘려 살점이 드러나고, 눈알과 혀가 뽑혀 고통스럽게 죽어간다 하네. 팥쥐야, 하지만 나는…."

콩쥐는 잠시 말을 멈추고 팥쥐를 조용히 응시했다. 고스란히 콩쥐의 말을 다 듣고 있는 팥쥐는 무섬증으로 이제 숨조차 제대로 쉴 수 없었다. 음산한 미소를 짓고 있던 콩쥐의 눈에 순간 핏발이 불끈 설 정도로 강한 힘이 들어찼다. 마치 악귀의 눈 같았다.

"매일 팥쥐 네 방에 들어가서 손톱을 하나씩 뽑아낼 것이다! 네가 어디에 있든 반드시 찾아내서 도륙할 것이야!"

으아아악, 땅바닥에 얼굴을 묻은 팥쥐가 두 손을 머리 위로 하고 콩쥐에게 싹싹 빌기 시작했다.

"잘못했어, 다 말할게. 잘못했어, 다 말할게."

팥쥐를 말리려 달려드는 계모와 돌쇠를 근처의 포졸들이 붙잡았다. 콩쥐가 이번에는 다정한 목소리로 말했다.

"그래, 어디 한번 말해보렴, 팥쥐야."

***

방으로 들어선 사또는 쓰러지듯 방바닥에 주저앉았다. 그리고 세워진 무릎 사이로 얼굴을 힘껏 파묻었다. 그러면 쓰라린 심장이 괜찮아질 것 같았는데 여전히 아렸다.

사또는 눈물 콧물을 질질 흘리며 모든 죄를 이실직고하던 팥쥐의 좀 전 모습이 떠올랐다.

"아빠가… 아빠가 콩쥐… 네 집에 들어와서 살라고… 그럼 먹고 싶은 것도… 마음껏 먹고 이쁜 비단옷도 실컷 입을 수 있다 그랬어. 그래서…."

팥쥐가 아빠라 부른 사람은 바로 돌쇠였다. 들도 보도 못한 이중살림이었다. 돌쇠가 제 처와 딸자식에게 부귀영화를 누리게 해주려고 주인집에 들여보낸 것이었다. 밤에는 사람들 눈을 피해 정을 통했다. 그러다 주인이 덜컥 죽어 버리자 콩쥐에게 당장이라도 쫓겨날까 두려워 재산을 들고 도망칠 계획을 세웠다고 했다. 집문서와 가게 문서는 사람들이 정신없는 장례를 틈타 동네 어귀 주막에 미리 맡겨놓기까지…. 참으로 배은망덕한 자들이었다.

노기에 찬 사또가 포졸들에게 고함치듯 명령했다.

"저 남자와 여자의 팔다리를 모조리 잘라내고, 눈과 혀를 뽑아 외딴 초가집에 버려라. 딸자식도 역시 그리 만들어야 마땅하나, 스스로 이실직고하였다는 점을 감안하여 혀만 뽑아내거라."

세 식구가 뒤늦게 잘못했다 절규했지만, 사또는 눈 하나 깜짝하지 않았다.

진득한 핏물이 사방으로 튀고 땅바닥을 흥건히 적셨다. 고막을 사정없이 찔러대는 섬뜩한 비명이 관아를 가득 메웠다. 썩은 고깃덩이와 같은 팔다리가 땅바닥으로 하나하나 널브러지기 시작했다. 파랗고 붉은 신경줄이 드러난 눈알과 물컹한 혓바닥이 부산히 돌아다니는 포졸들의 발에 뭉개졌지만, 콩쥐는 조용히 앉아 짐승이 되어가는 그들의 모습을 빠짐없이 눈에 담았다. 그런 콩쥐를 사또 또한 조용히 지켜보았다. 콩쥐를 당장이라도 안아 주고 싶었다. 그러나 그럴 수 없어 애가 탈 뿐이었다.

***

향단이가 송골송골 맺힌 땀을 소매로 슥 닦아냈다. 그러고는 방 안쪽에서 장부를 보고 있는 콩쥐 앞에 물건이 가득 담긴 장바구니를 탁, 내려놓았다.

"아씨, 이제 밖에도 나가 보시고, 시장 구경도 좀 하세요."

들었던 고개를 다시 장부 쪽으로 향하며 콩쥐가 무심하게 대답했다.

"바빠."

향단이는 못내 답답해 낮은 한숨을 내뱉었다. 주인님이 돌아가신 지도 이제 1년이 지났다. 셈도 모르고, 글자도 읽을 줄 몰랐던 콩쥐는 이제 없다. 주인님이 남겨주신 가업을 절대 포기할 수 없다고, 밤을 새워 공부하고 일에만 매진해온 결과였다. 덕분에 전국 곳곳에 퍼져 있는 사업은 승승장구했지만, 정작 콩쥐는 밖으로 나갈 시간도 없이 장부만 들여다봤다.

향단이는 장바구니에서 주섬주섬 과자를 꺼내 탁자 위에 올려놓았다. 이쁘게 생긴 모양에 눈이 동그래진 콩쥐가 물었다.

"이건 뭐야?"

"청나라에서 들어왔다는 화과자요."

"비쌀 텐데?"

"모아둔 월급으로 샀으니 걱정 마세요."

여전히 의문 섞인 눈으로 향단이를 쳐다봤지만 콩쥐는 이내 화과자를 먹었다.

향단이도 주인님이 돌아가시고, 아씨와 함께 울다 웃고, 웃다 울기를 반복한 나날이었다. 그러니 집 근처를 맴도는 남자를 발견하지 못한 것은 당연했다. 그러던 어느 날, 향단이는 장에서 돌아오는 길에 모르는 남자에게서 상등품에 속하는 곶감 상자를 받았다. 남자는 부탁의 말을 전했다.

"콩쥐 아씨에게 전해주시오. 사또의 선물이오."

그때부터 지금까지 남자는 적어도 일주일에 한 번은 꼬박꼬박 찾아와 꿀에 절인 대추, 약과, 한과 등 콩쥐가 좋아할 만한 것들을 향단이에게 전했다. 지극정성이었다. 향단이는 잠시 입을 불만스럽게 비죽였다. 진작 이렇게 할 것이지.

콩쥐가 화과자를 집어 향단이의 입에 넣어주며 말했다.

"너도 먹어라."

콩쥐는 향단이가 화과자를 먹지 못해 삐졌다고 생각하는 모양이었다. 그때 문 밖에서 "이리오너라." 목소리가 들렸다. 향단이가 달려나가 문을 열고는 깜짝 놀랐다. 뒤이어 화과자를 들고 있던 콩쥐가 문앞까지 따라 나왔다가 문밖에 서 있는 사또를 발견하고는 들고 있던 화과자를 떨어뜨렸다. 화과자가 땅바닥으로 데구루루 굴러갔다.

사또가 목까지 새빨갛게 달아오른 얼굴로 입을 열었다.

"아버님이 돌아가신 지도 이제 1년이 넘었으니… 이젠 날 좀 만나줄 수 없겠소?"

 쾅, 찌든 기름으로 얼룩진 공장문이 덜컥 열리더니 철퍼덕 소리와 함께 한 소녀가 검은 땅으로 내던져졌다. 하필 넘어진 곳이 어제 밤새 내린 비로 만들어진 살얼음 낀 웅덩이라 소녀의 치마와 상의가 다 젖어 버렸다. 뼈다귀만 남은 팔로 간신히 바닥을 짚고 몸을 일으키려는데, 뒤룩뒤룩 살찐 공장장이 소녀를 향해 버럭 소리를 질렀다.

 "일도 제대로 못 한 주제에 무슨 돈을 달래! 썩 꺼져!"

 불끈 쥔 뚱뚱한 주먹이 위협적이라 소녀는 아무 말도 못 하고 부리나케 도망치듯 공장을 빠져나왔다. 휘몰아치는 바람이 소녀의 뺨을 사납게 할퀴어댔다. 추운 겨울이었다.

***

바깥과 별 차이 없는 추운 부엌 식탁에 앉아 소녀의 어머니가 한숨을 푹푹 내쉬었다. 드문드문 관자놀이를 눌러가며 "앞으로 어떻게 살지." 입버릇처럼 중얼거리고 있었다. 눈 한쪽이 퍼렇게 멍든 소녀는 눈치껏 거실 구석에 앉아 종이에 그림을 그렸다. 오늘 그림은 얼마 전 숲에서 보았던 흰 토끼 그림이다. 꽤나 익살맞으면서도 포근한 그림이라 누가 봐도 좋아할 만한 그림이었다. 소녀가 연필 꼭지를 잘근잘근 물어대며 잠시 생각에 잠겼다. 실제로 본 토끼는 이렇게 생기지 않았는데. 하지만 상관없었다. 어차피 이건 그림이고 자신이 상상하는 것들을 펼쳐내는 곳이니까.

소녀는 하루 종일 그림만 그리면 좋겠다고 생각했다. 공장에 다니면 하루 18시간을 꼬박 성냥 만드는 일을 해야 했다. 쉴 틈은커녕, 물 한잔 마실 시간도 없었다. 집으로 돌아오면 몸이 고되서 바로 잠들었고, 새벽이 되면 또다시 공장으로 출근해야 했다. 쳇바퀴 도는 삶의 연속이었다. 일하다가 문득 이러다 죽는 게 아닐까, 멍하니 공장 구석의 쓰레기통을 잠시 바라보며 생각했다. 그때 뚱뚱한 공장장이 갈색 몽둥이를 든 손을 치켜들었다. "거기! 너!" 소녀를 가리키며 뒤뚱뒤뚱 걸어왔다. 공장장이 허리 없는 몸통을 손바닥으로 지탱하며 말했었다. "근무

시간에 농땡이를 쳐? 넌 해고야!"

　소녀가 쫓겨났단 소식을 듣고, 술병들이 나뒹구는 거실 소파에 누워 있던 아버지가 비틀거리며 일어났다. 이미 만취로 정신이 몽롱한 상태임에도 상황을 파악한 아버지는 "퇴직금은?" 하고 손을 쫙 펴 소녀에게 내밀었다. 소녀가 고개를 좌우로 흔들자 바로 주먹이 날아왔다. 퍽, 소녀는 거실 벽으로 나가떨어졌다. 아버지는 외투를 챙겨들고 "띨띨한 게 그것도 못 챙겨와?" 성을 내며 불안한 걸음으로 나가 버렸다. 소녀는 아버지가 행여 사고라도 날까 걱정하지 않았다. 걷다 보면 매서운 바람이 아버지 정신을 번쩍 깨울 테니까. 한심한 눈빛으로 딸을 바라보던 어머니가 식탁에 앉아 한숨을 쉬며 "앞으로 어떻게 살지," 노래 가사를 외듯 되풀이했다.

　연필 쥔 손으로 소녀는 퍼렇게 멍든 눈두덩을 슬슬 비비며 입꼬리를 샐쭉이 올렸다. 퇴직금 받아올 생각에 정신 팔린 아버지가 소녀의 눈두덩을 한쪽만 패고 간 것이다. 운이 좋았다. 아버지가 돌아오려면 며칠은 걸리지 않을까, 그 공장장이 얼마나 까탈스러운데. 그때까지 소녀는 실컷 그림을 그릴 수 있었다. 소녀는 다시 그림에 몰두했다. 이번에는 숲, 나무와 돌덩이에 회색과 검은색을 번갈아 가며 연필로 진하고 옅게 색을 칠했다. 토끼의 동그란 눈에도, 쫑긋한 귀에도 연필로 명암을 주어 입체감을 입혔다. 이래 놓으니 비싼 물감을 칠한 화가의 그림보다도 좋아 보였다.

얼마 후 문이 벌컥 열리고 매서운 밤바람이 휘이 집 안을 휘몰아쳤다. 이미 술기운이 사라진 아버지가 불룩한 종이봉투를 들고 성큼성큼 부엌 식탁으로 걸어갔다. 아버지가 소녀를 힐긋 흘겨보니, 어머니는 무슨 일이라도 터질까 빠르게 일어나 소녀를 불렀다. 소녀가 식탁 앞으로 온 것을 확인한 아버지가 종이봉투를 높이 들어 올려 성냥갑들을 식탁 위로 쏟아부었다.

와르르 탁, 탁.

마치 괴물이 아가리로 토사물을 쏟아내는 것만 같았다. 아버지가 무시무시하게 부라린 눈으로 소녀를 위협했다.

"네 퇴직금이다. 이거 다 팔기 전엔 집에 들어올 생각도 하지 마!"

술이 다 깬 아버지의 코는 더 이상 빨갛지 않았다. 그 말인즉 헛말이 아니고 진심이란 뜻이었다. 소녀의 고개는 저절로 문밖을 향했다. 이미 한밤중이었다. 어깨를 잔뜩 움츠리고 걸어가는 사람들이 두꺼운 코트의 깃을 꽉 여미고, 모자를 푹 눌러쓴다는 건 밖에는 매서운 바람이 분단 뜻이었다.

며칠일 거라 생각했던 자유는 고작 몇 시간 만에 끝나 버리고 말았다.

***

크고 널찍한 다리 한쪽에 좌판을 깔고 앉은 소녀는 꽁꽁 언 손바닥을 따뜻한 입김으로 호호 불어보았지만 손바닥은 여전히 벌겠다. 언 손바닥을 녹여보려는 노력은 그만두고 잔뜩 쪼그려 앉은 자세로 고개를 옆으로 돌렸다. 옆에는 조그만 의자에 앉은 화가가 아마도 마지막 손님일 여자를 스케치북 위에 옮겨 담고 있었다. 빨간색, 노란색, 파란색. 화가의 스케치북은 소녀가 엄두도 내지 못하는 색색의 향연이었다. 소녀는 다시 손바닥에 입김을 불어 넣었다.

아, 그림 그리고 싶다.

화가 난 아버지에게 쫓겨나듯 나오느라 연필을 챙겨오지 못했다. 그때 소녀 앞으로 금화 한 닢이 땡그르르 굴러왔다. 지나가던 남자가 적선하듯 소녀 앞으로 던진 것이다. 남자는 담배를 입에 물며 소녀에게 말했다.

"얘야, 요새 누가 이런 성냥갑을 사니. 얼른 집에나 들어가 쉬어라."

남자는 성냥을 가져갈 생각도 않고, 지포라이터를 꺼내 담배에 불을 붙이면서 걸음을 옮겼다. 소녀는 얼른 동전을 주워 담았다. 아버지에게 맞지 않으려면 한 푼이라도 가져가야 했다. 소녀는 다시 화가의 그림을 물끄러미 쳐다보았다.

화가는 이곳에 자리를 잡고 앉으면서부터 줄곧 자기만 쳐다보고 있는 소녀가 부담스러웠다. 소녀는 성냥갑을 펼쳐놓기만 했지, 지나가는 사람들에게 호객 행위를 전혀 하지 않았다. 장사를 할 생각이 아예 없는 것처럼 보였다.

"그림 그리고 싶니?"

소녀가 고개를 크게 주억거리자, 화가가 얼른 소녀의 손에 연필을 쥐어 주었다. 소녀의 얼굴에 금세 화색이 돌더니 성냥갑 하나를 주워 거기에 그림을 그리기 시작했다. 성냥갑을 감싸고 있는 밍밍한 하얀 종이 위로 슥슥 선이 그어지며 소녀는 그림 그리기에 집중했다. 화가는 그제야 의자 등받이에 등을 푹 파묻었다. 이제야 마음 편히 일 좀 하겠구나. 그러나 정작 화가에게 다가와 그림을 그려달라고 하는 고객이 없었다. 목도리로 입을 가리고 급하게 걸어가는 여자, 모자를 푹 눌러쓰고 멋진 콧수염을 가진 남자도 마찬가지였다. 눈썹을 살짝 찡그린 화가가 안주머니에서 회중시계를 꺼냈다. 시간은 이미 자정이 다 되어가고 있었다.

에이, 오늘 공쳤네.

종일 앉아 있어 찌뿌둥한 몸으로 기지개를 한번 쫙 켠 화가가 앞에 놓아둔 화구들을 주섬주섬 챙겨 가방에 넣었다. 그러면서도 옆에서 열심히 그림 그리기에 몰두하고 있는 소녀의 그림을 흘긋 훔쳐보는 것을 잊지 않았다. 이내 화가는 피식 웃었다. 소녀의 그림은 유치했다. 열 살짜리 아이가 그려도 소녀가 그린 것보다는 나을 것 같았다. 뭐 그래도 열심히 하다 보면 언젠가 잘 그릴 수 있겠지. 그러니 격려라도 해주고 싶었다.

"열심히 하렴."

화가가 자리를 떠났다. 이제 일곱 살이나 되었을 남자아이가 엄마 손을 잡아끌면서 화가를 스쳐갔다. 아이는 나란히 놓여 있는 성냥갑 하나를 가리키면서 신이 나 엄마에게 소리쳤다.

"엄마, 나 여우 그림 사줘요."

화가의 생각과 달리, 한 아이가 엄마의 손을 이끌고 성냥갑 하나를 사갔다.

***

다음 날 소녀는 다리를 절뚝이면서 좌판을 힘겹게 펼쳤다. 화가가 놀라서 소녀를 바라보다 인상을 찡그렸다. 소녀의 뺨에도 보라색 멍이 크게 들어 있었기 때문이다. 중산층에서 자랐으나 빈민가 친구들이 많은 화가는 소녀의 상태로 추측되는 바가 있었다. 화가는 비장한 표정을 지으며 꽉 쥐고 있던 연필을 소녀 앞으로 내밀었다.

소녀가 화가를 쓰윽 보더니, 기쁜 듯 연필을 받아들었다. 목이 메인 화가는 소녀에게 위로의 말이라도 해주고 싶었지만,

자칫하면 애 앞에서 엉엉 울어 버릴 것 같아 조용히 입을 닫았다. 그리고 묵묵히 그림을 그렸다. 찡하게 나온 콧물을 옷소매로 몰래 닦아냈을 뿐이다. 워낙 자기 잘난 맛에 사는 화가였지만 마음만은 따뜻했다.

지난밤 소녀는 아버지에게 얻어맞았다. 너무 아파서 슬금슬금 도망치다 의자 다리에 걸려 넘어지는 바람에 발목까지 접질렸다. 참 지지리 운도 없었다. 아버지가 붉으락푸르락한 얼굴로 소녀에게 고함을 쳤었다.

"겨우 성냥갑 하나 팔고서, 성냥갑에 그림으로 장난질을 해?"

어제를 생각하며 소녀가 입술을 삐죽이고는 마지막 동그라미를 성냥갑 종이에 그려 넣었더니, 귀여운 토끼가 되었다.

'어차피 팔리지도 않는 성냥갑인데, 그림 좀 그리면 어때서.'

소녀는 그림이 완성된 성냥갑을 내려놓고, 다음 성냥갑을 집어 들었다. 때마침 한 여자아이가 엄마 손을 잡아끌며 졸라댔다.

"엄마! 나 이 토끼 그림 사줘요!"

옆에서 잠자코 그림만 그리던 화가가 빙긋 웃었다. 오늘은 그래도 소녀의 그림이 그려진 성냥갑이 제법 팔리는 것 같았다. 어느 정도 벌어가면 어제보단 아버지에게 덜 맞을 수 있겠지.

소녀는 연필 꼭지를 오물거리며 이번에는 뭘 그려볼까, 하얀 성냥갑을 뚫어지게 쳐다봤다. 소녀가 드디어 연필을 움직이기 시작했다. 슥슥, 이번엔 곰돌이다. 소녀는 곰돌이 성냥갑을 좌판 위에 내려놓았다.

턱을 손등에 괴고 골똘히 무언가를 생각하며 걷고 있던 남자가 우뚝 걸음을 멈췄다. 곰돌이 성냥갑이 눈에 띄었기 때문이다. 저거라면 성냥으로 집짓기를 좋아하는 피앙새가 좋아할 것 같았다. 남자가 소녀에게 다가가 말했다.

"귀여운 그림이네. 내 피앙세에게 선물로 주고 싶어."

바쁜 일정으로 며칠 피앙세를 만나지 못했더니, 피앙세가 잔뜩 골이 났다. 남자는 가벼워진 마음으로 성냥갑 몇 개를 주머니가 불룩하도록 찔러 넣고 돌아갔다.

화가가 돌아가는 남자의 뒷모습을 입을 떡 벌리고 쳐다봤다. 당황스러웠기 때문이다. 연인에게 선물할 정도의 그림이라면 당연히 섬세하고 아름다운 이 화가의 그림을 사야 할 게 아닌가? 화가는 세차게 고개를 흔들었다. 우연이야, 우연.

이번엔 소녀가 망설임 없이 성냥갑 위로 선을 확확 그었다. 얼마 전 밤거리를 걷다가 소녀는 희한한 장면을 구경했다. 여인이 손가락을 쩡긋거리자, 가만히 손을 잡고 있던 남자가 기쁜 듯 여인에게 키스를 했다. 그건 무슨 의미였을까. 소녀는 여인이 만들어낸 손가락의 모양을 그림으로 완성했다.

"이쁜 하트구나."

주름이 자글자글한 할머니가 소녀 앞에 쪼그려 앉아 성냥갑을 들어 올렸다. 방금 그려놓은 성냥갑이었다. 할머니 뒤에서 불만스럽게 서 있는 할아버지는 가슴 안주머니를 더듬거려 담배 한 개피를 꺼내 들었다. 하지만 만지작거리기만 할 뿐 입에 물지는 않았다. 성냥이 똑 떨어진 것이다. 그렇게 피워대니, 할머니는 못마땅한 듯, 또 안쓰러운 듯 복잡한 눈길로 할아버지를 쳐다보았다. 얼마 전 막내가 결혼해 집을 나갔다. 그나마 시끌거렸던 집안이 조용해지자 가뜩이나 애연가인 할아버지의 담배 피우는 횟수도 부쩍 늘었다. 하루에도 수십 번, 막내 방을 들여다보고 마당으로 나와 한숨 쉬듯 담배를 피워대는 영감의 적적한 그 마음을 60년 함께 산 자신이 어찌 모를까. 할머니가 들고 있던 성냥갑을 내밀며 소녀에게 말했다.

"이거 하나 주렴."

할머니가 건넨 성냥갑을 바라보던 할아버지 얼굴에 순간 발그레한 홍조가 떠올랐다. 입술이 실룩거렸다. 뭘 이런걸, 중얼거리며 앞서가는 할머니의 뒤를 따랐다.

화가는 이제 경악스러운 얼굴로 그림을 그리고 있는 소녀를 바라보았다. 방금 전 노부부의 표정으로 화가의 자존심에 금이 쫙쫙 갔기 때문이다. 그깟 어설픈 하트 그림 하나로 갑자기 금슬이 좋아질 일인가. 하트라면 화가가 소녀보다 훨씬 세련되고 멋있게 그릴 자신이 있었다. 그런데도 여태껏 누구 하나 화가의 그림을 보고 사이가 좋아진 사람은 없었다. 오히려 사이좋게 왔다가, 그림 그리는 시간이 길어지는 바람에 한바탕 싸우고 헤어지는 커플은 봤어도 말이다.

그때 멋들어지게 차려입은 중년 여성이 화가 앞에 앉았다. 화가가 여성을 바라보다 한마디 던졌다.

"오늘 영업 끝났습니다."

화가는 스케치북, 연필, 팔레트를 주섬주섬 가방에 챙기고 자리에서 일어섰다. 아직 해가 중천인데 벌써 영업이 끝났다니, 손님은 이해할 수 없어 어리둥절했다. 화가는 소녀를 흘긋 보고는 길을 걸었다. 화가는 앞으로 그림을 계속 그려야 할지 말아야 할지 일생일대의 기로에 놓인 기분이었다. 확실한 건 화가는 이제 다시는 이 다리로 돌아오지 않으리란 사실이었다.

그날 소녀의 성냥갑은 다 팔렸다.

***

소녀는 성냥갑을 앞에 두고 신경질적으로 성냥갑 위에 삐뚤빼뚤 글씨를 쓰고 있었다.

To 아버지
집을 나가겠습니다. 저를 찾지 마세요.

소녀가 글씨 위에 줄을 박박 그었다. 이런 글을 썼다간 아버지가 어떻게든 자기를 찾아내 몽둥이로 패댈 것만 같았다. 소녀는 입술을 말아 물고는 다시 글씨를 쓰기 시작했다.

To 아버지
이제는 독립하고 싶습니다.

소녀가 또다시 빗금을 박박 그어 버렸다. 화가 나는 정도는 덜하겠지만, 이것도 아버지를 열받게 하기엔 충분했다. 그저 손으로 맞느냐, 몽둥이로 맞느냐의 차이일 뿐이었다. 소녀는 다시 'To'를 썼다. 그러나 마땅히 쓸 말이 떠오르지 않았다. 이것저것 머리를 굴리다 짜증이 난 소녀가 던지다시피 성냥갑을 좌판에 던져놓고 손등 위로 턱을 괴었다.

요 몇 달 성냥갑이 불티나게 팔렸다. 신이 난 아버지가 매일 공장에 가서 한 포대나 되는 성냥갑을 공수해 오기 시작했다. 소녀는 또다시 다리 위로 나와 성냥갑을 팔아야 했다. 덕분에 아버지 몰래 모아둔 돈이 꽤 되었다. 자그마한 가게를 차릴 정도의 돈이었다. 소녀는 이제 폭력적인 아버지 밑에서 나와 자신만의 가게를 가지고 싶었다. 하지만 아버지에게 어떻게 말을 해야 할지 도무지 알 수가 없었다.

침울해 보이는 남자아이 하나가 좌판 앞으로 걸어왔다. 남자

아이는 쪼그려 앉아 진열된 성냥갑들을 한참 훑어보더니 개중 한 개를 집어 소녀에게 번쩍 들어 보였다.

"누나, 저 이거 하나 주세요!"

화들짝 놀란 소녀가 고개를 갸웃했다. 그도 그럴 것이 이쁜 곰, 여우, 토끼가 그려진 성냥갑들은 다 놔두고 하필 제가 마지막으로 메시지를 쓰려다 내동댕이쳐 버린 'To'라는 글자만 덩그러니 있는 성냥갑이었다.

"다른 것도 많은데, 그걸?"

"이게 좋아요. 이번에 화분을 하나 깼는데 엄마가 많이 화났거든요. 여기에 사과 편지를 쓰려고요."

그제야 납득이 간 소녀가 고개를 끄덕였다. 한결 밝아진 모습으로 돌아가는 남자아이의 뒷모습을 물끄러미 보다가 소녀는 성냥갑 하나를 집어 들었다. 소녀는 진지하게 'To'를 쓴 뒤 종이의 위쪽과 아래쪽 구석에 꽃그림을 그려 넣었다.

"어맛! 안 그래도 남자친구에게 고맙단 뜻을 전하고 싶었는데 이게 좋겠다."

지나가던 젊은 여자가 성냥갑을 보고는 호들갑을 떨며 소녀에게 가격을 물었다.

다음날도, 그 다음날도 소녀의 성냥갑은 그리는 족족 불티나게 팔렸다. 아버지 밑에서 독립하겠다는 소녀의 생각이 조금씩 바뀌어가고 있었다.

***

나이 많은 남자가 헐레벌떡 계단을 올라가고 있었다. 이놈의 건물은 낡아빠진 주제에 높기는 또 엄청 높아서 도무지 왔다 갔다 하는데 힘이 들어 죽겠다. 특히 오늘같이 큰 사고가 터진 날에는 몸이 더욱 힘들었다. 남자는 계단 난간을 잡고 한번 숨을 크게 들이쉬었다. 그리고 젖 먹던 힘까지 쥐어 짜내 건물 주인이 있는 사무실까지 뛰어갔다. 남자가 문을 벌컥 열고 외쳤다.

"사장님! 웨스턴 거리 5번지에 있는 6호 팬시 성냥갑 가게에 불이 났대요. 어쩌죠?"

건물 외관과는 다르게 비싸 보이는 큼직한 마호가니 책상 앞에 앉아 있는 젊은 여자가 고개를 번쩍 들었다. 책상 위에 색색깔의 비싼 색연필과 종이가 널려 있는 것으로 보아, 남자가 오기 전까지 그림을 그리고 있던 듯했다. 놀란 여자가 말했다.

"인명 피해는 없나요?"

나이 많은 남자가 인상을 찡그리며 말했다.

"인명 피해는 없지만, 물품이….'

젊은 여자가 안도의 한숨을 내뱉었다.

"그럼 됐어요. 사람 목숨이 제일 중요하니까. 물건이야 당분간 이곳에서 지원해 주도록 하죠."

젊은 여자가 빠르게 일어나 책상을 정리하기 시작했다. 아무래도 오늘 6호점을 지원해 주기 위해선 공장장에게 말을 해놓아야 하니 할 일이 많을 듯싶었다. 때마침 나이 많은 여자가 사무실에 도착했다.

"식사가 다 됐다고 알려주려던 참인데."

나이 많은 여자가 난처해했다. 젊은 여자는 마지막 종이 한 장까지 깔끔하게 정리하고는 방금 전, 사무실에 도착한 나이 많은 남자를 손가락으로 가리키며 말했다.

"저는 됐으니까, 비서님이랑 먼저 드세요."

젊은 여자는 그렇게 말하며 핸드백을 집어 들고 문밖을 나섰다. 비서는 이마에 송골송골 맺힌 땀을 그제야 닦아내며 나이 많은 여자에게 낮게 속삭였다.

"여보, 여기까지 뛰어오느라 진땀을 뺐어. 식사에 곁들일 와인도 좀 있나?"

귀가 밝은 젊은 여자가 인상을 와락 구기며 비서를 향해 홱 돌아섰다.

"술은 그만 좀 마시라고 말씀드렸잖아요! 아. 버. 지."

딸에게 한소리 듣고 어쩔 줄 모르는 아버지를 뒤로하고, 젊은 여자는 다시 사무실을 나섰다. 정장 바지에 하얀 와이셔츠를 입고 어깨를 펴고 계단을 내려가는 키 큰 여자는 누가 봐도 커리어 우먼이었다. 누구도 이 여자가 불과 몇 년 전까지 다리 위에서 성냥갑을 팔던 빼빼 마른 소녀였다고는 생각하지 못할 터였다.

  소녀는 술만 마시면 자신을 패고, 돈밖에 모르는 아버지가 너무 싫었다. 한때는 집을 나가려고 종이 위에 아버지에게 전할 말들을 수없이 썼다 지웠다. 그런데 왜 갑자기 자신이 생각을 고쳐먹었더라. 아마 검은색 원피스를 입고 할아버지 장례식을 치르고 왔다는 여자 때문이었을 것이다. 그날 여자가 말했다.

  "미운 정이 들었나 봐."

  소녀는 머리를 망치로 한 대 맞은 기분이었다. 그렇지. 누구보다 가깝고 그래서 좋은 점도 나쁜 점도 다 내보일 수 있는 거겠지. 그게 가족이지. 소녀는 결심했다. 끈끈한 가족의 정으로 평생을 아버지와 함께하겠다고. 그리고 그것은 옳은 선택이었다. 소녀가 크게 성공한 뒤로, 돈맛을 본 아버지는 이제 딸이 하는 말을 무시할 수 없었다. 술을 끊으라는 딸의 잔소리에 참다못한 아버지가 또 폭력을 행사하려 했을 때 소녀는 차갑게 식은 눈으로 똑똑히 전했다.

  "내가 죽으면 이 돈이 다 어디로 갈까요? 유서는 얼마든지 고칠 수 있어요."

  패배자의 몸짓처럼 아버지의 손이 스르륵 내려갔다. 아버지가 이제 유일하게 할 수 있는 건 딸에게 빌빌대는 것뿐이었다. 그때마다 소녀는 쾌감으로 온몸이 전율했다. 아, 평생을 함께해요. 아버지.

소녀는 건물을 빠져나와 바로 옆에 있는 공장 사무실로 들어갔다. 사무실엔 아직 사람이 없었다. 소녀는 재떨이와 각종 서류철로 지저분한 책상에 앉아, 마침 들어온 비서에게 커피를 부탁했다. 그리고 다시 턱을 괴고 생각에 빠졌다.

다행히 다리 위에서 팔던 성냥갑은 그날 이후로도 계속 매진이 되었고, 1년 후에는 교외에 번듯한 가게를 차릴 수 있을 정도의 돈이 모였다. 돈이 많이 벌리기 시작하니, 상품을 바로 찍어내 납품해 줄 수 있는 공장이 필요했다.

"하이고, 사장님 이곳까지 무슨 일이십니까?"

손수건으로 멍투성이 이마에 흐르는 땀을 닦으며 사무실로 들어온 공장장이 살찐 몸으로 소녀에게 연신 허리를 굽신거렸다. 소녀가 본론을 꺼냈다.

"6호점에 큰불이 났대요. 내일 중으로 물건을 좀 갖다 주세요."

공장장이 순간 입술을 질끈 깨물었다.

"하지만, 손해가 제법 클 텐데요."

또 말대답. 소녀는 책상 위에 있던 서류철을 공장장의 얼굴로 집어 던졌다. 아쉽게도 서류철은 공장장을 비켜갔다. 얼굴에 명중시키지 못해 소녀는 화가 났다. 이번에는 재떨이를 들었다. 탁, 경쾌한 소리를 내며 재떨이가 바닥으로 떨어졌다. 주룩, 공장장의 광대뼈에서 굵은 핏줄기가 흘러내렸다. 이제야 소녀의 속이 후련해졌다. 소녀는 편하게 의자에 기대앉으며 공장장에게 말했다.

"저희 체인점이니 식구나 마찬가지잖아요. 어려운 때일수록 서로 돕고 살아야죠. 그게 가족이잖아요."

"그럼요. 그렇고 말고요. 사장님은 정말 마음이 넓으십니다."

맞고 나서야 정신을 차린 공장장의 비굴한 웃음과 과한 칭찬을 뒤로하고 소녀는 사무실을 나섰다.

소녀가 쨍한 하늘을 향해 기지개를 쭉 켰다. 들뜬 마음으로 발걸음을 서둘렀다. 오랜만에 옛날 생각이 난 김에 예전에 장사하던 다리 위에 가볼 생각이었다.

그런데 그때 옆에서 그림을 팔던 화가는 어떻게 살고 있으려나?

***

가게에 들어온 십 대 여자아이에게 화가가 싱긋 웃으며 다가가 꽃그림이 그려진 성냥갑 하나를 들고 말을 걸었다.

"안녕, 너 꽤 이쁘게 생겼다. 너 같은 애가 이걸 사줘야, 이 성냥갑도 제대로 주인을 만나는 건데."

여자아이가 발그레 볼을 붉히며 수줍게 성냥갑 하나를 사들고 갔다.

최근 화가는 팬시 성냥갑 7호점을 오픈했다. 화가는 의외로 자신이 장사 수완이 꽤 좋다는 것을 알았다. 제법 반반한 얼굴과 여인들을 홀리는 수려한 말솜씨 덕분에 나이를 불문하고 여성들에게 인기가 많았다. 한때 다리 위에서 같이 그림을 팔았던 소녀 때문에 방황도 했고, 그림도 그만두었지만 후회는 없었다. 팬시 성냥갑 가게 주인으로 꽤 성공한 것 같았기 때문이다.

이제 여우 같은 아내와 결혼해서 토끼 같은 자식을 두는 일만 남았다. 화가가 헤벌쭉 웃으며 생각했다.

'그때 다리 위에서 성냥갑에 그림 그리던 소녀는 지금 어떻게 살고 있으려나. 나도 돈 좀 벌었으니, 밥이나 한 끼 사주고 싶은데 말이지.'

눈의 여왕

눈보라가 날을 삐죽이 세운 채 사납게 휘몰아치는 밤이었다. 최근 일이 많이 들어와 바쁘다고 투덜대는 목수가 좁은 상가 골목에 자리 잡은 가게 문을 잠그고 돌아섰다.

"크헉."

목수가 눈알이 튀어나올 듯 크게 뜨며 나지막이 비명을 질렀다.

정수리가 정면을 향하도록 고개를 푹 숙인 여자는 기괴하기 짝이 없었다. 안쪽으로 잔뜩 굽어든 어깨에 축 늘어진 팔은 여자가 걸음을 뗄 때마다 규칙 없이 덜렁거렸다. 일자로 쭉 뻗어 있어야 할 양다리는 몸을 제대로 지탱하지도 못해 왼쪽과 오른쪽을 오가며 휘청거렸다. 한마디로 미친 여자였다.

목수는 옷깃을 단단히 여미며 긴장했다. 오늘 재수가 옴 붙었네. 미친 여자는 피해 가는 게 상책이지. 목수는 여자와 눈도 마주치지 않으려고 여민 옷깃 안쪽으로 고개를 힘껏 파묻고 걸었다.

덥석. 여자가 지나가는 목수의 손목을 우악스럽게 잡았다. 히이익! 목수는 크게 움찔거리며 고개를 들었다. 여자의 정수리가 빠르게 목수를 향해 들려졌다. 심장이 벌렁댔다. 목수 눈앞에 보이는 여자의 눈가는 벌겋게 짓물러져 있었다. 투둑투둑 불거진 실핏줄과 새빨갛게 물든 흰자위가 괴기스러웠고, 부릅뜬 눈과 검은 눈동자에는 광기가 어려 있었다. 여자가 고함을 쳐댈 듯 입을 크게 벌리자, 목수가 눈을 질끈 감아 버렸다.

"아이…가 사라졌어요. 내 아이 카이가 흔적도 없이 사라…졌습니다."

목수가 반걸음 물러서며 가늘게 눈을 뜨고 여자를 응시했다. 의외로 여자의 입에서 새어 나온 목소리가 익숙했기 때문이다. 그녀는 목수가 운영하는 가게 옆 스테이크 레스토랑에서 주말에 서빙 일을 하는 여직원이었다. 혼자 열 살 남짓한 남자아이를 키우는 이제 20대 초반의 미혼모라고 했던가. 그래서 가끔 일하는 모습을 보면 안쓰러운 마음부터 들었던 여자였다.

아이가 사라졌다는 말을 반복하며 여자는 목수에게 호소했다. 툭, 여자의 눈에서 눈물 한줄기가 흘러내렸다. 하지만 잔뜩 일그러진 얼굴은 여전히 섬뜩했다. 목수의 눈이 흔들렸다.

"강 건너에 산다는… 뭐든 다 알고 있다는 마녀에게 가…보시오."

마녀, 여자가 중얼거렸다. 여자의 손아귀에서 힘이 빠졌다. 목수가 여자의 손을 빠르게 빼내고 쭈뼛 머리털을 세운 채 줄행랑을 쳤다.

***

강 건너에는 마녀가 살고 있었다. 마을에서 일어나는 일은 뭐든 다 알고 있다는 마녀. 사람의 기억을 잃게도, 되찾을 수 있게도 한다는 마녀. 그럼에도 사람들은 마녀를 찾지 않았다. 고집불통이고 변덕이 심하다는 마녀는 사람들과의 왕래를 싫어해, 혹여 누구라도 자기 땅을 밟으면 바로 죽인다 하니 무서울 수밖에. 그래서 강에는 배 한 척이 없었다.

여자는 한동안 넋이 빠진 듯 강물을 바라보았다. 물살은 거셌지만 깊이가 여자의 가슴 정도였고, 강물의 폭도 가고자 하면 못 갈 거리도 아니었다. 여자는 입술을 질끈 깨물었다.

풍덩, 여자는 힘껏 강물로 몸을 던졌다.

간신히 반대편 뭍으로 올라온 여자는 거친 숨을 몰아쉬었다. 두 손을 짚고 가슴에 고여 있던 강물을 한차례 게워냈다.

마녀… 여자는 홀린 듯 중얼거렸다.

"뭐든 다 알고 있다는 마녀에게 가…보시오."

여자는 그 말을 생명줄인 양 붙잡고, 마녀의 정원에 도착했다. 괴팍하다 소문난 마녀가 자기를 죽여도 상관없었다. 아이를 잃어버린 여자는 물불 가릴 게 없었다. 문득 여자의 눈앞으로 빨간 신발을 신은 자그마한 발이 나타났다. 머리 위에서 아이의 소리가 들렸다.

"누구야?"

여자는 엎드린 그대로 고개를 들었다. 머리를 양 갈래로 길게 땋은 이제 갓 열 살 남짓한 여자아이였다. 왼팔에 장미꽃이 한가득 담긴 바구니를 들고, 장갑을 낀 오른손에는 정원 가위를 들고 있었다. 여자가 입을 열었다. 순간, 호기심 어렸던 아이의 표정이 와락 일그러져 버렸다. 아이가 코를 막고 고개를 옆으로 젖혔다. 그리고 히스테릭하게 소리쳤다.

"너! 너무 더럽고 냄새나!"

여자는 막연히 생각했다. 그러고 보니 여기는 마을과 다르게 따뜻했고, 정원에는 장미꽃이 만발했다. 여자는 길게 눈을 감았다 뜨더니 맞은편을 똑바로 바라보며 말했다.

"아이를 찾고 싶어. 눈이 아주 이쁜 남자애야."

아이는 둥근 과자를 우적우적 먹어댔다. 입가에 부스러기를 잔뜩 묻히고 먹는 모습이 영락없는 꼬마였다.

"그까짓 거 찾아서 뭐 하게? 어차피 네 아이도 아니잖아?"

한쪽 입가를 올리고 상대를 비웃는 표정은 산전수전 다 겪은 어른 같았다.

"그걸 네가 어떻게 알아?"

뭍에서 만난 아이가 마녀라는 것을 알았음에도 여자는 쉽게 존대를 하지 못했다. 다행히 마녀 역시 여자의 말투에 그리 신경 쓰는 눈치는 아니었다. 마녀가 여자에게 손을 확 뻗었다.

"아기가 있어 봤으니까 알지. 그보다 나와 함께 살지 그래. 재밌을 거야."

어떻게 알았을까. 여자는 침을 꿀꺽 삼켰다.

***

빵을 사들고 나오는 길이었다. 빵 가게 옆에서 삼삼오오 모여 수다를 떨고 있는데 그중 뚱뚱한 아줌마 한 명이 놀란 듯 소리쳤다.

"…이 자식이 생겼다고?"

깡마른 아줌마가 급히 뚱뚱한 아줌마의 입을 가렸다.

"쉿! 목소리 좀 낮춰."

여자는 아주 어렸을 때, 함박눈이 소복하게 내리던 날, 숲에서 놀다가 창문에 잠시 내비친 여인을 본 적이 있었다. 눈같이 하얗다 못해 투명한 피부, 칠흑같이 검고 윤기가 흐르는 머리

칼, 장미꽃같이 붉은 입술, 오뚝한 콧날, 우아하고 가녀린 몸매. 여인의 모든 것은 넋이 나갈 정도로 아름다웠다.

그런 여인이 아기를 낳았으면 어떻게 생겼을까. 눈은? 코는? 입은?

이제 성인이 된 여자는 여인이 사는 그곳으로 달려갔다. 숨을 헉헉 몰아쉬며 몰래 아기침대까지 다가갔다. 여자의 두근거리던 심장은 멈췄고, 머릿속은 하얀 백지가 되었다.

여인과 꼭 닮은 아기. 탐이 나. 가지고 싶어.

여자는 아기를 옷 안에 꽁꽁 감추어 안고 그곳을 빠져나왔다. 그리고 마지막으로 뒤를 돌아보았을 때, 여자는 크게 놀랐다. 창문에 비친 여인의 옆얼굴은 어릴 적 여자가 보았던 얼굴과 전혀 달라진 것이 없었다. 여인은 전혀 늙지 않았다. 여자는 입술을 질끈 깨물고 돌아섰다. 여자는 가슴속에 휘몰아치는 자신도 모르는 이상한 욕망을 애써 억누른 채 발길을 옮겼다. 얼굴을 할퀴어대는 눈보라를 우악스럽게 헤치고, 발을 붙잡아두려는 눈밭을 헤쳐나갔다.

그렇게 여자는 아기를 훔쳐냈다.

눈의 여왕의 아기를.

***

"하지만 우리는 잘 지냈어."

여자는 미동 없는 눈으로 마녀를 바라보았다. 내 아이라 생각하며 소중하게 키웠다. 마녀가 배를 잡고 경박하게 낄낄 웃어댔다.

"당연히 잘해줬겠지. 하지만 이제는 너 싫다고 나간 애, 뭐 이쁘다고 찾아?"

여자의 눈동자가 짧게 흔들렸다 멈췄다. 카이는 사라지기 전날까지만 해도, 자신의 음식이 최고라며 맛있게 먹던 아이였다. 마녀의 말은 거짓말이다. 여자가 화제를 돌렸다.

"그러는 네 아이는 어딨는데?"

조롱기 가득하던 마녀의 얼굴이 순식간에 어두워졌다.

"하루 종일 울기만 해서 내쳐 버렸거든. 괜히 그랬나. 인제 와서 보고싶네."

여자는 고개를 끄덕이며 자리에서 일어났다. 어차피 카이의 행방을 알려줄 생각이 없는 마녀와 더 노닥거릴 시간이 없었다. 마녀도 벌떡 일어났다.

"어디 가? 같이 있자니까."

눈썹을 찡그리는 마녀의 얼굴이 어쩐지 초조해 보였다. 마녀가 작은 손으로 크게 원을 그렸다. 그러자 여자의 머리도 따라

핑그르르 돌았다. 여자가 바닥으로 쓰러졌다. 마녀가 히죽 웃었다.

"뭐든 남의 떡이 커 보이는 법이지. 너도 나도."

여자의 눈이 완전히 감겼다.

***

강을 건넜다.

따뜻한 바람, 붉은 장미, 티 테이블.

따뜻한 바람, 붉은 장미, 티 테이블.

따뜻한 바람, 붉은 장미, 티 테이블.

또,

따뜻한 바람, 흰색 장미, 티 테이블?

여자는 티 테이블 위에 놓인 흰색 장미를 바라보았다. 누군가 생각났다. 엄마, 외치며 여자에게 달려오는 남자아이. 내가 엄마였던가. 여자가 고개를 갸웃했다. 그리 생각한 와중에도 여자는 아이의 눈이 참 이쁘다는 생각이 들었다. 아이가 여자에게 무언가를 내밀었다. 여자가 어정쩡하게 아이가 내민 것을 받았다. 그것은 보기에도 날카로운, 보기에도 서늘한, 얼음꽃이었다.

"엄마, 매년 눈이 오면 얼음꽃을 선물할게요."

여자가 툭 한 방울의 눈물을 바닥으로 떨어뜨렸다. 아, 어떻게 잊었지? 처음으로 눈을 다루는 힘이 생긴 아이가 얼음꽃을 만들어 주던, 가슴이 너무나도 벅차오르던, 나는 어떻게 그날을 잊고 있었지?

불현듯 여자의 눈동자로 이채가 돌았다. 카이를 찾아야 돼, 여자가 자리를 박차고 앞으로 돌진했다. 장미꽃으로 붉게 물들어 있는 넓은 정원을 가로질러 나갔다. 붉은 노을이 여자를 삼킬 듯했다.

우어어.

외마디 비명을 외치며 뛰어가는 여자를 보고 있던 백발의 마녀가 차를 한 모금 마셨다. 정신이 나간 것 같던 여자는 드디어 6개월 만에 기억을 되찾았다. 백발의 마녀가 붉은 장미 정원의 주인 마녀에게 물었다.

"네 친구 도망가는데 저대로 풀어줘?"

주인 마녀는 눈살을 와락 찌푸렸다가 금세 풀었다. 그러고는 와그작, 쿠키를 신경질적으로 한입에 씹어 먹었다.

"남의 아이한테 집착이 아주 대단하군. 제일 강한 마법을 썼는데도, 기억이 돌아온 걸 보면 말이야."

백발의 마녀가 검지를 아랫입술에 얹은 채, 고개를 갸웃했다.

"너도 그랬잖아. 예전에 아기 갖고 싶다고 그렇게 노래를 부르더니, 결국 처녀의 모습으로 유부남이랑 결혼해서 아기를 훔쳐 왔잖아. 뭐, 몇 달 만에 돌려줘 버렸지만."

순간, 주인 마녀가 들고 있던 과자를 떨어뜨렸다. 그리고 울상을 지으며 백발의 마녀에게 말했다.

"그때는 아기와 아빠가 서로 찾아대며 우는 모습이 그렇게 가슴 아플 줄 몰랐거든. 이후로는 누가 아이에게 해코지하는 꼴은 못 봐주겠어."

백발의 마녀는 도대체 주인 마녀의 말뜻을 알 수 없었다. 그저 어깨를 으쓱였다. 뭐, 세상만물의 내력은 다 알아낼 수 있는 재주를 가진 친구니, 알아서 처신했겠지.

주인 마녀가 의기양양하게 외쳤다.

"하여튼 아기를 훔치는 건 아주 나쁜 거야. 나는 유부남에게 아기를 돌려줬으니까 착한 마녀라고."

"누가 뭐래."

***

허우적거리며 걷던 여자가 풀썩 흙바닥에 쓰러졌다. 사람이 드문 숲길이었다. 여자의 눈꺼풀이 감겼다 떠지기를 반복했다.

환한 낮에 토끼가 폴짝폴짝 뛰어가는 뒷모습이 여자의 눈으로 비쳐들었다.

캄캄한 밤에 부엉이가 멀리서 우는 소리가 여자의 귓가로 들려왔다.

또다시 환한 낮이 되었다.

자잘한 얼음조각 같은 공기가 폐 안쪽으로 드나들었다. 추위에 오랫동안 노출되었던 손과 발은 이제 감각이 없었다. 숨소리도 약해지고, 졸음이 파도처럼 몰려왔다. 여자는 이러다 얼어 죽을 수도 있겠다고 생각했다.

자꾸만 감기는 눈꺼풀 사이로 여자아이가 뛰어들었다. 죽은 토끼 한 마리를 한 손에 들고 있는 여자아이가 풀썩 쪼그려앉아 여자를 들여다봤다. 여자는 움찔 놀랄 힘조차 남아 있지 않았다. 여자아이가 고개를 뒤로 홱 돌렸다.

"아빠, 이 여자 살아 있어."

그 말을 끝으로 여자의 눈꺼풀은 완전히 감겼다. 언뜻 보이던 아이 아빠의 얼굴은 떨떠름했다.

***

헉, 외마디 비명을 지르며 여자가 눈을 떴다. 팔다리를 활짝 펼친 토끼, 오소리 가죽이 걸린 허름한 벽, 어디에 쓰이는 건지 알 수 없는 긴 칼, 작은 칼, 네모진 칼, 그리고 수많은 덫, 낡은 식탁, 여긴 어디지?

"우리 집이야."

침대 옆에 앉아 있던 열 살 남짓한 여자아이가 눈을 동그랗게 뜨고 말했다. 여자가 정신을 잃기 전 마지막으로 보았던 아이였다. 부엌에서 김이 모락모락 오르는 냄비를 들고나와 탁자 위에 놓은 아이 아빠가 말했다.

"괜찮으면 여기 와서 음식 좀 들어요."

퉁명스러운 것 같으면서도 어딘가 순박해 보이는 말투였다. 여자가 조심스레 상체를 일으키자, 아이가 웃으며 아빠가 끓인 수프는 진짜 맛있다며 식탁으로 뛰어갔다.

고소하게 코를 찌르는 냄새와 보글보글 끓는 모습이 여자의 입맛을 돋웠다. 입 안으로 한 입 떠 넣으니 입맛이 절로 돌고 배가 더욱 고파졌다. 서둘러 다시 수프를 한 숟갈 뜨자, 아이 아빠가 불쑥 물었다.

"그곳에는 왜 쓰러져 있던 겁니까?"

여자가 들고 있던 숟가락이 수프 속으로 빠졌다. 마음이 다시 먹먹해졌다.

"아이가 사라졌어요."

아이 아빠는 깜짝 놀랐다. 여자가 침을 꿀꺽 삼켰다. 아이 아빠가 심각하게 말했다.

"내가 이 동네에 오래 살아서 꽤 아는 줄이 많아요. 한 번 알아봐 드리죠. 아이 이름이 뭐요?"

여자의 눈가에 눈물이 조금 차올랐다. 드디어 희망이 보이는 듯했다.

"고맙습니다. 이름은 카이예요. 눈이 무척이나 파랗고 이쁜 남자애죠."

"고마울 것 없습니다. 아이 소식을 알게 되면 바로 이 집에서 나가주세요. 몹시 불편하니까."

"아빠!"

"넌 식사나 해."

아이 아빠는 심각한 표정으로 수프를 떠먹기 시작했다. 아이가 입술을 질끈 깨물고 억지로 자리에 앉았다. 여자는 뒤늦게 아이 아빠를 향해 고개를 끄덕였다. 아이를 찾을 수만 있다면, 자신이 언제 이 집을 나가든, 아이의 마음이 어떻든 상관없었다. 여자의 감정이 넘실거리기 시작했다.

아빠가 떠나고 아침이 되자 아이가 문짝에 몸의 반을 가리고, 여자를 향해 조심스레 물었다.

"아줌마, 식사 준비해 드릴까요?"

여자가 얼른 일어나 부엌으로 들어갔다. 아이가 식사 준비를 하게 둘 수는 없었다. 아이는 여자의 치맛자락을 조심스럽게 잡아왔다. 아이는 마치 엄마가 돌아온 것 같은 기분을 느꼈다. 여자가 배시시 웃고 있는 아이를 보며 생각했다.

'아이 아빠는 마을 어디쯤 도착했을까.'

여자를 주려고 버거울 정도의 해바라기를 한 아름 안고 문턱을 넘어오다가 아이가 넘어졌다. 큰 소리를 듣고 방에서 나온 여자가 아이의 상처를 치료해 주며 생각했다.

'아이 아빠는 사람들을 만나고 있을까.'

아이가 소꿉놀이를 하자고 여자를 졸랐다. 여자는 빙긋 웃으며 아이 옆에 앉았다. 소꿉놀이 장난감이 펼쳐졌다. 유치한 무늬가 중구난방으로 그려진 찻잔과 접시, 찻주전자, 포크와 나이프다. 귀부인이 된 아이가 말했다. "차 한잔하세요." 손님인 여자가 말했다. "고마워요." 아이가 다시 말했다. "손님은 너무 이쁘세요." 여자가 대답했다. "별말씀을요." 아이가 눈을 동그랗게 뜨고 말했다. "근데, 손님 눈가에 주름살이 있네요?"

"뭐?"

순간 여자의 인상이 험악하게 일그러졌다. 제기랄, 여자가 탁상 거울을 들어 얼굴을 비쳤다. 아이 말대로였다. 여자는 이빨을 으득 갈았다. 여자는 너무 늦기 전에 카이를 찾고 싶었다.

'아이 아빠는 지금 집으로 오는 길일까.'

밤이 되자 아이 아빠가 드디어 집으로 돌아왔다. 여자가 정색을 했다.

"어떻게 됐어요? 알아보셨나요?"

여자는 아이 아빠가 의자에 앉기도 전에 성급하게 물었다. 초조했다. 아이 아빠는 하루 종일 걸어 다니느라 잔뜩 부은 다리를 주무르며 입을 열었다.

"눈의 여왕이 사는 얼음성 근처에서 열 살 남짓한 남자아이를 본 사람이 있다더군요."

아, 여자는 나지막한 탄성을 질렀고, 아이 아빠는 여자를 곁눈질로 응시했다.

"의심이 갈 만한 아이는 그 애밖에 없었소."

여자가 감격에 겨운 목소리로 아이 아빠에게 말했다.

"그 아이가 맞아요. 제 아이입니다. 고맙습니다. 그럼 날이 밝는 대로…."

"아니, 지금 당장 나가주시오."

아이 아빠가 빠르게 여자의 말을 막아섰다. 그는 희번덕한 눈으로 여자를 노려보며 말했다.

"이전에 미혼부였던 나와 결혼해서 잘살고 있던 여자가 내 아이를 훔쳐 갔었지. 나중에 무슨 변덕인지 몰라도 결국 아기를 돌려받았지만, 이제 아주 여자라면 치가 떨려. 남 일 같지 않아서 도와주긴 했소만."

마치 아이 아빠의 눈빛에 분노가 서려 있는 듯한 착각이 들었다. 아이 아빠는 아이를 데리고 곧장 방으로 들어갔다. 쾅, 방문이 닫혔다.

뒤늦게 여자는 허공에 대고 고개를 끄덕였다.

"지금 나가죠."

***

 125년 전 여름이었다. 가만히 앉아 있기만 해도 땀이 나고 목이 마르던 그런 계절. 싱그러운 새싹들이 빠르게 성장하는 그 계절의 한가운데에서 왕이 서거하고, 한 달 후 새로운 여왕이 탄생했다. 슬픔과 기쁨이 교차하던 시기였다.

 여왕을 축하하기 위해 만백성이 궁전 앞에 모여 만세를 불렀다.

 만세, 만세, 만만세.

 경쾌한 음악이 흐르고 찬란한 폭죽이 터졌다. 모두가 기뻐하며 여왕이 나타나기를 애타게 기다렸다. 까맣게 어둠이 드리운 성안에서 드디어 우아한 미소를 짓는 여왕이 모습을 드러냈다. 모두가 그녀의 아름다움에 넋을 잃었다. 여왕이 천천히 손을 흔들었다. 백성들이 감격에 겨운 환호성을 질렀다. 환호성 사이사이로, 여왕에게 충성을 맹세하는 소리가 들렸다. 백성들의 사랑에 여왕은 행복했다.

 여왕이 입을 열려는 찰나, 하늘에서 때아닌 번개가 쳤다. 천둥이 울렸다. 모두가 당황한 표정으로 하늘을 보았다. 저기 봐! 누군가 하늘을 가리켰다. 하얗고 작은 눈송이가 떨어지고 있었다. 어떻게 된 거지, 사람들이 당황했다. 웅성거림이 커지기 시작했다.

까악!

누군가 여왕을 보고 비명을 질렀다. 백성들의 이목이 모두 여왕에게 쏠렸다. 여왕의 몸에서 하얀빛이 희미하게 새어 나오고 있었다. 사람들은 혼비백산했다. 온몸을 검은색 원피스로 두른 독실한 기독교인이 품에서 십자가를 꺼내 들며 외쳤다.

"저건 악마다. 사탄이야!"

방금까지도 찬양의 언사를 뱉어내던 입들은 이제 여왕에게 저주를 퍼부었다.

"나가라, 잡아라, 죽여라."

스스로도 당혹스러운 여왕이 자신의 양손을 번갈아 보았다. 몸에서 흘러나오는 하얀 빛은 더욱 강하게 빛을 발했다. 갑자기 매서운 바람이 광장을 휘덮었다. 포근했던 눈송이가 사람들을 후려갈겼다. 여왕이 결백하단 눈으로 한여름의 난폭한 눈보라를 바라보며 뒷걸음을 치기 시작했다. 아니야, 내가 아니야.

놀라서 멍하니 있던 호위병들이 그제서야 여왕을 제압하려 다가갔다. 여왕은 공포스러웠다. 여왕이 계속 뒷걸음질을 쳤다. 호위병 하나가 막 여왕의 팔을 잡으려던 순간 여왕이 소스라치게 놀라며 경기를 일으켰다. 동시에 여왕을 둘러싼 하얀 빛이 거대하게 폭발하며 하늘로 강하고 빠르게 치솟았다.

그 후로 얼음궁전에는 누구도 살지 않는다고, 여자는 들었다. 영원히 늙지 않는 여왕 이외에는. 여자는 하얗고 투명한 그리고 너무나 높은 얼음궁전을 바라보며 침을 꿀꺽 삼켰다.

카이는 어디 있을까.

캄캄한 얼음궁전 안쪽을 헤매던 여자가 빛이 새어 나오는 응접실을 발견하자 발걸음이 빨라졌다. 여자 입에서 낮은 탄성이 흘렀다. 오, 이런. 넓은 응접실 안쪽, 왕좌에 앉아 있는 여왕은 관자놀이를 꾹꾹 눌러대고 있었다. 그 옆으로 성인이 겨우 들어갈 만한 크기의 새장 속에 카이가 웅크려 앉아 있었다. 손목과 발목에 쇠사슬이 묶인 채로.

여왕은 골치가 아팠다. 저 아이의 눈동자를 어떻게든 파내야 할 텐데.

여자는 믿을 수 없다는 듯 두 손으로 입을 틀어막고 저도 모르게 한걸음 뒤로 물러섰다. 쇠사슬이라니. 거기다 짐승처럼 새장에 갇혀 있는 꼴이라니. 여자는 꿈에서도 이런 광경을 상상해 본 적이 없었다.

그때 여왕이 카이를 향해 손바닥을 세웠다. 손바닥 중앙에서 가늘고 곧은 파란 빛줄기가 뻗어 나와 카이의 눈동자를 찔러 들어갔다. 빛줄기의 끝은 화살촉과도 같이 날카롭게 갈려져 있었다.

"꺄아아아, 눈은 안 돼!"

여자의 입에서 급박한 비명이 터져 나왔다. 성을 울리는 진동이 느껴졌다. 아이를 보던 여왕의 퇴색한 파란 눈이 여자를 향했다.

"엄마?"

기쁜 듯 여자를 부른 카이가 새장 창살을 붙잡았다. 카이의 눈동자는 다행히 무사했다. 카이에게서 두꺼운 얼음 차단막이 본능적으로 자신의 눈동자를 덮어 보호했기 때문이었다. 여자는 가슴을 쓸어내리며 안도의 숨을 내쉬었다. 이내 여자를 알아본 여왕의 인상이 와락 구겨졌다.

"너였구나."

여자는 흠칫 놀랐다. 여왕의 변해 버린 외모 때문이었다. 푸석해진 하얀 머리칼, 메마른 얼굴, 깊게 팬 주름살과 탄력 없이 늘어진 피부, 꼿꼿하고 늘씬했던 허리와 어깨가 굽어 지팡이에 몸을 의지하고 있었고, 볼록하게 튀어나온 배는 몇 겹으로 접혀 있었다. 어린 시절 여자가 감탄하고 부러워 마지않던 여왕은 어디에도 없었다. 여왕은 추한 노파가 되어 있었다. 늙어 버린 여왕이 분노가 일렁이는 목소리로 여자에게 울분을 토해냈다.

"너 때문에 내가 이렇게 됐어!"

여왕은 가슴 위로 손바닥을 들어 올렸다. 손바닥에서 하얀 빛이 퍼지더니, 수백 개의 날카로운 얼음 침이 공중으로 떠올라 여자를 겨눴다. 여자는 섬뜩한 광경에 하얗게 얼굴이 질려버렸다. 입을 열었으나 어떤 소리도 나오지 않았다. 여왕이 가볍게 손을 흔들자, 수백 개의 얼음 침이 동시다발적으로 쏟아졌다.

파바밧!

여왕의 공격을 간신히 피한 여자가 바닥을 내려다보았다. 거미줄 같은 균열이 바닥에 퍼져 있었다. 여자의 팔뚝과 뺨 위로 굵은 핏줄기가 주룩 흘러내렸다. 차마 피하지 못한 얼음 침이 스쳐 지난 자국이었다.

"운이 좋았구나."

여자가 아직 진실을 모른다고 생각한 여왕이 말을 아꼈다. 아니, 사실 여왕 자신도 아는 게 없었다. 최근에서야 자신의 젊음이 저 어린 눈사람에게 가고 있다는 걸 알게 되었으니. 여왕은 카이의 파란 눈을 죽일 듯 노려보았다. 제가 유일하게 입김을 불어 생명력을 넣어준 곳이었다. 그때 자기도 모르는 힘의 결정체 한조각이 넘어간 것인가. 지금도 아이는 저와 같은 색을 가진 눈동자를 통해 여왕의 힘을 흡수하고 있으리라. 으드득, 여왕이 이를 갈았다.

한낱 눈사람 주제에. 그것이 새장 안에서 눈물을 흘리며 엄마를 부르짖는 저 남자아이의 정체였다. 오래전 문득 얼음궁전의 조용함에 진저리가 난 여왕의 변덕으로 생겨난 눈사람으로 만들어진 아기. 그 이상도 그 이하도 아니었기에, 아기가 사라진 날에도 여왕은 어떤 감정의 동요도 일지 않았다. 그런 하찮은 미물.

여왕이 다시 한번 손을 올렸다. 이번에는 새파랗게 빛나는 얼음 칼이었다.

카이가 악을 써대며 창살을 덜컹덜컹 흔들었다. 이대로 가면 여왕은 엄마를 죽일 것이다. 무슨 방법이 없을까. 아, 자신이 예전에 선물로 준 얼음꽃을 어떻게 만들었더라. 카이는 자리에 앉아 정신을 집중하기 시작했다.

아악!

여자의 허벅지 위로 얼음 칼의 반이 꽂혀 들어갔다. 허벅지에서 검붉은 핏줄기가 쏟아져 나왔다. 저렇게 늙어 버렸는데도 아직까지 힘이 건재하다니. 여자는 덜덜 떨리는 입술을 사려물고 여왕을 바라보았다. 여왕은 다시 한번 얼음 칼을 만들어 공중으로 띄웠다. 여자는 앉은 채로 몸을 뒤로 물렸다. 죽고 싶지 않았다. 여왕이 미소를 지으며 말했다.

"마지막이야."

여왕이 직접 칼자루를 집어 들었다. 얼음 칼을 높이 쳐들고 힘껏 내리쳤다.

까아아아악!

소름 끼치는 비명이 얼음궁전을 뒤흔들었다. 온갖 저주와 욕설이 공간을 가득 채웠다. 하지만 비명은 여자의 것이 아니었다. 여자는 거친 숨을 몰아쉬며, 자신의 오른쪽 눈을 두 손으로 부여잡고 바닥을 구르는 여왕을 바라보았다. 이게 어찌 된 일이지.

"엄마, 엄마, 괜찮아?"

문득 여자의 귓가로 덤덤하게 자신을 부르는 카이의 목소리가 들려왔다. 여자는 빠르게 여왕과 카이를 번갈아 바라보았다.

설마.

하지만 여자는 길게 생각할 틈이 없었다. 뭐가 되었든 천운이었으나, 운이 길게 갈 것이라고는 생각하지 않은 탓이었다. 으득, 여자는 허벅지에 꽂힌 얼음 칼을 빼내 바닥에 내동댕이쳤다. 서둘러 몸을 일으키고는 왕좌에 걸려 있는 새장 열쇠를 향해 절뚝거리며 다가갔다. 불에 타듯 허벅지가 아파왔지만, 아픔을 누릴 시간조차 없었다.

탈각, 새장 문이 열렸다. 카이가 기쁜 얼굴로 여자의 품에 뛰어들었다. 여자도 감격의 눈물을 흘리며 카이의 몸을 감싸 안았다. 드디어 찾은 내….

아이가 여자를 향해 고개를 들었다

"엄마, 빨리 나가요. 여긴 너무 무서워."

카이와 같은 마음인 여자가 고개를 끄덕였다. 카이의 손을 꼭 잡은 여자는 아직도 바닥을 구르며 비명을 질러대는 여왕을 뒤로하고 문을 향해 걸어갔다.

문턱을 넘어갈 즈음이었다. 우뚝 선 카이가 고개를 푹 숙였다. 여자가 물었다.

"왜?"

카이가 입술을 우물거리며 난처한 듯 말했다.

"집으로 돌아가면 또 전과 똑같은 식사를 하는 거야?"

***

카이와 함께 여자는 다시 평화로운 일상으로 돌아왔다. 오늘은 특별히 토마토스파게티를 만들어 카이 앞에 놓았다. 카이가 만세를 부르며 포크로 스파게티를 먹었다. 여자가 카이의 머리끝을 살살 문지르며 물었다.

"맛있어?"

카이가 힘차게 고개를 끄덕였다.

"응!"

그래, 여자는 자리에서 일어나 부엌에서 가위를 들고 나왔다. 자연스럽게 카이의 머리카락에 가위를 댔다. 찰싹, 카이가 여자의 손등을 쳐내며 울상을 지었다.

"엄마, 이런 거 안 하겠다고 궁전에서 약속했잖아. 밥이 넘어올 것 같다고."

여자가 빙긋 웃었다.

"오늘까지만이야."

카이는 울상을 지으면서도, 어쩔 수 없이 자신의 머리칼을 내줬다. 여자가 머리칼을 잘라내, 자신의 토마토스파게티에 넣어 비볐다. 카이는 토하는 시늉을 하며, 여자에게 물었다.

"엄마, 왜 매일 음식에다 내 머리카락이나 손톱을 넣어서 먹는 거야?"

"그걸 먹으면 엄마는 아프다가도 힘이 나서 그래. 카이는 엄마가 죽는 병에 걸려도 아무것도 주지 않을 거야? 그럼 엄마 슬픈데."

"그건 아니지만…."

말은 저렇게 해도 정작 여자가 아프면 카이는 자신의 심장이라도 내줄 것이다. 그렇게 교육시켰다.

곁눈질로 흘긋 카이를 보던 여자의 미소가 섬뜩하게 변질되었다. 지금까지 카이의 신체를 음식과 곁들여 먹은 덕에 탱탱한 피부를 가진 젊음을 유지할 수 있었다. 그러다 카이가 사라졌으니 눈앞이 캄캄해졌던 기분은 이루 말할 수 없었다.

여자는 문득 조급함에 주먹을 쥐었다 펴며, 조용히 스파게티를 먹고 있는 카이의 눈동자를 집요하게 응시했다. 전보다 더욱 새파랗게 빛나는 눈동자. 여왕의 힘이 집약되어 있는 힘의 결정체.

그날, 금방 회복되리라 생각했던 여왕의 눈은 전혀 회복되지 못했다. 외려 더욱 노화 속도가 빨라지고 있었다. 그것은 아마도 궁에서 돌아온 후, 급작스럽게 성장 속도가 빨라진 카이와 연관이 있겠지. 어쨌건 이대로만 간다면 여왕은 2년 안에 늙어 죽게 될 것이다.

여자는 혓바닥을 길게 내밀어 윗입술을 탐욕스럽게 핥았다.

아무리 카이의 머리카락과 손톱이 효과가 좋다 한들, 저 눈동자만은 못할 것이다. 당장 저것을 먹고 싶었다. 하지만 아직 설익은 눈동자를 지금 먹어서 일을 그르칠 수는 없었다.

여자는 아쉬운 듯 입맛을 쩝 다시며, 제 앞에 머리카락과 역겹게 버무려진 스파게티를 내려다보았다. 여자는 익숙하게 포크에 돌돌 말아 한입에 넣어 버린다. 역겨운 맛에 인상이 잔뜩 구겨졌다.

이까짓 것!

카이가 스무 살이 되는 날, 눈동자의 힘이 절정으로 치솟는 그날, 여자는 카이의 눈동자를 숟가락으로 파낼 것이다. 그러고는 여자가 좋아하는 육즙 가득한 함박스테이크 안에 카이의 새파란 눈동자를 잘근잘근 으깨어 넣고, 신선한 샐러드와 함께 먹어야지. 골든블랑. 여자는 그날을 축하하기 위해 특별히 곁들일 샴페인도 골라놨다. 상큼하게 톡 터지며 입안을 감미롭게 적셔줄 샴페인과 고소한 스테이크, 그리고 자신의 집을 마지막으로 멋들어지게 장식해줄 카이의 시체를 생각하면 스파게티의 역겨움은 아무것도 아니었다.

여자는 벌써 황홀했다. 온몸이 잘게 떨려왔다.

그때 카이가 벌떡 일어섰다.

"엄마, 나 밖에 나가서 놀아도 돼요?"
"그럼. 대신 조심히 놀다 와야 돼."

 여자는 신나게 집 밖으로 뛰어나가는 카이의 뒷모습을 바라보며, 머리카락이 두 가닥 섞여 있는 스파게티를 한입 더 떠먹었다.

 여자는 광기 어린 미소를 지었다.

 무럭무럭 건강하게 자라렴.

 카이 너는 내 소중한 약재니까.

흥부와 놀부

　부채를 펼쳐든 판소리꾼 하나가 사람들로 북적이는 장터 한가운데에서 큰 소리로 운을 뗐다.
　"이리 와 보시오들, 내 재밌는 이야기 하나 해주겠소."
　지나가던 아이가 엄마 손을 잡아끌고, 할 일 없는 청년 무리가, 알콩달콩 웃고 떠들던 연인들이 호기심 어린 눈으로 판소리꾼 주변에 모여들기 시작했다. 사람들이 제법 많아지자, 판소리꾼이 광대처럼 한 바퀴를 빙그르르 돌며 소리를 시작했다.
　"옛날 어느 마을에 심성 착한 흥부란 놈이 하나 있었는데, 아니, 아버지, 어머니란 작자들이 첫째 놀부만 이뻐할 줄 알았지, 둘째 흥부는 부려먹어도 너무 부려먹더란 말이지."
　"얼쑤!"
　고수가 장구를 따닥 치더니 추임새를 넣었다. 판소리꾼이 부채를 탁 접더니 손목을 휘릭휘릭, 엉덩이를 실룩실룩거리며 소리를 이어갔다.

"흥부야, 아침상 차려라. 밭떼기 메고 와라. 마당 쓸어라. 흥부야, 흥부야. 아이고 흥부 숨넘어가겠다. 그러던 차에 아버지는 병에 걸려 죽어 버리고, 어머니는 너무 놀라 기절해서 죽어 버렸는디."

판소리꾼이 목소리를 길게 늘이며 우는 척을 했다. 한창 재밌게 듣고 있던 청년 하나가 그래서 어떻게 됐냐고 묻자, 판소리꾼이 허리를 쫙 펴며 다음 구절을 이어나갔다.

"아 글쎄, 죽는 것까지는 좋았는데, 재산 전부를 놀부한테 몰빵해 줬지 뭐야. 아이고, 우리 흥부 불쌍해서 어쩌나. 집도 절도 없는 흥부는 놀부네 집에 얹혀살게 되었는데, 이 놀부란 고얀 놈은 지 부모보다 더해 밥도 제대로 안 줬다나 뭐라나."

판소리꾼은 흥부 대신 자기가 배가 고픈 듯 구부린 배를 부여잡으며 구슬픈 곡소리를 내기 시작했다.

"아이고, 아이고. 배고파라. 배고파. 흥부가 한탄하며 이리 비틀, 저리 비틀허는디."

아이를 끌어안고 이야기를 듣던 아줌마가 "저를 어째." 하며 안타까워했다. 판소리꾼이 무언가 생각난 듯 퍼뜩 허리를 펴고 하늘을 바라보았다.

"그러고 보니, 작년에 심어 놨던 박이 하나 있었구나. 신난 흥부가 박을 톱으로 슬금슬금 갈랐는데, 아니! 이게 뭔 일이다냐? 박 속에서 나온 것이…."

판소리꾼이 좌중을 흘깃 보며 갑자기 말을 멈췄다. 답답해진 아이가 큰 소리로 "뭐가 나왔는데요?" 묻자, 판소리꾼은 부채를 쫙 펼쳐 들며 한곳을 가리켰다. 좌중의 이목이 부채 끝으로 몰렸다. 어여쁜 아가씨와 선한 인상을 가진 남자였다. 둘이 손을 꽉 잡고 있는 것을 보니, 금슬 좋은 부부 같았다. 판소리꾼이 다시 창을 하기 시작했다.

"박 속에서 나온 것이!"

***

참하고 어여쁜 아가씨였다. 백옥같이 흰 피부며 앵두같이 빨갛고 도톰한 입술에 이목구비가 오목조목한 것이 귀염성도 있는 여자였다. 분명 저잣거리에서 보았다면 누구나 반해 따라다녔을 외모였다. 그런데 그런 여자가 박에서 나왔으니 흥부는 귀신이라도 본 듯 경악했다.

박 속에 있던 여자가 한 걸음 걸어 나오자, 흥부는 엉덩이를 화들짝 뒤로 물렀다. 여자가 살포시 미소 지으며 흥부에게 말했다.

"작년에 제비 다리를 고쳐 주셨지요."

그제야 흥부는 생각나는 일이 하나 있었다. 작년 겨울, 토끼 가죽 판 돈을 형님께 드리고 방으로 돌아가는 길에 다리 다친 제비 새끼를 발견했다.

그날 이후, 흥부는 지극정성으로 제비를 돌보았다. 약을 발라주고, 붕대를 감아 주고, 혹여 제비에게 큰일이라도 날까, 밤새는 일도 부지기수였다. 꼬박 몇 달을 그렇게 지냈다. 따뜻한 봄이 오고, 제비가 제 발로 땅을 딛고 건강하게 삐이익 울어댈 즈음에야 흥부는 두 발 뻗고 잘 수 있었다.

운 좋게 얻은 약과를 품속에 넣은 채, 방문을 벌컥 열었다. 약과가 방바닥으로 데구루루 굴러갔다. 제일 먼저 반갑게 삐이익 울어야 할 제비가 보이지 않았다. 제비가 답답할까 조금 열어 놓고 간 창이 보였다. 그 틈으로 흐드러진 벚나무가 보이고, 살랑 부드러운 바람이 불어오고 있었다. 제비가 강남으로 날아가야 할 때였다.

홍시가 무르익어 가는 가을이었다. 멍하니 문턱에 앉아 하늘을 바라보고 있는 흥부 앞에 툭 무언가 떨어졌다. 조그만 박씨였다. 삐이익 힘차게 울어대는 제비 한 마리가 하늘을 몇 바퀴 돌다가 날아갔다.

"잠깐이라도 앉았다 가지, 제비도 참 매정하구나."

박씨를 방 앞 화단에 심으며 흥부는 저도 모르게 그리 중얼거렸었다.

흥부는 박 속에서 나온 여인을 다시 쳐다보았다. 여인이 빙그레 웃으며 흥부 앞으로 다시 한 발자국 다가갔다. 이번에는 흥부도 뒤로 물러서지 않았다. 여인의 미소가 더욱 진해졌다.

"제가 신령님께 간청했습니다. 사람의 모습으로 당신과 함께 백년해로할 수 있게 해달라고요."

화르르, 흥부의 뺨이 빨갛게 달아올랐다. 전생이 제비였든, 이전의 모습이 제비였든, 지금은 저리 어여쁜 여인의 모습으로 고백과도 같은 말을 하니 흥부의 심장이 뛰었다. 설레었다.

"그럼, 내일 형님께 같이 인사라도 드리러 갑시다."

여인이 기쁜 듯 웃으며 고개를 끄덕였다. 그러다 퍼뜩 생각난 듯, 박 속에서 뭔가를 한가득 가지고 나왔다. 으리으리한 기와집을 짓고도 평생을 놀고먹을 수 있는 금은보화였다.

***

뻐끔, 뻐끔. 살이 뒤룩뒤룩 찐 놀부가 방 앞 툇마루 기둥에 기대어 앉아, 곰방대를 피우고 있었다. 놀부의 미간에 주름이 잡히더니, 눈에 잔뜩 쌍심지가 켜졌다. 며칠 전, 돈을 들고 집을 나간 마누라 때문이었다.

몇 달 전부터, 오일장에 고기를 내다 파는 백정이 멋지다고 노래를 부르더니, 결국 백정과 눈이 맞아 집을 나가 버린 터였다. 그래도 같이 도망친 놈이 백정이니 마누라가 집으로 돌아오긴 할 것이라고 놀부는 생각했다. 돈 없는 백정 놈을 마누라가 평생 사랑하진 않을 테니 말이다.

"길어야 몇 달이지."

놀부가 한숨을 쉬듯 담배 연기를 내뿜었다. 때마침 흥부가 "형님!" 하고 부르는 소리가 들려왔다. 놀부는 찌푸린 얼굴을 얼른 미소로 싹 바꿨다.

"제가 같이 살 여자를 만났습니다. 형님."

흥부 옆에는 참하고 이쁜 여인이 고운 옷차림으로 서 있었다. 놀부가 보기에 있는 집 여식인 듯 부티가 철철 흘렀다. 놀부가 탐욕스럽게 혀로 아랫입술을 할짝대며 흥부에게 손을 척 내밀었다.

"그럼 지참금도 가져왔겠구나. 비록 아직 혼례는 안 올렸으나, 양가에 서로 오갈 건 오가야 관계가 더욱 돈독해지는 법. 어서 내놓아 보거라."

흥부가 불안한 듯 여인을 흘끔 쳐다보며 머뭇거렸다. 놀부가 이내 돼지코로 흥! 소리를 내며 고개를 반대편으로 돌려 버렸다. 보아하니 어디서 겉만 번지르르하고 돈도 없는 여자를 데리고 온 모양이었다.

"흥부야, 네가 우리 집에 밥을 축낼 객식구를 하나 더 데려왔으니, 앞으로 더욱 열심히 일해야 한다. 알았지? 오늘 이 씨 아저씨네가 모내기하는데 일손이 필요하다는구나. 네가 가서 도와주고 오너라."

흥부가 연신 굽신거렸다. 놀부는 자기 말이면 껌뻑 죽는 동생이 늘 우스웠다.

흥부가 집으로 돌아오며 여자를 향해 말했다.

"지금이라도 형님께 보석에 대해 말하는 것이 어떻겠소? 형님이 마음은 좋으셔서 다 가져가지는 않고, 우리에게 약간은 남겨 줄 것이오."

그러나 여자는 표정 하나 변하지 않고 부드럽게 미소 지을 뿐이었다.

"서방님은 어서 이 씨네 모내기하는 거 도와주러 가세요. 제가 서방님 일 끝날 때쯤 마중 가겠습니다."

이건 무슨 말인가. 형님에게 사실을 이실직고하기는커녕, 일하는 곳에 오겠다니. 아내의 이해 못 할 언사에 흥부는 미간에 주름을 패며 고개를 갸웃했다.

***

"어허, 돈은 내 놀부에게 직접 주겠다고 하지 않았소."

드넓은 논을 사이에 두고 논두렁 위에서 이 씨 아저씨가 흥부의 아내에게 언성을 높였다. 흥부도 아내의 팔뚝을 잡고 말렸지만 아내는 눈 하나 꿈쩍하지 않았다. 그저 오늘 흥부가 일한 삯은 자기에게 직접 달라고 같은 말을 되풀이할 뿐이었다.

참다못한 이 씨 아저씨가 고개를 홱 돌렸다.

"어디 한번 마음대로 해보시게, 난 줄 생각이 없으니."

그러자 흥부 아내가 빙긋 웃었다.

"그럼 오늘 일한 값은 그대로 거둬가겠습니다."

이 씨가 속으로 코웃음을 쳤다. 어차피 모내기도 다 끝난 판에 돈 아니면 무엇으로 노동 값을 거둬가겠다는 건가. 기껏해야 길가에 드러누워 시위나 할 테지만 못 본 척하면 그만이었다.

흥부 아내가 소매를 팔뚝까지 걷어붙이고, 신발과 버선을 척척 벗었다. 그리고 물이 찰랑찰랑 넘치는 논 안으로 쓱 들어갔다.

"아이고야, 이를 어쩌나. 저 여자가 내 논 다 망쳐 버리겠네."

이 씨가 놀라서 흥부 옆구리를 찔러댔다. 흥부가 허겁지겁 신발도 안 벗고 아내에게 달려갔다. 그런데 여자가 무슨 힘이 그렇게 센지, 흥부가 아무리 잡고 늘어져도 꿈쩍을 안 했다. 흥부 아내는 흥부가 심어 놓은 '모'를 죄다 뽑아내기 시작했다. 더기가 막힌 건, 옆에서 말리는 흥부 놈이 이리 펄쩍, 저리 펄쩍 뛰는 바람에 흥부 발바닥에 다른 모들도 우르르 짓밟혀 죽어가는 것이었다.

이 씨가 부부의 행태를 보고는 온몸을 부들부들 떨다가 흥부 아내를 향해 소리를 꽥 질렀다.

"주겠소. 흥부 놈이 아침부터 지금까지 일한 삯을 줄 테니 퍼뜩 나오시오!"

***

하늘 가득 별이 뜬 밤, 놀부가 툇마루에 팔짱을 끼고 앉아 인상을 쓰고 있었다. 첫 번째는 아직도 돌아오지 않은 마누라 때문이요, 두 번째는 요새 무슨 바람이 불었는지 말끝마다 자기 권리를 찾겠다며 형님 말을 귓등으로도 안 듣는 흥부놈 때문이었다. 이웃집에서 일한 품삯을 내놓지도 않고, 집안에서 자긴 하인이 아니라며 잡일도 하지 않을뿐더러, 꼬박꼬박 밥까지 축내고 있으니 여간 골머리가 아픈 것이 아니었다. 흥부를 불러다 얼러도 보고, 화도 내봤지만 다 소용없었다. 그냥 쫓아낼까?

그런데 요새 흥부의 돈 씀씀이가 심상치 않았다. 며칠 전에는 고기를 구워 먹었다더니, 다음에는 시루떡을, 다음에는 꿀이 잔뜩 흐르는 한과를 먹었다 했다. 음식뿐인가. 최근에는 방에 있던 허름한 옷장을 통째로 버리더니 요즘엔 새옷을 입고 나타났다.

놀부는 골똘히 생각했다. 쫓아낼 때 쫓아내더라도 돈은 빼앗고 쫓아내야 할 텐데. 그때였다.

"아이고, 여보."

오매불망 돌아오기만 기다리던 마누라가 놀부 품으로 헐레벌떡 뛰어오고 있었다. 항상 새침하던 마누라가 팔까지 허우적거리며 자기를 애타게 찾으니 놀부는 그 모습이 감격스러워 버선발로 뛰어나갔다.

놀부 품에 풀썩 안긴 마누라가 고개를 들어 다급히 말했다.

"여보, 그 이야기 들으셨소?"

***

시시해져 버린 백정을 버리고 놀부 아내는 집으로 돌아오는 길이었다. 한 달도 채 되지 않은 가출이었다. 그놈의 돈은 어찌 그리 쉽게 바닥이 나는지.

집 앞에 다다랐을 때 놀부 아내의 귓가로 남녀의 두런거리는 소리가 들려왔다. 놀부 아내가 앙칼진 눈으로 주변을 둘러보았다. 할 일 없는 시종들이 감히 어디서 사랑놀음인가 싶었다. 안 그래도 기분 나쁜 놀부의 아내가 소매를 걷어붙였다. 제 손에 걸리면 화풀이로 뺨이라도 몇 대 때려줄 생각이었다.

오호라, 저기구나.

멀지 않은 곳에 등잔불을 사이에 두고 다정히 담소를 나누는 남녀의 그림자가 비쳤다. 놀부의 아내가 눈꼬리를 삐죽이 올린 채, 방문을 벌컥 열었다.

"아이고, 형수님. 돌아오셨습니까! 잘 오셨습니다. 형님이 얼마나 기다리셨는데요."

입이 딱 벌어진 놀부의 아내가 방 안을 이리저리 둘러보았다.

"아니, 도련님 이게 어쩐 일입니까? 이 여자는 또 뭐고요?"

흥부 방에 있던 옷장, 수납장, 이불들이 모두 새것으로 바뀌어 있었다. 흥부 옆에 앉아 있는 여자가 달고 있는 노리개도 자기 것보다 훨씬 더 좋아 보였다. 흥부가 난처한 듯 머리를 긁적였다.

"형수님, 사실은 이게 어떻게 된 일이냐면요."

***

놀부 아내는 흥부의 이야기를 다 듣자마자 곧장 남편에게 헐레벌떡 달려갔다. 멀리서 제 모습을 본 놀부가 기쁜 듯 버선발로 달려나와 아내를 품에 꼭 안았다. 놀부 아내가 고개를 홱 쳐들고 놀부에게 다급히 말했다. "여보, 그 이야기 들으셨소?"

이른 아침부터 놀부 내외는 처마 밑에서 제비를 기다리다가 마침 날아온 제비의 다리를 댕강 분질러 버렸다. 탐욕에 물든 부부의 눈에 제비가 구슬피 우는 모습은 보이지 않았다. 제비는 다음 해에 놀부 앞으로 박씨 하나를 툭 떨어뜨려 놓고 휙 날아갔다.

오매불망 제비가 준 박을 가르는 날만을 기다려온 놀부 아내가 에구머니나 외마디 비명을 지르며 앞마당에서 엉덩방아를 찧었다. 구경하던 아들놈도 으아악, 요란한 소리를 지르며 뒷걸음질을 치다 뒤로 나자빠졌다. 박 속에서 나온 건 근육질의 키 크고 잘생긴 남자였다. 놀부 아내는 심장이 두근거렸다. 남자에게 정신이 빼앗긴 놀부 아내 옆으로 놀부가 후다닥 지나갔다.

놀부는 박 안쪽을 요리조리 살펴보다 이내 울화통을 터뜨렸다.

"돈 될 만한 것은 하나도 없네, 헛수고했어, 헛수고!"

놀부 아내는 여전히 잘생긴 남자를 바라보며 침을 꼴깍 삼켰다.

"그럼 저 남자는 어떻게 할까요?"

놀부가 유심히 남자를 훑어보았다. 얼굴도 몸도 번지르르한 것이 집에 놔두면 제 마누라랑 뭔가 사달이 나도 날 것 같았다. 그렇다고 그냥 보내자니 그간 제비에게 발라준 붕대와 약값이 아까웠다.

"일단 헛간지기로 둡시다."

***

다음날 흥부 내외가 놀부를 찾아왔다.

"형님, 저희 이제 독립할까 합니다."

차라리 잘 되었다. 이전처럼 저에게 돈도 바치지 않고, 집안일도 거들지 않고 밥만 축내는 놈은 어서 빨리 사라지는 게 나았다.

"그래, 너도 독립할 때가 되었지. 내가 돈이라도 보태 줘야 하는데, 보다시피 우리 집 형편도 그리 좋지 않으니 미안하구나."

놀부는 속에 없는 말을 했다. 아는지 모르는지 흥부가 기겁을 하며 손사래를 쳤다.

"형님, 아닙니다. 지금까지 저를 거둬 주시고 재워 주신 것만 해도 얼마나 고마운데요. 또 뭘 주시고 싶어 하세요. 괜찮습니다. 형님."

놀부는 못 이기는 척 흥부의 말을 받아들였다. 그리고 이제 볼일 없으니 가보라는 듯 손을 내저었다.

그날 밤 잠자리에 든 지 한참이 된 놀부 아내가 벌떡 몸을 일으켰다. 눈을 떠도 그 남자, 눈을 감아도 그 남자가 머릿속으로 몽실몽실 떠다니니 미칠 지경이다. 참다못한 놀부 아내가 장옷을 둘러쓰고 헛간으로 달려갔다.

***

 헛간 옆방에는 남녀가 나란히 누워 있었다. 여자가 남자의 맨 가슴에 손을 얹으며 야릇한 미소를 지었다. 놀부의 아내였다.

 "오늘 나 어땠어요? 제법 쓸 만했죠?"

 남자는 놀부의 아내를 바라보며 말없이 생긋 웃기만 한다. 남자의 미소를 보며, 놀부 아내는 안달이 나 입술이 바짝 마르는 것을 느꼈다.

 남자는 항상 이랬다. 놀부 아내가 제아무리 좋은 음식, 좋은 옷을 가져다줘도 말없이 웃을 뿐이었다. 놀부 아내는 남자의 속을 알 수 없어 속에서 안달이 난다. 그렇다고 벙어리는 아니었다. 어쩌다 쑥스러운 듯 놀부 아내에게 "고맙다."고 말하는데 목소리가 얼마나 감미롭고 황홀하던지. 목소리 한 번 더 들으려고 놀부 아내는 온갖 귀한 음식과 보약을 남자에게 바쳤다.

 하여간 여자 홀리는 재주가 남다른 남자였다. 정말이지 언제 봐도 조각 같이 잘생긴 남자였다. 남자와 함께라면 가난하게 살다 굶어 죽어도 여한이 없을 것만 같았다. 놀부 아내가 말했다.

 "돈만 생기면 당장 이 빌어먹을 집안을 떠버립시다."

 남자는 또 미소를 지을 뿐이었다. 놀부 아내가 무안한 마음에 괜히 한마디 덧붙였다.

"이놈의 남편은 땅문서를 어디다 뒀는지. 그게 어디 있는지만 알면 평생을 놀고먹을 텐데."

갑자기 남자가 놀부 아내의 뺨을 부드럽게 어루만졌다. 놀부 아내는 흠칫 놀랐다.

"그건 제가 알려 드릴 수 있습니다만… 땅문서를 손에 넣으면 반드시 저와 도망치겠다고 약조해주시겠습니까?"

놀부 아내가 남자의 황홀한 미소를 보며 넋이 빠진 채 고개를 끄덕였다. 놀부 아내는 생각보다 더 남자에게 빠져 있었다.

***

등잔 밑이 어둡다더니, 땅문서는 남편이 덮고 자는 이불 속에 바느질되어 있었다. 놀부 아내는 땅문서를 코앞에 두고도 이제껏 몰랐던 것이 억울해 이를 으득으득 갈았다. 진작에 알았다면, 일찌감치 도망쳐 평생을 호의호식하며 살았을 텐데.

멋진 남자에 땅문서까지 얻었으니 이제 자기 인생은 꽃길만 남았다고 놀부 아내는 생각했다. 대문만 열고 나가면 완전한 자유였다.

놀부 아내가 설레는 마음에 다소 성급하게 대문을 열었다.

"어머니!"

아들이었다. 놀부 아내가 처음으로 바람이 났다가 돈이 다

떨어져 집에 돌아왔을 때, 놀부에게 잘못했다 눈물로 호소했었다. 온 동네 나쁜 놈으로 소문났어도 자기에게만은 마음 약한 놀부는 바로 아내를 용서했다. 그날 밤, 놀부의 아내는 스스로 옷을 벗고 놀부와 딱 하룻밤을 지샜다. 그로부터 열 달 후 아이가 태어났다.

아직 어린 아들이 울먹이며 말했다.

"또 나가는 거예요? 이번엔 나도 데려가요."

자식이었지만 정을 많이 주지 않았다. 무시하고 가려는데 아들이 보따리를 잡고 늘어졌다. 이제껏 엄마가 가출한 게 한두 번이 아닌데 오늘따라 왜 이러는지. 놀부 아내는 잠시 아들을 흘겨보다가 한숨을 내쉬었다. 잘못하다간 크게 울어댈 기세였다. 놀부 아내가 다급히 아이를 달랬다.

"알았다. 일단 어미 혼자 가서 생활이 안정되면 꼭 너를 데리러 오마."

아직 머리가 제대로 여물지 못한 아이가 말뜻을 헤아리다 휙 고개를 들었을 땐 휑한 대문만 보였다. 그제야 아이는 어머니가 또 자신을 버리고 갔음을 깨달았다. 결연한 표정으로 침을 꿀꺽 삼킨 아이가 대문 밖으로 달려나갔다. 서두르면 어머니를 붙잡을 수 있을지 모른다는 생각에서였다.

***

얼쑤!

 고수의 추임새에 주변이 찬물을 끼얹은 듯 조용해졌다. 판소리꾼이 펼쳤던 부채를 탁 접고 눈을 감았다. 이대로 끝나는가 초조해진 청년 하나가 침묵을 깼다.

 "그 후로 어떻게 되었소?"

 "누구 말이오?"

 판소리꾼이 능청스럽게 묻자, 청년이 답답해 가슴을 탁탁 치며 대답했다.

 "누구긴! 놀부 아내랑 남자는? 그리고 아들은?"

 판소리꾼이 허리를 척 굽히며 곡소리를 내기 시작했다. 군중들은 갑작스러운 상황에 주목했다. 판소리꾼이 창을 시작했다.

 "그날 밤 놀부 아내와 남자와 아들이 도망친 걸 알고, 기가 막힌 놀부는 철퍼덕 마당에 앉아 넋을 놓고 있는데, 몸종 하나가 새파래진 얼굴로 허겁지겁 놀부 앞으로 달려오는 게 아닌가. 그리고 꺼이꺼이 울면서 '아이고, 주인님. 이를 어째요, 어째.' 하더란 말이지. 놀부가 영문을 몰라 왜 그러느냐고 물으니, 몸종이 말하기를…."

 판소리꾼이 고개를 숙여 팔 등으로 눈물 닦는 시늉을 했다. 그리고 부채를 든 손으로는 장터 너머를 가리켰다.

"몸종이 말하기를 "도련님이… 도련님이 마을 논두렁에서 목이 부러진 채 발견되셨습니다요. 급히 달려가다 굴러떨어졌는데 하필 머리부터 떨어지셔서…." 한다. 놀부가 아들 죽었다는 곳으로 달려가려다 갑자기 숨이 턱 막히더니 머리가 핑그르 돌더라. 정신은 아들 있는 곳으로 달려가는데, 몸이 말을 듣지 않더라."

놀부네의 비참한 말로에 군중은 조용해졌다. 그래도 궁금증이 남았다. 한 아낙이 들고 있던 떡을 마저 먹으며 판소리꾼에게 물었다.

"그럼, 놀부 아내랑 남자는 어찌 됐소?"

판소리꾼이 입술을 실룩이며 신나게 부채를 아래위로 펄럭였다. 고수가 '얼쑤' 추임새와 함께 신명나는 장단을 넣어줬다.

"아들 죽이고 도망친 놀부 아내, 한동안 남자랑 멀리 달아나 알콩달콩 잘 살았지. 낮에는 장터에서 온갖 휘황찬란한 비단옷에 비단 신발을 사대고, 밤에는 남자와 쿵덕쿵덕 하면서 하루하루 신선놀음을 하니, 그야말로 중국의 황후, 황제가 부럽지 않더라."

판소리꾼이 갑자기 소리 죽여 좌중을 향해 속삭이듯 말했다.

"그러던 어느 날, 남자가 말하는 거야. "우리 갖고 있던 땅문서 죄다 팔아 버리는 것이 어떻겠소." 놀부 아내 뭔가 꺼림칙은 했지만, 어차피 돈이 사라지는 건 아니니 땅문서를 팔아 버렸지. 집안이 돈으로 가득 차서 기분이 좋았어."

판소리꾼이 다시 크게 소리쳤다.

"아 근데, 그 많은 돈이 어디 숨긴다고 숨겨지겠는가. 놀부 아내 돈 많다는 소문이 마을에 쫙 퍼지더니 글쎄 몇 달 지나지 않아 강도떼가 들어와 놀부 아내를 죽이고 집에 있는 돈을 모두 훔쳐 갔다지."

"천벌이네. 천벌."

"아이고, 고소하다."

아들 버리고 호의호식한 어머니를 향한 관중들의 야유엔 자비가 없었다.

"헌데, 이상하게 남자의 시체가 없어. 포졸들이 와서 아무리 찾아봐도 찾을 수가 없더래지."

모든 이야기가 끝났는지 고수가 장구를 챙기고, 판소리꾼도 부채를 접고 옷매무새를 정리했다. 군중들은 아직 완전히 해결되지 않은 찝찝함에 자리를 떠날 생각을 하지 않았다. 그때 할아버지 한 분이 불만을 터뜨리듯 지팡이로 땅바닥을 탁탁 두들겼다.

"이보게, 놀부는 어떻게 됐어? 그건 말해 주고 가야 될 거 아니야!"

판소리꾼이 비위를 맞추듯 어르신에게 말했다.

"어르신, 아직 거기까진 알려진 바가 없습니다요. 다음 장터에 오시면, 그때는 꼭 제가 알아옵죠."

심통이 난 할아버지가 고개를 팽 돌려버렸다.

***

흥부는 땟국물이 줄줄 흐르는 놀부에게 다가갔다. 벌써 몇 년째였다. 놀부가 예전에 살던 집 대문 앞에 멍하니 앉아 있는 것도 말이다. 흥부는 그 모습이 안쓰러워 놀부 곁에 앉았다.

"형님, 이제 그만 저희 집으로 가요. 찬 바닥에 앉아 있으면 병이 심해져요."

그러나 흥부에겐 눈길도 주지 않은 채, 몇 년 전 뇌졸중으로 쓰러져 반신 마비가 온 놀부가 중얼거렸다.

"아대, 나, 여기서 마두라, 아드을 기다여."

놀부가 어눌하기 짝이 없는 발음으로 더듬거리자 흥부는 결국 눈물을 뚝뚝 떨구고 말았다.

"형님…."

"아, 아대, 나 기다디 거야. 마두라가 꼭 아드 데디고 오 거야."

거위 치는 소녀

"제가 다 마셔서 없어요!"

나귀를 타고 이웃나라로 통하는 숲길을 가던 시녀가 갖고 있던 물병을 뒤로 숨기며 앙칼지게 공주에게 대답했다. 공주는 여전히 물이 가득 차 있는 물병을 바라보다 시녀를 당황스러운 얼굴로 쳐다보았다. 이웃나라 왕자와의 결혼을 위해 성을 떠날 때, 세상의 진귀한 것은 모두 수집하는 것이 취미인 어머니께서 선물로 주신 말하는 말 팔라드가 공주에게 나직이 속삭였다.

"공주님, 저 시녀 뭔가 이상한데요?"

공주는 말없이 고개를 끄덕이며 타고 있던 팔라드의 풍성한 갈기를 떨리는 손길로 쓰다듬었다. 갑자기 신경질적으로 변해 버린 시녀의 태도가 공주를 불안하게 만들고 있었다.

시녀는 엄지 끝을 잘근잘근 물어대며, 공주의 드레스 주머니에서 삐죽이 나온 손수건의 끝을 히스테릭하게 노려보았다. 그것은 멀리서도 혹시 모를 공주의 변고를 알아내겠다는 왕비의 뜻이 담긴 마법 손수건이었다. 저것만 없었다면, 시녀는 이미 공주를 쳐내버리고, 신분을 훔치는데 성공했으리라.

문득 앞을 향하던 공주의 몸이 시녀에게 돌려졌다.

"물 좀 떠다 주겠니?"

공주의 쭉 뻗은 팔은 시냇물을 가리키고 있었다. 순간 시녀는 화가 났다. 여기서까지 자신을 부려먹으려는 심보가 괘씸했기 때문이다. 시녀가 고함치듯 공주에게 쏘아붙였다.

"공주님은 손이 없습니까, 발이 없습니까! 공주님이 직접 가서 마셔요!"

공주의 얼굴 위로 뚜렷한 당황스러움과 두려움이 떠올랐다. 그러나 이내 공주는 어색한 미소를 띠었다.

"그럴까? 그럼 잠시만 기다려줘."

공주는 어설픈 몸짓으로 말에서 내려가기 시작했다. 공주는 발 디딜 곳을 찾지 못해 헛발질을 몇 번 하기도 했고, 생각보다 높은 안장과 땅 사이에서 어떻게 뛰어내려야 할지 몰라 망설이기도 했다. 그러나 시녀는 기어코 공주를 도와주지 않았다. 오히려 조롱이 담긴 눈동자로 공주가 보이는 추태를 흘겨보았다.

얼간이에 팔푼이 주제에!

결국 말에서 내려와 시냇가로 걸어가는 공주의 뒷모습을 바라보며 시녀는 그렇게 생각했다. 시녀는 억울했다. 공주는 어리숙했고, 행동도 빠르지 못했다. 자신보다 배움도 늦되어 무엇 하나 잘 하는 것도 없었다. 그뿐인가. 지금처럼 누군가 부당하게 화를 내도, 공주는 자신을 위해 상대방에게 대적하는 법도 몰랐다. 그야말로 얼간이 팔푼이가 따로 없었다. 그럼에도 여왕의 딸로 태어났다는 이유로 공주는 온갖 귀한 대접은 다 받으며 자라왔다. 세상의 이쁜 것, 아름다운 것, 좋은 것만을 접하며 살아왔다.

그에 반해 자신은 어떤가.

시녀는 눈을 내리깔아 핏줄이 불거지도록 나귀의 고삐를 잡고 있는 제 손등을 바라보았다. 오랜 시간 고된 노동과 뜨거운 뙤약볕에 노출되어 거칠어진 손등이었다. 불현듯 시녀의 입술이 울먹이듯 잘게 떨렸다. 서러움이 밀려들었다.

태생이 좋지 않다는 이유로, 시녀는 갖은 구박을 받으며 자랐다. 아무리 야무진 손길이라 해도 동료보다 일을 못하는가 싶으면 주변에서 갖은 멸시와 조롱을 받았고, 조금이라도 아파 일을 하지 못할 상황이 오면 일자리를 잘릴까 전전긍긍했다. 시녀는 온갖 천한 대접을 받고 자라왔으며, 세상의 추한 것, 못생긴 것, 나쁜 것만을 접하며 살아왔다.

시녀가 입술을 꽉 깨물고 이제 막 시냇가에 앉아 허리를 굽히고 있는 공주의 등 뒤를 노려보았다. 부당했다. 실력이 아닌 태생 하나로, 이렇게나 다른 대접을 받고, 다른 삶을 이어나가야 한다는 것은 지극히 부당했다.

시녀의 눈이 순간 크게 뜨였다가 가늘게 휘어졌다. 아랫입술에 자국이 남도록 앙다물어졌던 입술이 살짝 벌어졌다 닫혔다. 공주가 급하게 드레스의 밑단을 발목 위로 걷고 시냇물에 뛰어들고 있었다. 공주의 망연자실한 얼굴이 냇가 아래쪽을 향했다. 시녀의 양쪽 입꼬리가 샐쭉이 위로 올라갔다.

저런 얼간이에 팔푼이 같으니.

공주의 마법 손수건이 시냇물 아래로 떠내려가고 있었다.

드디어 시녀에게 기회가 왔다.

***

낡았고 당장이라도 부서질 것만 같은 오두막의 문 앞이었다. 떡진 머리로 공주 뒤에 서 있던 콘라드가 눈살을 찌푸리며 거칠게 공주의 등을 밀쳤다.

"빨리 들어가지 않고 뭐 해?"

협박을 받고 맞바꾼 시녀의 짐 보따리를 품 안에 꽉 껴안은 공주가 쓰러지듯 오두막 안으로 들어섰다. 이미 안색이 파리해질 대로 파리해진 공주는 주변을 살피는가 싶더니, 곧 눈가가 붉어졌다.

오두막 안은 생각보다 더 비좁고 열악했다. 천장과 창문에는 두꺼운 실타래와도 같은 흰 거미줄이 아치형을 그리며 여기저기 늘어져 있었고, 바닥은 공주가 걸을 때마다 귀를 찢듯 삐거덕거렸다. 안쪽으로 조금만 걸어가면 먼지가 수북이 쌓인 침대가 있는데, 겨우 공주의 몸 하나 누일 만큼 작고 좁았으며, 침대 시트도 몇 년은 빨지 않은 듯 땟국물이 줄줄 흘렀다. 침대 옆의 협탁도, 방 한가운데 놓인 탁자도 상황은 마찬가지였다. 정말이지 이런 곳은 처음이었다. 공주는 왈칵 쏟아질 것 같은 눈물을 간신히 참아내며 콘라드를 돌아보았다.

"청소는요?"

콘라드는 이상한 소리를 들었다는 듯, 공주에게서 몸을 멀찍이 떼어 냈다.

"당연히 네가 해야지. 내일부터 일 시작해야 하니까 오늘은 쉬어."

콘라드가 나갔다. 공주가 털썩 앉아 버린 침대 위로 먼지가 뿌옇게 날아올랐다. 그제야 뺨을 타고 흘러내리는 눈물을 공주는 아이처럼 손등으로 닦아냈다. 어머니에게 상황을 알려야만 했다. 아니, 알리고 싶었다. 하지만 그럴 수도 없었다.

"조금이라도 헛소리를 하시면 잔인하게 죽여 버리겠습니다."

비교도 되지 않는 완력으로 공주의 옷을 빼앗아 갈아입은 시녀가, 공주에게 자신의 헌 옷을 던져주며 한 말이었다. 당시 공주는 말에 올라타는 시녀가 두려웠지만 크게 걱정은 하지 않았다. 성에만 도착하면 모든 게 해결되리라 믿었다. 공주를 알아본 왕이 괘씸한 시녀에게 벌을 내리고, 쫓아낼 터였다. 설사 왕이 공주를 알아보지 못해도 상관없었다. 왕이 아니면 왕자가, 왕자가 아니면 귀족 누군가가, 귀족이 아니면 시종과 하녀들이 공주를 알아볼 터였다. 공주는 시녀 몰래 턱 끝을 빳빳이 들었다.

'나는 태어나면서부터 공주니까.'

시녀가 성에 도착하자, 백성들이 거리로 나와 환호성을 지르고 손을 흔들었다. 귀족들이 왕보다 먼저 나와 우아하게 인사를 건네고, 꽃을 안겨주었다. 홍조 띤 얼굴로 수줍게 시녀의 손을 잡은 왕자가 몸소 왕 앞으로 시녀를 데려갔다. 왕이 인자하게 웃으며 시녀의 어깨를 가볍게 토닥였다.

그 모든 일련의 과정을 공주는 굳은 얼굴로 바라보았다. 충격과 당혹감으로 몸은 물론이요, 입조차 벙긋할 수 없었다. 백성, 귀족, 왕자, 왕까지 모두가 환영하고, 웃어준 이는 가짜 공주였다. 공주의 시녀였다. 아무도 진짜 공주를 알아보지 못했다. 눈길조차 주지 않았다.

어째서? 왜?

까닭을 찾지 못해, 얼굴이 파랗게 질려 버린 공주가 때마침 급하게 고급 외투를 들고 지나가는 시종의 팔을 붙들었다. 시종이 험상궂은 표정으로 공주를 쳐다보았다. 공주가 말했다.

"나를 몰라보겠니? 나는…."

시종이 잡힌 팔을 매섭게 뿌리치고는 공주의 가슴을 밀쳐 버렸다. 의외로 쉽게 넘어진 공주를 보고 당황한 듯했지만 그뿐이었다. 시종은 잡혔던 팔을 툭툭 털어 버리고는, "뭐 이런 미친 여자가 다 있어! 바빠 죽겠구먼." 하고 마차 옆에서 고래고래 소리를 지르고 있는 귀족 부인에게 뛰어갔다.

공주는 주저앉아 버린 땅바닥에서 조금도 움직일 수 없었다. 공주의 머릿속에서 무언가 파사삭 깨졌다.

'왜 사람들이 나를 알아볼 거라 생각했지?'

당연한 진실을 뒤늦게 자각한 공주가 멀리 왕과 함께 있는 시녀를 쳐다보았다. 시녀는 화려한 옷을 입고 나라의 상징이 되는 반지와 목걸이를 하고 있었다. 시녀가 몸에 걸친 모든 것이 '공주'라는 증표였다. 모두가 시녀를 공주라 생각하는 게 당연했다.

누군가 더러운 신발로 공주의 종아리를 툭툭 쳤다. 위를 올려다본 공주의 눈에 더럽고 못생긴 거위 치는 청년 콘라드가 보였다. 그가 말했다.

"빨리 따라와. 짐 풀 곳을 알려줄게."

콘라드 뒤를 따라가다 공주는 다시 시녀를 돌아보았다. 공주의 눈꼬리에 작은 물방울이 맺혔다 툭 떨어졌다. 공주가 입고 있는 때 타고 낡은 드레스. 아무런 장식 없이 실용성만 강조한 큰 가방과 앞코가 둥근 구두, 모든 것이 공주를 시녀라 말하고 있었다.

왕 앞에서 웃고 있는 시녀와 먼지가 잔뜩 쌓인 초라한 둥근 탁자가 천천히 겹쳐졌다. 다시 현실이다. 더러운 침대에 앉아 있던 공주가 고개를 숙여 두 손에 얼굴을 파묻었다. 그것은 공주의 마음속에 휘몰아치는 분노, 자괴감, 불안이 한데 섞여 나온 행동이었다.

잠깐 뒤척이다 침대 위에서 먼지가 일어 공주는 잠시 입을 막고 콜록거렸다. 거미줄이 잔뜩 쳐진 창문 사이로 하늘을 붉게 태우며 지는 해가 보였다. 서글픈 노을이었다. 공주는 시체와도 같은 몸을 천천히 일으켰다. 잠이라도 자려면 청소를 해야 했다.

공주는 눈동자를 크게 뜨며 움직임을 멈췄다. 살짝 숙여진 턱을 짚고 골똘히 생각에 잠겼다.

그런데… 청소는 어떻게 하는 거지?

***

휘잉, 사납게 불어오는 바람에 낡은 오두막 문이 부서질 듯 삐거덕거렸다. 간신히 바람을 막고는 있지만, 어쩔 수 없이 새어 들어오는 추위에 공주는 더러운 침대 위에서 몸을 잔뜩 웅크리며 오들오들 떨었다. 아니, 그 매서운 바람은 자기에게 메시지를 전하려는 팔라드의 목소리 같기도 했다. 멀리 있는 이에게 자신의 목소리를 전하고 들을 수 있는 것, 그것은 말하는 말 팔라드의 또 다른 능력이었다. 진짜로 팔라드의 목소리가 들려왔다.

"공주님, 빨리 궁으로 오셔야죠."

공주가 두 손으로 귀를 꽉 막았다. 눈을 질끈 감고 팔라드에게 답을 전했다.

"못해. 못가."

궁에 가면 그 무서운 시녀가 있었다. 팔라드의 안타까운 목소리가 공주의 귓가에 들려왔다.

"국왕과 왕자님 그리고 모든 이들에게 시녀가 가짜라는 것을 말해야죠. 진짜 공주님이 누군지 알리셔야죠."

순간 공주가 숨을 멈췄다. 낮의 일이 생각났기 때문이다. 아무도, 아무도 저를 알아봐 주지 않았다. 태어나면서부터 공주인 자신을 아무도 알지 못하는데, 직접 말한다고 사람들이 믿기나 할까. 공주는 처음으로 자존심이 무너지는 경험에, 그리고 두려움에 울먹이듯 말했다.

"못해, 아무도 나를 믿지 않을 거야. 무서워."

한동안 침묵이 흘렀다. 안타까움이 가득한 팔라드의 한숨 섞인 소리가 들려왔다.

"공주님… 나의 공주님…."

***

화를 주체하지 못해 얼굴이 벌겋게 달아오른 콘라드가 거위들의 울타리를 나무 지팡이로 탕, 탕 치며 걸어갔다.

"정신이 있는 거야? 없는 거야? 동이 튼 지가 언젠데! 어떻게 아직도 자고 있지? 네 주인이 너를 그딴 식으로 가르쳤어?"

울타리 안에서 곤히 자고 있던 거위들이 떼를 지어 밖으로 빠져나왔다. 동이 텄다고는 하나 아직 푸른 기가 짙게 깔린 어두운 새벽이었다. 공주는 졸린 눈을 비비기도 하고, 두 손으로 뺨을 쳐보기도 했지만 아무리 해도 정신을 차릴 수가 없었다. 때마침 새끼 거위 한 마리가 무리를 이탈해 아장아장 걸어가는 귀여운 모습에, 공주는 멍한 정신에도 배시시 옅은 미소를 지었다. 옆에서 공주를 지켜보던 콘라드가 붉으락푸르락해진 얼굴로 지팡이를 높이 쳐들었다.

"대체, 뭘 멍하니 보고 있는 거야? 거위가 도망치면 쫓아가서 데려와야 할 거 아니야! 멍청아!"

행여라도 맞을까 겁이 난 공주가 급하게 머리를 감싸고, 방금 무리를 이탈한 새끼 거위를 향해 달려나갔다. 달려가는 와중에도 손발이 후들후들 떨리고 몸이 휘청거리고 심장이 팔딱팔딱 뛰었다. 그것은 공주가 생애 처음으로 맛본 폭력에 대한 공포의 감정이었다.

거위 떼를 이끌고 도착한 곳은 수풀이 우거지고, 시원한 냇물이 졸졸 흐르는 곳이었다. 방금 전까지만 해도 똘똘 뭉쳐 있던 거위들이 제각기 흩어져 풀을 뜯어 먹었고, 시냇물에서 헤엄을 치거나 물을 마셨다. 그림에서나 나올 법한 아름다운 풍경이건만, 쉼 없이 이탈하는 거위들을 일일이 잡아 오느라 지칠 대로 지친 공주는 그것을 감상할 여력이 조금도 남아 있지 않았다.

나무 기둥에 기대어 앉은 콘라드와는 멀찍이 떨어진 시냇가 근처에 평평한 바위를 골라 공주는 철퍼덕 앉아 버렸다. 다리를 오므릴 힘도 없어 쫙 벌리고, 아침만 해도 꼿꼿했던 등허리를 잔뜩 굽힌 채 앉은 모습이 공주라기보다는 무식한 시골 아낙네의 고된 삶과 닮아 있었다.

돌연 부드러운 바람이 한차례 공주의 마구잡이로 헝클어진 머리를 스쳐갔다. 그제야 자신의 꾀죄죄한 몰골을 알아차린 공주가 하나로 질끈 묶었던 머리끈을 풀었다. 머리라도 다시 단정하게 묶을 요량이었다.

숨이 턱 멎은 콘라드가 입을 떡 벌리고는 머리를 매만지고 있는 여자를 멍하니 쳐다보았다. 세상에 태어나 저렇게 아름다운 금발은 처음이었다. 성 외곽에서 풍성한 금발 미녀로 소문난 술집 딸내미도 저 여자의 금발만큼 훌륭하진 않았다. 그러고 보니 얼굴도 이쁘장해 보였다. 금발에 홀린 듯 옆에 있던 지팡이를 집어 든 콘라드가 천천히 공주에게로 걸어가기 시작했다.

까앗, 외마디 비명을 지른 공주가 콘라드의 손을 탁 쳐내며 허겁지겁 자리에서 일어났다. 손가락으로 머리를 빗어내 막 끈으로 머리를 묶으려던 참이었다. 뒤쪽에서 느낀 생각지도 못한 기척은 콘라드가 내민 손이었다. 공주의 심장이 방망이질을 해 댔다. 민망한 얼굴로 뒤통수를 긁어대던 콘라드가 주저하며 말했다.

"머릿결이… 부드러워 보여서… 만져 보고 싶었어."

공주가 와락 인상을 찌그러뜨렸다. 손톱에 때가 덕지덕지 껴 있고, 더러운 오물 색과도 닮은 불결한 콘라드의 손가락이 자신의 머리를 만진다고 생각하자 공주는 구역질이 올라올 것만 같았다. 콘라드가 목까지 시뻘게진 얼굴로 빽 소리를 질렀다.

"씨발! 그깟 머리 좀 만진다고 어디 닳기나 해? 뭘 그렇게 유난을 떨어!"

콘라드는 무안했고, 화가 났다. 콘라드를 향하는 여자의 벌레 보는 듯한 표정 때문이었다. 겨우 머리카락 하나 만져보자는 것뿐인데, 꼭 자신이 강간이라도 한 것 같은 얼굴 아닌가. 다시 한번 치미는 억울함에 콘라드는 지팡이를 땅바닥으로 내쳐버리고 돌아섰다. 콘라드는 씨근덕거리며 우악스럽게 혼자 거위 떼를 몰아 혼자 집으로 돌아가면서도 여자의 풍성하고 탐스러운 머릿결이 머릿속 한켠에서 떠나지를 않았다. 그것이 콘라드를 더욱 짜증나게 만들었다.

콘라드의 사나운 폭력성을 보고 겁에 질린 공주는 오두막으로 돌아가는 내내 울었다. 한번도 경험해 본 적 없는 폭력이었다. 콘라드는 육체를 위협했고, 시녀는 정신과 감정을 위협했다. 공주는 그들이 무서웠다. 어떻게 대처를 해야 하는 건지도 알 수가 없었다. 공주는 답답하고 막막했다.

공주가 지나는 우물가에는 성에서 옷감을 잔뜩 안고 나온 시녀 세 명이 빨래를 하며 한창 수다를 떨고 있었다. 그중에서도 뚱뚱한 시녀 하나가 방망이로 옷감을 탕탕 두드리며 큰 소리로 말했다.

"성 외곽에 말의 머리를 걸어놓았다고 하더라. 가끔씩 눈을 뜨고 감을 때마다 아주 섬뜩하다고 난리야."

공주가 우뚝 걸음을 멈췄다. 볼 왼편에 점이 있는 시녀가 말을 받았다.

"나도 들었어. 밤만 되면 가끔씩 '살려 줘.'라고 말한다지? 공주님도 불길해서 그 말을 죽여달라 그런 걸까?"

공주의 표정은 이제 경악스러움에 가까워졌다. 점이 있는 시녀 옆에 있던 말라깽이 시녀가 고개를 갸웃하며 말했다.

"아니, 나는 '공주님께 데려다 줘.'라고 말한다 들었는데."

공주는 몸을 돌려 성 외곽으로 허겁지겁 달려갔다. 도중에 몇 번이고 넘어졌지만 상관없었다. 시녀들이 말하는 말은 팔라드가 분명했기 때문이다.

***

공주가 팔라드를 오두막으로 데려온 지 한 달이 지났다. 둥근 탁자 위에 목만 덩그러니 놓인 팔라드는 공주를 빠짐없이 관찰했다. 공주는 낡아빠진 오두막에서 보잘것없는 음식을 먹으며 지냈다. 공주는 후줄근한 옷으로 갈아입고 이른 새벽에 나가 늦은 저녁이 되어서야 지친 모습으로 돌아왔다.

팔라드는 마음이 찢어졌다. 팔라드가 지친 표정으로 수프를 한 입 떠먹고 있는 공주에게 말했다.

"공주님의 자리를 찾으셔야죠. 여왕님께 시녀의 만행을 알리세요. 폐하께 시녀의 만행을 알리세요."

보기에도 맛없을 것 같은 흰색 수프가 가득 담긴 숟가락이 파르르 떨렸다. 공주의 목이 움츠러들더니 순식간에 창백해졌다.

"하지만 시녀가 말했는걸. 누구라도 사실을 알게 되면 날 죽이겠다고. 무서워."

팔라드가 서글픈 감정을 애써 목구멍으로 넘기며 공주를 향해 옅은 미소를 띠었다. 공주가 식사를 마치고 침대에 누워 잠들 때까지, 팔라드는 미어지는 가슴으로 공주를 바라보았다. 팔라드는 자신의 허망한 바람을 조심스레 꺼냈다.

"때로는 결과를 알면서도 맞서야 할 때가 있는 법이랍니다."

팔라드의 목소리는 금방이라도 사라질 듯한 아침 안개와도 같아, 잠들어 있는 공주의 귓가까지 가닿진 못했다.

다음날은 공주가 늦잠을 잘 수 있는 유일한 날이었다. 팔라드는 침대에 누워 있는 공주에게 달래듯 말했다.

"공주님, 오늘은 집을 청소해 보는 게 어떨까요?"

생활에 찌들어 표정이 없어진 공주가 천천히 몸을 일으키며 말했다.

"하지만 난 할 줄 모르는걸."

"배우면 되죠. 우선 천장부터 해볼까요."

공주가 긴 한숨을 내쉬며 일어났다. 이내 표정이 생긴 공주가 팔라드에게 물었다.

"창문 청소는 어떻게 하는 거지?"

공주의 눈동자에 생기가 돌기 시작했다.

"바다 청소는 어떻게 하는 거지?"

팔라드는 흐뭇한 웃음을 지으며 공주를 바라보았다. 모든 것은 자존감에서부터 시작된다. 그러다 보면 공주에게도 언젠가 두려움에 맞설 날이 오겠지. 팔라드는 그렇게 생각했다.

늦은 밤 팔라드 앞으로 공주가 뛰어와 엎드렸다. 어깨를 떨면서 고개를 떨군 채 공주가 팔라드에게 물었다.

"무서운 사람의 요구를 거절하고 싶으면 어떻게 해야 하지?"

공주의 목소리는 젖어 있었다. 피가 거꾸로 솟을 것만 같은 팔라드가 애써 목소리를 가다듬으며 대답했다.

"확실하게 거절하고 그 이유를 말씀하신다면 아무도 공주님께 해코지 할 수 없습니다."

다음날 공주가 웃으며 돌아왔다. 팔라드도 웃었다.

"팔라드. 네 말대로 거절했어. 이유도 확실하게 말했단다. 당신의 손이 너무도 불결해서 내 머리를 만지는 것이 소름 끼치도록 싫다고."

팔라드 입이 크게 벌어졌다. 방금 전까지 기분 좋게 미소 지었던 얼굴 위로 굵은 주름이 죽죽 그어졌다. 그러나 포기한 듯 이내 공주에게서 눈길을 돌리며 씁쓸한 미소를 지었다. 그 순간만큼은 공주를 보고 싶지 않았다.

저녁 무렵이었다. 탁자에서 공주가 막 빵을 집으려 할 때였다. 왕의 병사 하나가 오두막 문을 험악하게 발로 차며 들이닥쳤다. 병사는 공주의 팔을 붙잡고 아무 말없이 끌고 나갔다. 오두막 밖으로 끌려나가는 공주는 당황했지만, 공주를 바라보는 팔라드는 침착했다.

짐작이 가고도 남았다. 인간의 치졸한 앙갚음이었다.

***

경망스럽게도 셔츠의 맨 윗단추를 채우지도 않고 헐레벌떡 알현실 안쪽으로 뛰어 들어온 검은 머리 후작은 생각보다 많이 온 귀족 무리 사이를 힘겹게 비집고 들어갔다. 억세게 밀고 들어간 덕분에 마침내 후작이 원하던 널찍한 공간이 눈앞에 나타났다.

하얀 대리석이 깔린 넓게 트인 공간 한가운데 젊은 청년과 한 여인이 무릎을 꿇고 앉아 있었다. 청년은 무서운 듯 두 손을 가지런히 앞으로 모아 자신의 너덜거리는 챙 넓은 밀짚모자를 꽉 붙잡고 있는 반면, 여인은 상황을 파악하려는지 주변을 두리번거리고 있었다.

후작은 한껏 긴장했던 몸에 힘을 풀고는 팔짱을 꼈다. 지금도 믿기지 않지만, 자신을 비롯해 수많은 귀족들이 이곳에 모인 까닭은 어젯밤 저 청년이 성문을 지키고 있던 일개 병사에게 고발한 말 한마디 때문이었다. 드디어 무언가를 결심한 듯, 청년이 고개를 들고 계단 위 왕좌에 앉아 있는 왕에게 고했다.

"저 여자는 마녀입니다."

심하게 부들부들 떨고 있는 손가락을 들어 올린 콘라드는 자신과 꽤 떨어진 거리에 앉아 있는 여인을 가리켰다. 떨림이 워낙 심해 가리키는 대상이 여인이 맞는지 의심스러울 정도였다. 왕은 골치가 아픈 듯, 손끝으로 관자놀이를 꾹꾹 누르며 콘라드에게 물었다.

"증거는?"

왕좌의 왼편, 늙은 대주교 옆에 서 있던 이웃나라에서 온 공주가 왕의 기분이 걱정되는지 팔걸이에 놓인 팔을 달래듯 붙잡아왔다. 방금 전까지도 왕은 정원에서 왕자와 함께, 공주의 사근사근하면서도 유쾌한 말솜씨로 즐거운 시간을 가지고 있던 차였다. 왕이 공주의 손등을 가볍게 토닥였다. 콘라드의 상고가 이어졌다.

"얼마 전 수백 명의 사람 목숨을 앗아간 거센 폭풍우와 홍수가 증거입니다. 제가 나무 뒤에서 몰래 다 봤습니다. 저 여자가 마을이 훤히 내다보이는 언덕 꼭대기에 올라 머리를 풀자, 맑았던 하늘에서 갑자기 검은 먹구름이 몰려왔어요. 곧바로 몸통을 때리는 듯한 천둥이 울리고, 하늘을 갈라놓을 것 같은 번개가 쳤습니다!"

콘라드가 당시 생각이 난 듯 여전히 떨고 있는 손으로 심장을 진정시키려 가슴을 과장되게 어루만졌다. 그리고 다시 말을 이었다.

"그때부텁니다. 하늘에서 굵고 세찬 비가 쉴 새 없이 떨어졌어요! 땅이 패이도록 아주 굵은 비였습죠. 사람들이 아우성치며 집으로 뛰어가는 소리가 언덕 위까지 들릴 정도였습니다. 여자는 잠시 마을 상황을 지켜봤습니다. 그리고 뭐에 화가 났는지, 발로 거칠게 바닥을 한번 구르더군요. 이번에는 여자가 머리를 높게 묶어올렸습니다. 그러자 나무가 부러져 나갈 정도로 거센 바람이 불기 시작했습니다. 그뿐이 아닙니다. 더욱 굵고 많은 비가 내려, 마을이 순식간에 물바다가 되었습니다. 사람들이 살려달라고 비명을 질렀어요, 사람들이 허우적대며 죽어갔어요. 지옥보다도 더한 지옥을 보고 나서야, 여자가 비로소 웃기 시작했습니다. 모두 저 여자가 한 짓입니다. 여자는 살인을 즐기는 아주 악랄한 마녀입니다!"

순간 귀족들이 웅성대기 시작했다. 남자의 말이 사실이라면 국운이 걸린 문제였다.

왕이 손을 올리자 알현실이 순식간에 조용해졌다. 왕은 누더기 차림의 여인을 내려다봤다.

"저자의 말이 사실인가?"

공주는 터무니없는 콘라드의 진술에 화가 머리끝까지 나서

숨을 제대로 쉴 수 없을 지경이었다. 아랫입술을 이빨로 잘근잘근 깨물고 어찌할 바를 몰라 주먹을 쥐었다 펴기를 반복했다. 그러고 보면 공주는 이처럼 억울한 일을 당해본 적이 없었다. 그러니 이 감정을, 이 상황을 어떻게 풀어나가야 하는 건지 알 수가 없었다.

공주는 울컥울컥 올라오는 울음을 참아가며, 군중을 둘러보았다. 자신을 도와줄 이를 찾았다. 그러나 당연히 낯선 타국에서 공주를 도와줄 이는 아무도 없었다. 오히려 의심쩍은 눈으로 공주를 주시할 뿐이었다. 공주의 눈가가 요동을 치듯 떨리기 시작했다. 저 냉랭하기 그지없는 시선들 앞에서 공주가 할 수 있는 일이 뭐가 있겠는가. 진실을 말한들 누가 믿어 주겠는가. 공주는 완벽히 혼자였다.

공주가 가슴속에서 올라오는 울컥거림을 더는 버티지 못하고 주저앉으려 할 때였다. 두 손에 얼굴을 파묻고 상상으로나마 이곳에서 도망치려 할 때였다. 얼마 전 잠결에 들었던 팔라드의 말이 머릿속을 스쳤다.

"때로는 결과를 알면서도 맞서야 할 때가 있는 법이랍니다."

공주는 그 말의 의미를 완전히 이해할 순 없었다. 그러나 공주가 남의 힘을 빌려 하려던 일이 무엇인지는 알 수 있었다.

공주가 입술을 꽉 깨물고 왕을 올려다봤다. 공주가 입을 열었다.

"거…거짓말입니다. 오히려 저자가… 제 머리를 만지고 싶어 안달했습니다. 제가… 만지지 못하게 그의 요구를… 거절하니까 앙갚음으로… 저를 마녀라 몰아붙이는 것이 분…분명합니다."

공주 역시 불쌍할 정도로 떨고 있었다. 하지만 팔라드가 이 장면을 보았다면 자랑스러워할 것이 분명했다. 공주가 왕에게 정직하게 고하는 행동은 미약했지만 최초로 두려움에 맞서는 첫 번째 발걸음이었다.

"저 말이 사실인가?"

곧바로 왕이 콘라드에게 물었다. 콘라드가 피식 웃으며 손사래를 쳤다.

"하이고, 말도 안 됩니다. 저더러 손에 때가 끼고 더러운 옷을 입고 있어서 불결하다고는 했지만, 누가 그런 일로 앙갚음까지 합니까. 그냥 미친 여자 취급하고 무시해 버리지. 저는 어디까지나 제가 보았던 사실만을 왕께 고하는 것입니다."

공주는 어이가 없었다. 사실을 거짓말이라 왜곡시켜 버리고, 미친 여자라 몰아가다니. 이보다 더한 모욕은 없었다. 공주가 주먹을 꽉 말아쥐었다. 있는 힘을 쥐어짜내 후들거리는 다리를 붙잡고 꽉 막혀 있는 목구멍 사이로 소리를 내보냈다. 그렇게 안간힘을 써서 소리를 뱉어내는데도, 정작 나온 건 터무니없이 작은 소리였다.

"사실이잖아. 매일 거위 똥이나 만져대는… 당신 손은 너무 불결하고 역겹다고. 그런 손으로 내 머리를… 감히 만지려 하니 구역질이 날 것 같은 건 당…연하잖아."

한순간 물을 끼얹은 듯 조용했던 좌중에서 갑자기 비웃음을 담은 폭소가 터져 나왔다. 누구라고 할 것도 없이 자지러질 듯 웃어젖히는 그들을, 공주는 이해할 수 없었다. 왕도 웃음을 겨우 멈췄지만, 여전히 씰룩거리는 입술은 어쩔 수가 없었다.

"네 손을 직접 보거라. 옆의 청년과 별다를 게 있더냐? 몰골은 또 어떻고? 시골 촌년이 촌놈을 욕하다니 걸작이구나."

당황한 공주가 곧장 자신의 손을 내려다보았다. 과연 왕의 말은 사실이었다. 공주가 그렇게 불결하게 생각하던 콘라드의 손과 마찬가지로 자신의 손톱에도 때가 잔뜩 끼어 있었다. 손바닥과 손등도 거위 몰이로 거칠어져 있었다. 전날 빨아 입은 옷 역시 하루만에 거위 분비물 냄새가 묻어 나올 정도로 더럽기는 매한가지였다. 공주가 더럽다, 추하다 여기며 소름 끼쳐 했던 콘라드와 자신도 다를 바가 전혀 없었다. 왕의 말이 맞았다. 지금껏 촌년이 촌놈을 욕하고 있었던 것이다. 자신이 언제부터 이런 꼴을 하고 있었단 말인가. 공주는 충격을 받았다.

왕이 주제를 모른다며 공주를 비웃고, 귀족들이 삿대질을 하며 공주를 비웃었다. 콘라드의 손이 더럽다며 비웃던 공주의 모습이 그들과 겹쳤다. 콘라드에게 생겼을 빨간 생채기가 공주에게도 똑같이 생기고 있었다. 그제야 공주는 제 잘못을 깨달았다. 콘라드의 거칠고 야만적인 폭력성만을 비난했는데, 알고 보니 자신은 그보다 더한 언어의 폭력을 서슴없이 콘라드에게 퍼부었던 것이다.

공주는 잘게 떨리는 손으로 치맛자락을 꽉 붙잡고 차오르려는 눈물을 있는 힘껏 참았다. 공주는 생각했다.

'이렇게 된 게 내 잘못은 아니잖아. 일에 치여 하루하루를 살아가는데, 어떻게 하릴없이 노는 너네 귀족들처럼 꾸밀 수가 있겠어.'

아, 나직한 신음을 뱉어낸 공주는 왕의 뒤에 서서 예전의 자신과 같이 허리를 꼿꼿이 펴고 거만하게 공주를 내려다보고 있는 시녀를 바라보았다. 지금에서야 예전 시녀의 기분을 알 수 있었다. 시녀에게는 세상의 모든 것이 부당해 보였으리라.

이제 한결 여유가 생긴 콘라드가 왕을 향해 다시 한번 고했다. 이번에는 흔들림 없이 똑바로 공주를 가리켰다.

"저 여자는 죽은 말과 매일 밤 이야기를 나눕니다! 제가 봤어요! 흉측하게 목만 남은 말머리와 이야기하는 것을요. 분명 저 여자는 마녀가 맞습니다."

공주는 당황했다. 설마 콘라드가 밤에 몰래 오두막 안을 훔쳐봤을 거라고는 생각지 못했기 때문이다. 공주가 다급하게 한 걸음 나와 왕에게 말했다.

"아닙니다! 그건….."

공주가 말을 채 끝맺기 전에, 시녀가 공주의 말을 가로챘다.

"제가 보기에도 마녀가 맞는 것 같군요. 말하는 말도 불길하다 들었는데, 하물며 머리만 남은 말하는 말이라니, 소름이 끼칩니다."

시녀가 계단을 내려와 공주 앞으로 한발 다가서자, 공주는 흠칫해서 몇 발 뒤로 물러섰다. 공주는 이제야 시녀의 감정을 이해했지만, 여전히 그녀가 무서웠다.

그때까지 조용히 자리를 지키고 있던 늙은 대주교가 한걸음 나와 왕에게 알렸다.

"마녀는 바람을 부릴 수 있고, 시체와도 이야기를 한다는 구절이 요한 계시록 3쪽 15줄에 쓰여 있습니다."

대주교를 흘긋 본 왕은 손등에 턱을 괴고 심드렁한 표정으로 말했다.

"그럼 저 여자는 마녀가 맞겠군. 내일 화형에 처하도록 하지."

"아닙….."

공주가 왕에게 항의의 말을 꺼내기도 전에 시녀가 공주 앞을 막아섰다. 시녀는 공주의 예정된 죽음이 좋아 죽겠다는 듯 웃고 있었다.

창백해진 얼굴로 공주가 저도 모르게 뒷걸음질을 치자, 시녀가 빠르게 다가와 강한 악력으로 공주의 팔목을 아프게 붙잡왔다. 이대로 얌전히 죽고 사라지라는 경고가 담긴 행동이었다.

경악스러운 공주의 눈이 시녀에게로 향했다. 이어서 시녀의 어깨 너머로 몰래 키득거리고 있는 콘라드가 보였다. 공주는 생각했다. 이것은 부당하다.

시녀가 자신의 입술을 공주의 귓가에 대고 나직이 속살거렸다.

"공주님, 화형을 당하세요. 금방 끝날 거고, 아프지도 않을 겁니다. 아니면 제가 칼로 공주님의 숨이 멈출 때까지 한 점, 한 점 살을 뜨면서 죽여 주기를 원하십니까. 진작 불에 타 죽을걸, 후회하실 텐데요."

이것은 정말이지 부당하다. 자신에게 죽어달라 요구하는 사람을 무서워하다니. 번개가 하늘에 강하게 박혀들어가듯, 팔라드의 말이 공주의 머릿속에 깊숙이 박혀들었다.

"때로는 결과를 알면서도 맞서야 할 때가 있는 법이랍니다."

아, 공주는 이제 팔라드가 한 말의 진정한 의미를 알 수 있었다. 이래도 죽고 저래도 죽는 것이 예정된 결과라면 최대한 반항하다 죽어가는 것이 옳은 이치 아니겠는가.

공주가 있는 힘을 다해 시녀의 팔을 뿌리치고 왕 앞에 나섰다. 뒤돌아보는 왕을 향해 공주는 아까 못다 한 말을 이어갔다. 그럼에도 조금 더듬거리는 것은 아직 시녀에 대한 두려움이 완전히 가시지 않았기 때문이었다.

"말하는 말… 팔라드는 세상의 진귀한 물건을 수집하시는 것을 좋…아하시는 저희 어머니께서 주신 겁니다. 제가 이곳 왕자님과 결혼하는 축하의 의미로 말이죠."

왕은 터무니없는 말이라 생각했다. 그럼에도 여자의 말을 끝까지 경청하는 이유는 아까와는 전혀 다른 결연함이 담겨 있는 여자의 눈동자 때문이었다.

시녀가 급하게 공주의 앞을 다시 막아섰다. 왕이 조금이라도 공주에 대해 호기심이 일면 큰일이었다. 시녀가 말했다.

"폐하, 미친 여자의 말을 뭣하러 귀담아들으십니까."

"재미있지 않느냐. 망상이래도 말하는 말을 수집하는 여왕이라니. 게다가 저 여자는 자신을 공주라 생각하고 있구나."

공주가 입술을 질끈 깨물고 왕에게 다시 고했다.

"정 믿지 못하시겠다면…."

다시 시녀가 공주의 손목을 꽉 죄어왔으나, 공주는 더이상 시녀가 두렵지 않았다.

"저희 어머니께 직접 편지를 써서 물어보십시오. 더불어 제 초상화도 함께 보내시지요. 내키지 않으시면 이 여자의 초상화를 보내어 물어보셔도 됩니다."

공주는 왕에게 그리 말하며 연민과 분노가 뒤섞인 마음으로 시녀를 바라봤다. 시녀가 히스테릭한 목소리로 고함을 질러대

듯 왕을 향해 외쳤다.

"굳이 그런 번거로운 일을 할 필요가 있습니까? 제가 공주라는 건 당연한데요! 여왕님께서도 귀찮아하실 겁니다."

왕은 고개를 한쪽으로 기울이며 침착하게 여인을 바라봤다. 이미 여자가 여왕을 호칭하는 시점부터 진실은 드러났다. 세상에 어느 딸이 자신의 어머니를 여왕님이라 부를까. 그러다 왕은 여자가 아쉬워 혀를 찼다. 비록 가짜 공주 행세를 한 여자였으나 싹싹했고, 여우같이 비위를 잘 맞춰 맘에 들었었다. 하지만 공주의 진위를 가려내는 것은 나라의 동맹과도 관련된 중요한 일이었다. 왕이 일어나 대수롭잖게 말했다.

"여왕에게 편지를 보내지."

"안 됩니다!"

귀신같은 표정을 지으면서도 왕에게만은 밉보이지 않으려는 듯 입꼬리를 히죽 올리는 시녀의 얼굴은 괴기스러웠다. 왕이 알현실을 빠져나갔다.

***

시녀는 으득으득 이가 갈렸다. 자신의 신분이 밝혀지는 건 시간문제다. 시녀가 우악스럽게 공주의 더러운 머리를 낚아채 냅다 바닥에 꽂아 버렸다. 공주가 꺄악, 비명을 질렀다. 뒤에 서 있던 경비병들이 시녀의 등 뒤로 뛰어왔다.

시녀는 억울하고 원통했다. 겁도 많고 저항 한번 못하는 팔푼이였던 주제에 언제 이렇게 변한 거지. 공주의 뺨을 후려갈기려 치켜든 손이 경비병에게 붙들리자, 시녀는 공주의 얼굴에 침을 퉤 뱉어 버렸다. 시녀는 숨을 몰아쉬며 공주에게 저주를 퍼부었다.

"씨팔, 네년도 바다으로 굴러떨어질 거야. 어쩌다 태생 좋아 호의호식 살아온 년이 뭔 능력이 있겠어. 나 같은 년이 한둘인 줄 알아? 바닥에 깔리고 깔렸어. 다른 년이 네 삶을 통째로 뺏을 거라고!"

공주가 시녀 앞으로 다가가 말했다.

"이제 나도 만만치 않아. 쉽게 내걸 누군가에게 뺏기지 않을 거고, 맞서서 저항할 거야. 싸울 거라고."

공주의 떨리는 목소리는 흠뻑 젖어 있었으나, 알맹이는 확고했다. 이전과 달라진 공주를 직감적으로 알아챈 시녀의 눈이 순간 커졌다가 이내 비뚜름한 비웃음이 입에 걸렸다.

"얼마나 갈까."

***

공주의 방으로 들어온 시종 하나가 의무적으로 차를 마시고 있는 왕자에게 시녀의 사형 집행 날짜를 알렸다. 왕자가 인상을 구기며 욕설을 내뱉었다. 하지만 공주는 태연하게 마신 찻잔을 탁자 위에 내려놓았다. 오히려 침대 옆 협탁 위에 놓인 팔라드가 긴장감으로 침을 꿀꺽 삼켰다. 왕자는 공주의 능청스러움에 더욱 빈정이 상해 인사도 없이 방 밖으로 나가 버렸다. 왕자의 발길질로 심하게 덜렁거리는 문짝을 바라보던 공주가 이내 뻐근한 몸을 풀어내듯 두 팔을 위로 쭉 뻗어 올리며 기지개를 켰다. 참았던 지루함에 하품이 나왔다.

공주는 원래의 신분을 되찾았지만, 국왕과 왕자는 시녀의 애간장 녹이는 애교 섞인 말투와 살가운 행동을 잊지 못했다. 왕자는 시녀가 있는 감옥에서 하루의 반을 보냈고, 왕 옆에서 나라를 다스리는 일 배우기를 게을리했다. 어쩌다 공주가 충고의 말이라도 할라치면, 왕자는 말투가 마음에 안 든다며 짜증을 내고 밖으로 나가 버리기 일쑤였다.

왕은 어떤가. 시녀가 사라진 뒤 허한 마음을 달래려 하루 종일 꽃 같은 얼굴을 한 궁중의 시녀들에게 둘러싸여 정원에서 대부분의 시간을 보냈다. 신하들과 나랏일을 논하는 자리에 나가는 횟수도 점점 줄어들었고, 신하들의 불만도 하루가 다르게 높아지고 있었다. 충성 어린 신하 몇이 국왕의 처신에 대해 상의를 해보았으나, 국왕은 정원에서 나올 생각이 없어 보였다.

공주가 쓰러지듯 침대에 풀썩 누웠다. 시녀가 어찌나 국왕과 왕자를 잘 구워삶아 놨는지. 공주는 내심 감탄스러울 지경이었다.

"괜찮으세요?"

목만 덩그러니 협탁 위에 놓여 있는 팔라드가 걱정스러운 마음에 공주에게 물었다. 몸을 일으켜 앉은 공주가 빙긋 웃으며 팔라드의 질문에 질문으로 답했다.

"뭐가?"

"국왕과 왕자님이 공주님을 박대하잖아요. 힘드시죠?"

"내가 뭐 어린앤가. 아직도 그런 거에 연연하게. 오히려 하루가 너무 바빠서 힘들어 죽겠어."

공주의 예상치 못한 대답에 팔라드는 어리둥절했다. 때마침 문이 열리고 흰머리가 성성한 늙은 재무관이 공주의 방으로 들어왔다. 이번 달 예산을 공주와 상의하기 위해서였다. 그뿐이 아니었다. 나랏일을 담당하는 고위관리들이 모두 공주의 방을 드나든 지 오래였다. 국가의 권력 흐름은 이미 공주에게로 향하고 있었다. 오직 옛 시녀의 치마폭을 그리워하며 아직도 한심하게 청승이나 떨고 있는 국왕과 왕자만이 그 사실을 모를 뿐이었다.

얼마나 갈까. 팔라드는 문득 얼굴을 찌푸렸다. 공주의 시녀가 저주같이 남기고 간 말이 떠올랐기 때문이다. 팔라드가 고개를 틀자, 탁자 앞에서 재무 장관과 열띤 토론을 벌이고 있는 공주의 모습이 보였다. 팔라드의 얼굴 위로 이내 흐뭇한 미소가 지어졌다.

그래, 괜한 걱정이다.

공주는 더 이상 남의 눈을 두려워하는 어리고 나약한 소녀가 아니었다. 과거에 연연하지 않고 미래를 향해 나아가는 단단하고 성숙한 어른이었다. 시녀가 마지막으로 공주에게 남긴 말은 이미 헛된 망언이 되어 있었다.

파랑새

폭풍우가 거세게 불고, 천둥이 우르릉 쾅쾅 우는 밤, 무성한 숲이 울고 있었다. 숲속의 모든 정령이 수군거렸다.

변신술과 이간질로 유명한 늙은 마녀의 딸이 병에 걸렸다!

정신이 나가 버린 마녀가 이곳저곳을 쑤셔대며 도움을 청하고 있어!

꿈을 관장하는 올빼미가 목숨을 건질 비책을 알려주었지.

희생양은 누구야?

***

고요했어야 하는 밤이었다. 귓가를 찌르는 소리에 틸틸은 비몽사몽한 정신으로 눈가를 비비며 침대에서 내려섰다. 소리의 근원은 아래층 거실이었다. 틸틸은 계단 맨 위 난간에서도 충분히 보이는 어머니를 내려다보았다.

어머니가 피멍이 든 눈으로 슬림한 검은 원피스를 입은 여자를 향해 삿대질을 하고 있었다.

"미쳤어? 당신이 이곳에 왜…!"

어머니의 입가와 손끝은 두려운 듯, 혹은 분노한 듯 부들거렸다. 항상 다정하고 상냥한 모습만 보아온 틸틸은 저런 어머니의 모습은 처음이었고, 상대에게 충분히 위협적일 만했다. 그럼에도 검은 원피스 여자는 평온하게 대답했다.

"널 보러 온 게 아니야."

오만한 느낌마저 배어든 음성이기도 했다. 검은 원피스 여자는 천천히 몸을 돌렸다. 어머니가 당황하자 틸틸도 긴장했다. 어떻게 알았지. 여자가 눈꼬리를 내리며 틸틸을 향해 부드럽게 웃었다.

"아이야, 파랑새 한 마리만 찾아주렴."

여자의 새빨간 입꼬리는 부자연스럽게 잔뜩 위로 올라가 있었다. 얼굴 위로 두껍게 발린 하얀 분은 자글자글한 주름살을 더욱 깊어 보이게 했다.

그야말로 늙은 여자의 얼굴은 추하고, 역겹고, 섬뜩했다.

***

 자신을 마녀라 칭했던 늙은 여자가 틸틸의 방을 나갔다. 마녀의 말을 말없이 듣고만 있던 틸틸 옆으로 다섯 살 터울의 여동생 미틸이 다가와 상기된 표정으로 탄성을 질렀다.

 "오빠, 마녀에게 받은 모자 빨리 시험해 봐. 진짜 마녀의 말이 맞을까?"

 언제부터 미틸이 여기에 있었던 걸까, 잠시 의아함을 느낀 틸틸이 이내 상황을 납득한 듯, 고개를 끄덕였다. 미틸은 어디든 몰래 들어가 사람을 깜짝 놀래키는 것을 좋아했다. 틸틸은 손을 위로 올려 자신들을 파랑새가 있는 곳으로 안내할 거란 모자의 보석을 돌렸다.

 틸틸은 두근거렸다. 마녀는 파랑새만 찾아오면 100골드를 준다 했다. 그 돈이면 한겨울을 지낼 수 있는 장작을 넉넉하게 사고, 1년 내내 속살이 하얀 부드러운 빵과 수프를 실컷 먹고도 남을 돈이었다. 틸틸은 제대로 된 옷 한 벌 없는 어머니에게 따뜻한 코트와 신발을 사줄 생각이었다. 그리고 누구보다 화려한 꽃을 사들고 아버지 무덤을 찾아가야지. 어릴 때 돌아가셨지만 엄격하면서도 다정했던 아버지와의 추억은 여전히 틸틸의 가슴속에 자리 잡고 있었다. 틸틸은 이전에도 지금도 아버지를 가장 사랑했다.

틸틸은 기분이 한결 가벼워졌다. 하얗고 작은 미틸의 손이 설렘으로 가득 찬 틸틸의 손을 부드럽게 매만져왔다. 틸틸은 미틸을 바라보며 빙그레 웃었다. 그리고 모자의 보석을 돌렸다.

***

울창한 숲의 끝에는 작은 오두막집 하나가 있었다. 미틸이 근처에 있던 팻말 하나를 가리키며 호들갑을 떨었다.

"오빠! 이곳이 추억의 나라래."

우리가 항상 그리워하던 사람들도 볼 수 있을까. 가슴이 들뜨기 시작한 틸틸이 미틸의 손을 꽉 잡았다.

"빨리 가보자."

오두막으로 향하던 틸틸의 걸음이 순간 멈췄다. 그리고 고개를 갸웃거렸다.

사람들? 아버지 말고 내가 그리워한 사람이 또 누가 있었지?

***

노크를 해도 기척이 없는 오두막 문은 다행히 열려 있었다. 틸틸 형제가 들어선 오두막 안쪽은 소박했다. 장작이 타다다닥 타고 있는 난로와 소파, 그리고 협소한 식탁이 가구의 전부였다.

달각.

그때 오두막에 딸려 있는 방문이 열리고 얼굴에 주름이 자글자글한 노인이 나타났다. 틸틸은 잠시 노인을 향해 눈을 끔뻑였다. 아, 생각났다. 십 년 전, 그러니까 틸틸의 여섯 살 생일에 돌아가신 친할아버지다.

"너희가 이곳에 어떻게…."

할아버지는 놀란 듯 끝까지 말을 잇지 못했다. 틸틸은 의아했다. 자신이 할아버지를 그렇게 그리워했던가.

할아버지는 시내에서 한참 먼 한적한 시골에 살았었다. 마차를 타고 들어가도 꼬박 하루가 걸리는 길이라 마음먹지 않고는 한번 가기도 쉽지 않았다. 그러니 할아버지와 쌓아온 추억도 거의 없었다. 그런 할아버지를 자신이 그리워했다고? 틸틸은 이상해서 고개를 갸웃거렸다.

할아버지가 팔을 허우적거리며 다가와 틸틸의 어깨를 덥석 잡았다.

"빨리 여기서 나가. 다시는 오지 마라. 이런 곳에."

할아버지는 막무가내로 틸틸의 등을 밀쳐댔다. 기분이 상해 버린 틸틸이 문고리를 잡았다. 아무리 쌓은 정이 없다 해도, 이렇게 문전 박대를 할 수가 있나. 파랑새도 필요 없으니 그냥 집에나 가자 싶었다. 그때 틸틸의 손등을 대뜸 작은 손이 덮어왔다. 미틸이었다.

"오빠, 할머니만 보고 가자. 오빠는 보고 싶지 않아?"

동생 미틸이 울상을 지었다. 틸틸이 놀란 눈으로 미틸을 쳐다보았다.

"네가 할머니를 기억해?"

틸틸도 그제서야 할아버지와 1년 차이로 돌아가셨던 친할머니의 존재가 기억났다.

"그럼, 나 어릴 때, 할머니가 눈깔사탕도 주면서 귀여워했는걸."

그랬나. 미틸의 말은 논리적이진 않았으나, 틸틸은 이상하게도 금방 동생의 말에 순응했다. 미틸의 말에는 묘한 설득력이 있었다. 마치 최면에 걸린 느낌이었다. 틸틸은 할머니를 보고 가기로 생각을 바꿨다. 틸틸이 다시 뒤로 돌아서자, 못마땅한 눈으로 쳐다보는 할아버지가 보였다. 틸틸이 움츠러든 어깨를 펴고, 꿈쩍도 않는 할아버지 옆을 지나갔다. 틸틸을 앞서 달려간 미틸이 얼른 식탁에 앉으며 함빡 웃는 얼굴로 외쳤다.

"할아버지, 나 목말라."

미틸의 말이 끝나자마자 묘하게 바로 분위기가 달라진 할아버지가 빠르게 일어나 차를 내왔다. 달콤한 과일 티였다.

때마침 구부정한 허리로 지팡이를 짚고 할머니가 집으로 돌아왔다. 할머니를 본 미틸이 반갑게 달려갔다. 반면 미틸을 본 할머니는 얼굴을 와락 구겨뜨렸다. 어디서 그런 힘이 났는지 할머니는 악귀를 보듯 지팡이를 쳐들고 미틸을 후려치기 시작했다.

"부정한 것! 지 애비 잡아먹은 년이 무슨 낯으로 여기를 들어와!"

틸틸이 할머니 앞을 막아서자, 지팡이가 멈칫거리다 바닥으로 떨어져 버렸다. 그러나 그것도 잠깐. 할머니는 다시 미틸을 향해 지팡이를 치켜들었다. 틸틸은 당황스러웠다. 어릴 때 미틸을 그렇게 이뻐했으면서 갑자기 돌변한 이유가 무엇인가.

할머니의 사나운 눈길이 이번엔 틸틸을 향하기 시작했다.

"오냐, 너도 맞고 싶으냐!"

딱!

공교롭게도 옆으로 확 기울어져 버린 딜틸의 이마에서 새빨갛고 굵은 핏줄기가 흘러내렸다. 틸틸이 한숨을 토해내듯 눈을 꾹 감았다.

뒤늦게 다가온 할아버지가 원망 섞인 말을 내놓았다.

"내가 나가라고 했잖니. 얼른 나가서 얼씬도 말거라."

하지만 틸틸은 묻고 싶은 게 있었다. 그때 미틸이 고개를 확 들어 올리며 외쳤다.

"할머니 너무해!"

방금 전의 난리로 기력이 소모된 듯 가슴을 들썩이고 있는 할머니와 할아버지의 얼굴에는 표현할 수 없는 분노와 참담한 절망감이 맺혀 있었다. 그게 뭘까. 숲과 오두막의 경계선에 위치한 나무 아래에서 울고 있는 미틸과 관련된 게 분명하다. '부정한 것', '지 애비를 잡아먹은 년.'이라니. 묵직한 것이 가슴 한가운데 걸렸다. 세상에서 가장 사랑하는 아버지. 그런데 할머니의 말이 사실이라면…. 주먹을 불끈 쥔 틸틸의 눈에 미틸을 삼켜 버릴 것 같은 세찬 불길이 일었다.

퍼뜩 정신을 차린 틸틸이 황급히 고개를 저었다. 미틸처럼 어린애가 무얼 할 수 있다고. 발로 돌멩이를 툭 차며, 바지 주머니에 손을 깊숙이 넣은 틸틸이 차갑게 말했다.

"다른 곳으로 가자."

미틸이 눈물로 흠뻑 젖은 얼굴로 틸틸을 바라보았다. 누가 보아도 동정심이 갈 정도로 불쌍했다. 그러나 틸틸은 미틸이 보고 싶지 않았다. 달래주고 싶지 않았다. 그래서 묵묵히 모자 위의 보석만 돌릴 뿐이었다.

떠나기 직전 미틸의 입꼬리가 기묘하게 올라갔다.

***

온통 어두컴컴하고 아무것도 보이지 않는 세상이었다. 그곳에 유일하게 하얀빛을 발하는 궁전이 있었다. 어찌 보면 신기루처럼 보이는 궁전의 신비로움에 홀린 듯 틸틸이 팔을 들어

궁전을 가리켰다.

"저곳으로 가보자. 파랑새가 있을지도 몰라."

도착한 궁전의 넓은 알현실에는 길게 뻗은 왕좌 하나가 외롭게 놓여 있었다. 왕좌에는 한 여인이 팔에 머리를 괸 채 곤히 자고 있었다. 백옥 같은 피부에 부드럽게 등허리까지 내려온 머리카락도 하얬다. 길게 내려앉은 속눈썹과 반듯한 콧날, 앵두 같은 입술이 묘하게 어우러져 아름다움을 발산하고 있었다.

넋을 잃고 그 여인을 바라보고 있을 때, 철없는 미틸이 힘껏 뜀박질을 해댔다. 틸틸이 황급히 미틸을 말려 봤지만 이미 늦었다. 여인이 하품을 내쉬며 기지개를 쭉 켜고는 몸을 일으켰다. 눈동자는 틸틸이 예상한 것만큼이나 맑고 영롱했다. 여인이 입을 열기도 전에 미틸이 상기된 표정으로 물었다.

"여긴 어떤 곳이야? 파랑새가 여기 있어?"

고운 이마에 살포시 주름이 파인 여인이 이내 대답했다.

"진실을 알려주는 곳. 너희가 진실을 알게 되면 파랑새를 얻을 수 있겠지."

"어떻게 알려주는데?"

흥분한 미틸이 다시 한번 물었다. 여인이 대답 대신 신경질적으로 팔을 높게 확 들어 올렸다가 스르륵 부드럽게 내리자, 뒤편으로 세 개의 육중한 문이 나타났다. 여인은 졸린 듯 말했다.

"세 개의 문을 다 들어갔다 나왔을 땐 모든 해답을 알게 되리라."

진실, 틸틸이 알아야 할 숨겨진 진실이 있을까. 틸틸은 어쩐지 도망치고 싶었다. 때마침 미틸이 해맑게 웃으며 틸틸의 손을 잡아채 첫 번째 문으로 이끌었다.

"오빠, 빨리 들어가 보자. 궁금해."

틸틸은 내키지 않았지만 첫 번째 문 안으로 걸어 들어갔다.

***

문 안은 자신의 집 거실이었다. 따뜻한 난로가 타닥타닥 타고 있었고, 마주 보이는 부엌 식탁에서는 어머니와 아버지가 도란도란 이야기를 나누고 있었다. 식탁 위에는 고소한 감자 수프와 반숙을 얹은 먹음직스러운 스테이크가 놓여 있었다. 마침 꼬르륵거리는 배를 문지르며, 틸틸은 군침을 삼켰다. 종일 아무것도 먹지 못했다. 어차피 가족이니까 상관없겠지. 틸틸은 빠른 걸음으로 식탁으로 다가가 손가락으로 잘라진 스테이크 한 조각을 집었다. 어엇, 틸틸의 손가락이 그대로 스테이크를 통과해 버렸다. 틸틸은 당황스러웠다. 어머니와 아버지는 여전히 즐겁게 이야기를 나누고 있다. 그들의 눈에는 자신이 보이지 않는 듯했다.

"문 좀 열어주시오!"

문밖에서 다급하게 외치는 남자의 목소리가 들렸다.

번쩍!

벼락이 어머니와 아버지의 얼굴을 섬뜩하게 비쳤다.

우르릉 콰쾅!

이 밤중에 누굴까. 그리 중얼거린 어머니가 고개를 갸웃거리며 문을 열었다. 모르는 남자다. 그러나 뭇 여성의 마음을 훔칠 만큼 금발의 잘생긴 남자다. 비에 흠뻑 젖은 남자가 추위에 덜덜 떨면서 쓰러지듯 어머니의 품에 안겼다. 어머니가 다급하게 남자의 이마를 짚어보고 아버지를 향해 말했다.

"열이 높아요."

아버지가 눈을 크게 뜨고 대답했다.

"빨리 침대로 옮겨요."

간밤의 극진한 간호로, 오전이 되어서야 남자는 별 탈 없이 침대에서 일어날 수 있었다. 그는 주변을 둘러보는가 싶더니, 기지개를 켜고는 곧장 집 밖을 나섰다. 틸틸은 불안한 듯 남자의 뒤를 따라나섰다.

집밖을 나선 남자가 제일 먼저 본 것은 빨래를 널고 있는 틸틸의 어머니였다. 남자가 옷가지를 빼앗아 대신 줄에 널며 말했다.

"곱게 자라신 것 같은 아가씨께서 왜 이런 허드렛일을 하고 계시죠?"

어머니가 얼굴을 살짝 붉혔다. 나면서부터 허드렛일이 자기 일인 줄 알고 살아온 시골 처녀였다. 그런데 허드렛일이 어울리지 않는 아가씨라고 하니 어머니는 기분 좋은 설레임을 느꼈다.

저녁이 되어 아버지는 소파에 앉아 맥주 한 잔을 홀짝이고 있었다. 어머니는 부엌에서 스튜에 넣을 당근을 썰고 있었고, 남자는 그녀의 옆에서 베이컨을 굽고 있었다. 어머니는 남자의 살뜰한 성격이 마음에 들었다.

남자는 종일 집안일을 하는 그녀를 따라다니면서 자기가 하겠다는 말을 입버릇처럼 했다. 어머니는 존중받는 느낌이 들었다. 남편에게 받아본 적 없는 감정이었다.

"이걸 식탁 위로 옮겨 놓으면 될까요?"

화들짝 놀란 어머니가 간신히 목소리를 쥐어짜내 "네."라고 대답했다. 얼굴이 화끈 달아올랐다.

아버지는 수프가 짜다고 불평을 터뜨렸다. 민망함에 어머니가 어쩔 줄 몰라 하자, 남자가 그릇을 내밀며 어머니에게 말했다.

"저는 맛있는데요, 마담. 한 그릇 더 주시겠습니까."

어머니가 창피해서 달아오른 얼굴로 남자의 그릇을 받아들었다. 그 순간에 남자와 손끝이 닿았다. 짧은 접촉이었지만 어머니의 심장에 강한 스파크가 일어났다. 그릇이 쨍그랑 비명

같은 소리를 내며 산산조각 나고 말았다. 방금 전과는 다른 의미로 어머니의 몸이 뜨겁게 달구어졌다. 심장은 이제 머릿속으로 자리를 옮긴 듯 쾅쾅 울려댔다. 어머니가 손바닥으로 제 볼을 감싸 안았다.

"내가 왜 이러지."

이 모든 걸 지켜보던 틸틸의 눈앞이 순간 어두워지면서 다시 세 개의 문이 눈앞에 나타났다. 틸틸은 고개를 갸웃했다.

이게 무슨 진실일까.

이제 사춘기가 시작된 틸틸은 남녀 간의 미묘한 감정 교류를 아직 알아채지 못했다.

***

두 번째 문 안은 숨이 막힐 정도로 새까맣고 고요한 암흑이었다.

돌아갈까. 미틸의 손을 잡고 다리가 아플 정도로 걸은 틸틸이 생각했다. 그러나 곧바로 고개를 절레절레 흔들었다. 추운 날씨에 얇은 재킷을 입고, 밑창이 떨어진 신발을 신고 일을 나가는 불쌍한 어머니가 생각났다. 하루라도 빨리 어머니에게 코트와 신발을 사주고 싶었다. 무엇보다 아버지의 무덤에 제일 화려한 꽃을 드리고 싶었다.

그리운 나의 아버지.

빛이야, 미틸의 신음과도 같은 소리가 틸틸의 귓속을 파고들었다. 미틸의 손끝이 향한 곳을 바라본 틸틸의 표정이 환해지고 있었다.

그것은 작지만 확실한 빛이었다.

빛의 정체는 공원에 가면 흔히 볼 수 있는 램프 등이었다. 빛 아래 낡은 벤치가 있었다.

틸틸의 얼굴은 혼란스러웠다. 어머니와 남자가 벤치 위에 앉아 도란도란 이야기를 나누고 있었다. 틸틸은 현실이 믿기지 않았다. 남자가 부드럽고 그윽한 눈빛으로 어머니를 바라보며 말했다.

"당신의 아름다운 머리칼을, 별보다도 빛나는 눈동자를, 그리고 힘한 노동으로 거칠어져 버린 손마저도 사랑합니다."

어머니가 부끄러운 듯 얼굴을 붉히고 고개를 숙였다가 미소를 지으며 남자를 바라보았다. 그러다 마지막 용기를 내듯, 가느다랗지만 또렷한 목소리로 남자에게 말했다.

"저도 당신을 사랑해요. 남편을 버리고 여기까지 따라올 정도로…."

그리 말하는 어머니가 너무 사랑스러웠는지, 남자는 자신의 품으로 와락 어머니를 안고 키스했다. 남자의 키스가 달콤해 어머니는 남자의 머리카락 안쪽으로 두 손을 집어넣고, 남자를 더욱 끌어당겼다.

어머니가 나의 아버지를 배신했다. 틸틸의 말아 쥔 주먹이 부들부들 떨려왔다. 그것은 틸틸이 한번도 상상하지 못했던 끔찍하고 추한 광경이었다. 램프의 등이 서서히 암전되기 시작했다.

역겹고 징그러운 사랑이란 단어가, 신음 소리와 몸이 비벼지는 난잡한 소리와 함께 틸틸의 귓가를 덮어왔다. 틸틸은 귀를 꼭 막고, 눈을 부릅떴다. 이가 따닥따닥 부딪혔다. 두려움이 아닌 배신감으로 온몸이 떨렸다.

팟, 갑자기 불이 켜졌다. 그곳은 모텔 방이었다. 모든 것을 환하게 비추는 전등 아래서 침대 위에 벌거벗은 남녀가 보였다. 앉아 있는 남자 위에 쾌락에 겨운 듯 여인이 올라타 있었다. 남자의 목을 꽉 껴안고 있었다. 그 여인은 자신의 어머니였다.

까아앗!

뒤늦게 상황을 알아챈 어머니가 빠르게 이불을 끌어다 몸을 가렸다.

"네 이년을!"

외마디 소리를 지르며 불을 켰던 아버지가 어머니에게 달려들었다. 아버지의 손에는 몽둥이가 들려 있었다. 몽둥이로 아버지는 이불을 뒤집어쓴 어머니를 몇 번이고 후려갈겼다. 퍽, 퍽. 아버지가 후려갈기는 몽둥이 소리는 신나고 명쾌했다. 어머니의 비명소리에 틸틸은 희열했다. 후련했다.

그래. 모든 것은 인과응보.

어머니는 맞아야지. 아버지는 패야지.

어머니가 잘못했잖아. 아버지는 잘했잖아.

옆에 있던 남자가 아버지를 말리려고 달려들었다. 그러나 남자 얼굴에 힘껏 찔러 넣은 성난 아버지의 팔꿈치에 남자가 나가떨어졌다. 불행히도 남자의 머리는 침대 옆 협탁 모서리에 가 찍혔다. 쓰러진 남자의 뒤통수에서 진득한 검붉은 피가 철철 흘러내렸다.

죽었을까, 살았을까.

***

틸틸은 거칠게 세 번째 문을 발로 퍽, 찼다. 문이 덜렁거렸다.

힘겹게 빨래통을 들고 집 밖으로 나가는 어머니는 만삭이었다. 움직이는 것만으로도 힘들 텐데 팔과 얼굴에는 온통 보라색, 빨간색 멍투성이였다.

때마침 아버지가 들어오고 있었다. 빨래통을 들고 있는 어머니를 보자마자, 그의 얼굴이 일순간 와락 구겨졌다. 심상치 않은 숨소리로 어머니 앞까지 뛰쳐온 아버지가 어머니의 머리카락을 악귀같이 뭉텅이로 쥐어뜯었다. 어머니가 비명을 질러대도 아버지는 상관하지 않았다.

"내가 너 때문에 얼굴을 못 들고 다녀!"

온 동네에 소문이 퍼졌다. 남편 노릇을 제대로 못해 부인이 바람났다고. 외간 남자랑 야반도주했다고. 아버지는 눈이 벌겋게 충혈되고, 머리가 산발이 되어서 이 동네 저 동네를 쑤셔대다가 결국 산 너머에 자리 잡은 외딴 마을까지 가서 어머니를 잡아 왔다. 이미 어머니 뱃속에 아기가 들어선 지 두 달 째였다.

어머니가 마을로 돌아온 후, 다시 소문이 돌았다. 마누라 간수를 제대로 못 해 부인이 남의 자식 씨를 품어 왔다고. 그런 자식 품어 주는 아버지는 덜떨어진 칠푼이라고 말이다. 그렇게 동네에서 손가락질 받고 사는 아버지는 아내만 보면 이가 갈렸다. 아내만 보면 주먹이 올라갔다.

땅바닥으로 떨어진 빨래통, 헝클어진 머리, 새록새록 생겨나는 빨갛고 파란 멍울들. 어머니는 집 안으로 머리를 감싸 안고 울먹거리며 달아났다. 아버지는 머리카락을 한 움큼 잡고도 득달같이 어머니를 쫓았다. 어머니가 도착한 곳은 부엌이었다. 제정신이 아닌 어머니가 자신이 숨어들 곳을 찾아 두리번거렸다.

무서워, 도와줘, 살려줘, 이러다간 죽고 말 거야.

두려움으로 날뛰는 어머니의 눈동자로 불현듯 베일 것 같이 반짝이는 부엌칼이 들어왔다. 어머니는 그것을 홀린 듯 움켜잡았다. 이 년이, 때마침 아버지가 손을 번쩍 쳐들었다.

까아아악!

본능적으로 칼자루를 쥔 손이 아버지를 향해 강하게 뻗어나갔다.

우르르 쾅쾅!!

갑작스러운 번개가 땅을 난폭하게 내리치며, 집 안을 훤히 비췄다. 동시에 틸틸의 눈에 들어온 건 튀어나올 것 같은 눈알로 어머니를 노려보고 있는 아버지. 명치에 꽂힌 칼. 웅덩이처럼 바닥으로 고여드는 핏줄기. 그리고 여전히 칼을 쥐고 있는 어머니. 그녀는 비명을 질러대듯 신음을 흘렸다.

"세상에, 오! 맙소사, 내가, 내가…."

아버지를 죽였어? 틸틸의 눈이 충격으로 크게 뜨였다. 쥐고 있던 주먹이 덜덜 떨려왔다.

으아아악!

갑자기 고통스러운 비명을 지르는 어머니가 배를 쥔 채 몸을 웅크렸다. 어머니는 본능적으로 직감했다. 곧 그 남자의 아기가 세상에 나올 것이다. 어머니가 힘없는 미소를 지었다. 어머니는 아직도 그 남자를 사랑하고 있었다.

***

벼락이 하늘을 섬뜩한 빛으로 밝히는 밤이었다. 천둥의 울림이 분노하듯 땅으로 내리꽂혔다.

으으읍!

방 한가운데 놓인 침대에 누워 어머니가 천장에 매달아 놓은 무명천을 힘줄이 불거지도록 잡아당겼다. 천장을 향해 들린 입에는 몇 겹으로 포개진 무명천이 물려 있었다. 산파가 어머니의 다리를 잡고 아기가 잘 나오는지 봤다. 몇몇 여자들은 수시로 뜨거운 물과 깨끗한 수건을 산파 곁에 갖다 놓았다.

그곳에서 침착한 건 오직 틸틸이었다. 남자일까, 여자일까. 틸틸은 어머니 뱃속에서 나올 아이가 남자이길 바랐다. 만약에, 만약에 아기가 여자면 어떡하나. 틸틸은 문득 자기 손을 붙잡고 잘게 떨고 있는 미틸을 흘겨보았다. 죽여야 하나.

다시 한번 천둥이 하늘을 울렸다. 번개가 광기를 띠고 미틸의 얼굴을 비쳤다.

으아앙!

갓 태어난 소름 끼치는 아이의 울음소리가 들려왔다.

아이를 받아든 산파가 기쁜 듯, 어머니에게 다가가 말했다.

"이쁜 공주님입니다."

***

틸틸은 자기 손을 잡고 있는 미틸을 바라보았다.

배신자! 살인자! 아비를 잡아먹은 년들!

마땅히 어머니에게만 향했어야 할 분노가 미틸에게도 생겨났다. 툭, 틸틸이 줄을 끊어내듯 잡고 있던 미틸의 손을 쳐냈다. 미틸이 울먹거렸다.

"오빠, 우리 엄마 창녀야?"

틸틸은 놀라 눈을 크게 뜨고 미틸을 바라봤다. 겨우 열 살 여자아이가 내뱉을 단어인가. 저런 말을 어디서 배웠을까. 때마침 왕좌에 앉아 있던 여인이 나른한 하품을 하며 끼어들었다.

"누군가의 절박한 부탁만 아니었다면, 이런 장면을 보여 주지 않았을 텐데. 그곳에서 보여 준 건 진실이기도 거짓이기도 하지. 너는 어떤 선택을 할 거지?"

모든 것은 진실이다. '거짓'이란 단어는 틸틸의 머릿속에 애초에 들어오지 못했다. 덜덜 떨고 있는 미틸을 노려보며 틸틸이 이를 갈 듯 말했다.

"돌아가자."

무섭게 일그러진 얼굴로 모자 위의 보석을 돌리는 틸틸을 바라보는 여인이 다시 하품을 했다. 그리고 꿈결인 듯 속삭였다.

"부디 잘못된 선택은 안 하기를."

***

틸틸의 눈이 번쩍 뜨였다.

파란 이불과, 포근한 침대, 침대 옆에 놓인 협탁과 램프, 그리고 커다란 창문. 틸틸의 방이었다.

달칵.

열린 문으로 미틸이 나타났다. 통통 부은 눈으로 아직도 눈물을 흘리며 틸틸의 침대로 달려와 얼굴을 파묻었다.

"오빠, 정말 우리 엄마가 남자가 좋다고 아빠를 배신했을까, 아빠를 죽인 걸까?"

틸틸이 순간 숨을 흡, 멈춰 버렸다. 틸틸의 가슴에서 다시 한 번 어머니를 향한 배신감과 분노가 끓어대기 시작했다. 어머니는 살인자다!

하지만 어머니잖아. 감히 말도 못 할 패륜을 생각한 틸틸의 표정이 울어 버릴 듯했다. 갑작스럽게 부모가 아닌 사람으로서 어머니를 이해했다. 처음으로 자신에게 상냥하고 세련된 남자를 만났으니 마음이 혹했겠지. 그렇게 맞았으니 살겠다고 저도 모르게 살인을 저지르고 말았을 것이다.

다 된 밥에 재 뿌리겠네, 미간을 험악하게 찌푸린 미틸이 틸틸을 향해 속삭이기 시작했다.

"하긴. 오빠는 엄마한테 어떤 짓도 하지 못할 거야. 항상 엄마에게 핍박받으면서 살아왔잖아."

틸틸이 놀라 미틸을 바라봤다.

"내가?"

미틸이 안타까운 듯, 그리고 불쌍한 듯 틸틸을 보았다.

"응. 아빠한테 매일 얻어맞은 엄마가 화풀이를 하듯 오빠를 때렸어. 가끔씩은 헛간에 가둬 놓고 음식을 주지 않았지."

아, 그러고 보니 그랬던 것도 같다. 그제야 어렴풋이 기억이 나는 것 같았다. 이제는 어머니를 향한 분노보다, 자신의 억울하고 서러웠던 세월에 틸틸의 주먹이 떨려왔다. 그것을 기민하게 알아챈 미틸이 간사하게 웃었다. 그리고 가증스럽게도 슬픈 소리로 말했다.

"아빠는 그렇게 얻어맞은 오빠의 상처에 약을 발라 주었고, 굶고 있는 오빠에게 빵을 갖다줬어. 쉼 없이 오빠를 위로했지. 그런 아빠를 엄마가 죽인 거야."

다정했던 나의 아버지를! 삽시간에 틸틸의 가슴으로 분노가 끓어댔다. 흰자위로 붉은 혈관이 투둑 불거졌다. 어머니는 죽어 마땅했고, 틸틸 자신은 응당 그녀를 죽여야 했다. 그래야만 아버지의 복수를 했다 할 수 있을 것이다. 하지만 자신은 방법을 모른다. 미틸이 다시 영악하게 눈웃음을 치며 틸틸의 귓가로 부드럽게 속삭였다.

"오빠, 생각나지 않아. 오빠는 동물 해부하는 걸 즐겼잖아. 칼을 아주 잘 다뤄."

그랬지. 익숙한 칼이면 죽일 수 있겠다. 이번에도 거부감 없이 미틸의 말을 받아들인 틸틸이 묵직하게 침대 아래로 내려섰다. 미틸도 따라 일어났다. 틸틸은 부엌에서 제일 예리한 칼을 들고, 어머니의 방으로 들어갔다. 어머니는 곤히 자고 있었다. 틸틸은 두 손으로 칼을 맞잡고 머리 위로 높이 쳐들었다. 그러나 차마 내려치지 못했다. 미틸이 조용히 어머니 옆으로 다가가 그녀의 가슴에서 배꼽까지 손가락으로 부드럽게 죽 그어내렸다.

"오빠, 아버지의 복수를 해야지. 지금도 하늘에서 원통해 울고 계실 거야."

미틸 말이 맞아. 틸틸이 다시 칼을 들고 있는 손에 힘을 주었다. 하지만 좀처럼 틸틸의 손은 움직이지를 못했다. 미틸이 다시 한번 유혹적으로 속삭였다.

"곧 끝나. 오빠. 아주 쉬운 일이야. 그럼 아버지도 한이 풀리시겠지. 기뻐하실 거야."

틸틸이 눈을 꽉 닫았다. 아버지를 위해서! 높이 쳐들려 있는 칼을 아래로 확 내리쳤다. 따각. 딱딱한 무언가가 걸리는 느낌이 드는가 싶더니 이내 예리한 칼날이 아래쪽으로 물컹하게 꽂혀 들어갔다. 진득한 액체가 뭉텅뭉텅 틸틸의 손을 빠르게 물들여갔다. 틸틸이 살며시 눈을 뜨다가 불현듯 크게 흡뜨며 자신을 바라보고 있는 어머니를 보았다.

　뭔가 잘못됐다.

　어머니 역시 틸틸을 충격에 휩싸인 눈으로 보고 있었다. 말을 하려 했지만 입술 사이로 검붉은 피가 꿀렁꿀렁 흘러내렸다. 상황이 여의치 않자, 어머니가 틸틸을 향해 팔을 들어 올렸다. 그럼에도 겁에 질린 틸틸은 계속해서 뒷걸음질만 칠뿐 어머니 곁으로 다가올 생각을 하지 않았다. 그제야 어머니가 힘겹게 틸틸을 향해 손짓을 했다.

　포근한 느낌이었다. 그것이 혈육의 정인지도 모른다. 틸틸은 저도 모르게 어머니에게 다가왔다. 계속해서 벙긋거리는 어머니의 입술에 틸틸이 귀를 갖다 댔다. 어머니가 가늘게 말했다.

　"우리, 우리 착한 아들이 왜… 도망쳐!"

　순간 틸틸의 입에서도 물컹한 검붉은 피가 쏟아졌다. 끼릭끼릭 등 뒤에 꽂힌 칼은 계속 움직여 틸틸의 심장을 도려냈다. 틸틸이 어머니의 품으로 푹 쓰러졌다.

　꺄아아악!

　틸틸이 마지막으로 들은 것은 처참하기 그지없는 미틸의 비명소리였다.

***

 마녀는 힘차게 펄떡대는 틸틸의 심장을 손에 쥔 채, 문 쪽을 바라보았다. 사시나무 떨 듯 떨고 있는 진짜 미틸이 그곳에 있었다. 너의 공로가 크지. 줄곧 틸틸 옆에서 미틸의 모습으로 변신해 따라다니고, 속삭여왔던 마녀가 살포시 웃었다. 미틸이 없었다면, 어쩌면 자신의 계획은 성공하지 못했으리라. 그러니 살려주지. 피가 뚝뚝 흐르는 심장을 손에 쥐고 마녀는 미틸의 곁을 지나갔다. 넋이 나간 듯한 미틸이 심장을 가리키며 신음을 흘렸다.

"어째서… 왜…."

"아, 이거?"

마녀는 피식 웃었다. 몹쓸 병에 걸린 딸을 위해서지. 딸의 병을 고치기 위해서는 부모를 죽인 패륜아의 심장이 필요했다. 올빼미가 알려준 비책이었다. 그러나 평화로운 시골에 그런 패륜아가 있을 리가 있나. 절박한 심정으로 여기저기를 쑤셔댄 끝에 찾아낸 것이 너희 가족이었지. 단란하지만 핏줄이라고는 없는 가난한 너희들. 한 가지 생각이 떠올랐어.

꿈과 현실을 혼동시킨다면. 패륜아를 만들 수 있지 않을까.

꿈을 관장하는 올빼미를 찾아가 가루를 얻어오고 상대를 찾았지.

천애 고아 미혼모의 아들 틸틸.

할아버지, 할머니 없는 자식이니 의심의 근원을 차근차근 깔아 버리고, 아비 없는 자식이니 의심을 확신으로 차근차근 만들어 버리고, 그곳에 진실의 마녀를 통해, 이 늙은 마녀의 추악한 진실을 보여주었지. 분노로 휘몰아치던 그 어느 날의 남편을 살해한 여자, 그리고 바람피워 낳은 딸, 순진하고 사랑스러운 틸틸. 그럼에도 어머니를 사랑하여 망설이는 틸틸에게 나는 속삭였어. 세뇌시켰어. 엄마를 죽여. 그래야 아버지가 기뻐하실 거야.

마녀가 살포시 웃으며 펄떡거리고 있는 심장에 천천히 볼을 기댔다.

"드디어 찾은 나의 파랑새."

어디서부터가 꿈이고, 어디서부터가 현실이었을까, 틸틸.

성인들을 위한 잔혹동화
- 흑장미의 초대

초판 1쇄 인쇄일 | 2025년 7월 25일   초판 1쇄 발행일 | 2025년 7월 30일

지은이 | 도희
펴낸이 | 강창용
기획 | 강동균
책임편집 | 인생첫책
디자인 | 가혜순
마케팅 | 성현서, 유채연

펴낸곳 | 씨큐브
출판등록 | 1998년 5월 16일 제10-1588
주 소 | 경기도 고양시 일산동구 고양대로 953-17, 한울빌딩 2층
전 화 | (代)031-932-7474
팩 스 | 031-932-5962
이메일 | feelbooks@naver.com

ISBN 979-11-6195-250-5 03810

씨큐브는 느낌이있는책의 장르 분야 브랜드입니다.

* 책값은 뒤표지에 있습니다.   * 잘못된 책은 구입처에서 교환해 드립니다.